지금 뭐 하는 거예요,
장리노?

BABYLONE

by Yasmina Reza

지금 뭐 하는 거예요, 장리노?

야스미나 레자

김남주 옮김

BABILONE

mu∫intree
뮤진트리

이 책은 Centre national du Livre로부터 번역자 체류 지원을 받았습니다. **CNL** CENTRE NATIONAL DU LIVRE

▪ 일러두기

– 이 책은 Yasmina Reza의 《Babylone》(Flammarion, 2016)을 우리말로 옮긴 것
  이다.
– 옮긴이의 주는 본문 내에 '*'로 표기했다.
– 책 제목은 《 》로, 잡지 · 논문 제목은 〈 〉로 표기했다.

차례

디디에 마르티니에게

"세상은 질서와는 거리가 먼 난장판이다. 난 세상을 정돈할 생각이 없다."

- 게리 위노그랜드(Garry Winogrand, 1928~1984. 미국의 거리 풍경 사진작가)

그는 건물 벽을 등지고 거리에 서 있다. 정장에 넥타이를 맨 차림이다. 비죽 튀어나온 두 귀, 겁먹은 눈빛, 짧은 백발. 여윈 몸매에 좁은 어깨. '깨어라Awake'라는 단어가 보이는 잡지를 들고 있다. '여호아의 증인'에서 발행하는 전설적인 잡지의 로스앤젤레스 판이다. 사진을 찍은 해는 1955년. 그의 모습은 마치 아이처럼 보인다. 이제는 죽은 지 오래되었으리라. 그는 종교 잡지를 배포하는 데 어울리는 차림을 하고 있었다. 혼자였고, 서글프고 성마른 투지로 무장한 듯 보였다. 발치에는 서류가방 같은 것(가방 손잡이로 미루어 알 수 있다)이 놓여 있고, 그 안에 수십 권의 잡지가 들어 있다. 그에게서 그걸 받아가려는 사람은 전혀, 아니면 거의 없을 것이다. 지나치게 많은 부수가 인쇄된 그 잡지 역시 죽음을 상기시킨다. 사태 예측에 대한 이런 충동적인 낙관은 우리로 하여금 이내 불필요해질 물건의 양을 늘리게 만들고(지나치게 많은 유리잔, 지나치게 많은 의자들을 준비하게 하는 것이다) 불필요한 노력을 기울이게 만든다. 그가 등지고 선 벽은 어마어마하게 크다. 그 육중한 두께, 건축용으로 절단된 석재의 크기를 짐작할 수 있다. 그 벽은 여전히 로스앤젤레스 그 자리에 있을 것이다. 그 나머지 것들은 어디론가 흩어져버렸다. 헐렁한 정장을 입고 종교 잡지를 나눠주기 위해 그 앞에 서 있던 뾰족귀의 작은 남자도, 그의 흰 셔츠와 짙은 색 넥타이도, 무릎이 해진 그의 바지도, 서류가방도, 잡지도. 우리가 지금 어떤 존재인지, 무엇을 생각하는지, 조만간 무엇이 될 것인지가 뭐 그리 중요한가? 지금 우리는 풍경 속 어딘가에 있고, 이윽고 때가 오면 더이상 거기 없다. 어제는 비가 내렸다. 나는 로버트 프랭크의 사진집 《미국인들The Americans》을 펼쳤다. 그 책은 서재의 책장 구석에 꽂혀 있었다. 내가 그 책을 펼친 것은 40년 만이었다. 거리에 서서 잡지를 팔던 사람을 찍은 사진이 기억났다. 그 사진은 내 예상보다 훨씬 흐릿하고 해상도가 좋지 않다. 나는 지상에서 가장 슬픈 이 책《미국인들》을 다시 보고 싶었다. 시신들·연료 펌프·벌거벗은 채 카우보이모자만을 쓰고 있는 사람들.

페이지를 넘기면 주크박스·텔레비전·신흥 부유층이 사들이는 물건들이 펼쳐진다. 너무 무겁고 지나치게 번쩍이며 필요 이상으로 큰, 이 새로 도착한 물건들은 준비되지 않은 공간 속에 임시로 놓인 채 인간만큼이나 외롭게 자리를 지킨다. 이른 아침 사람들이 이 물건들을 들어올린다. 물건들은 폐품이 될 때까지 덜컹거리며 다시 짧은 여정에 오를 것이다. 지금 우리는 풍경 속 어딘가에 있고, 이윽고 때가 오면 더이상 거기 없다. 노르망디 지방 디에프 항에서 본 스코피톤(*1960년대식 뮤직 비디오 박스. 노래와 영상이 동시에 나온다)이 생각난다. 우리는 새벽 세 시 '되 슈보'(*시트로앵 사의 소형 자동차. 1948년부터 1990년까지 생산되었다)를 타고 바다를 보러 출발했다. 당시 열일곱 살이었던 나는 조제프 드네와 사랑에 빠져 있었다. 그 작은 차에 우리 일곱이 타자 차의 바닥이 땅에 닿을 지경이었다. 그중 여자는 나 하나뿐이었다. 드네가 운전을 했다. 우리는 발스타(*유럽주점연합에서 만든 맥주. 포장지 색깔에 따라 맛이 다르다. 2012년에 생산이 완전 중단되었다) '레드'를 마시며 디에프를 향해 달렸다. 아침 여섯 시 항구에 도착한 우리는 처음 보이는 술집에 들어가 피콩(*마르세유 원산의 카라멜빛 맥주)을 주문했다. 그 술집에 스코피톤이 한 대 있었다. 화면 속에서 노래하는 이들을 바라보며 우리는 배꼽이 빠져라 웃어

댔다. 드네가 페르낭 레이노(*1926~1973. 프랑스의 코미디언)의
〈푸주한〉을 눌렀다. 화면이 나오자 우리는 그 촌극 때문에, 우
리가 마신 피콩 때문에 눈물이 나올 정도로 웃어댔다. 그런 다
음 우리는 다시 집을 향해 출발했다. 우리는 젊었다. 그 시간
을 되돌릴 수 없다는 걸 그때는 알지 못했다. 오늘로 나는 예
순두 살이 된다. 지금까지 살면서 행복해질 수 있는 방법을 알
아냈다고는 할 수 없을 것 같다. 내 남편 피에르의 동료는 흠,
20점 만점에 14점이라고 해두지, 라고 했단다. 하지만 나는
죽음을 앞에 두고 그 사람처럼 내 인생에 20점 만점에 14점
을 줄 순 없을 것 같다. 12점 정도로 해두자. 그보다 적은 점수
라면 가혹하다거나 마음이 상할 것 같은 느낌이 들 테니 대충
20점 만점에 12점이라고 해야 할 것 같다. 내가 땅 속에 묻히
고 나면, 그렇다고 뭐가 달라지겠는가? 내가 살면서 행복했는
지 아닌지 아무도 신경 쓰지 않을 것이고, 나 자신도 그런 것
에 마음을 상하거나 하지 않으리라.

   내가 예순 살이 되던 날 장리노 마노스크리비는 나를 오퇴
유의 경마장에 데리고 갔다. 그와 나는 층계에서 우연히 만나
함께 계단을 오르곤 했다. 내가 승강기 대신 계단을 이용하는
건 그나마 봐줄만한 몸매를 유지하기 위해서고, 그는 승강기

같은 닫힌 공간에 대한 폐소공포증이 있기 때문이다. 그는 여윈 몸매에 키가 크지 않았고 얼굴에는 곰보 자국이 있었으며, 대머리인 이들이 흔히 하듯이 길게 기른 머리 타래로 대머리를 덮고 있었다. 그는 굵은 테의 안경을 쓰고 있었는데 그 때문에 더 늙어 보였다. 그의 집은 6층, 우리 집은 5층이었다. 아무도 오르내리지 않는 층계에서 그렇게 부딪친 일은 우리에게 가벼운 공모의 감정을 불러일으켰다. 현대식 건물에서 대개 계단이라는 공간은 다른 공간과 분리되어 있고 상대적으로 허름하며 이삿짐을 나르는 사람들만 이용할 뿐이다. 입주자들은 계단이 허드레용이라고까지 말한다. 장리노와 나는 한동안 서로 잘 모르는 사이였다. 나는 그가 가전제품 회사에서 일한다는 것 정도만 알았고, 그는 내가 파스퇴르 연구소에 근무한다는 것 정도를 알고 있었을 것이다. '특허 엔지니어'라는 내 직업명으로 내가 하는 일을 떠올릴 수 있는 사람은 아무도 없다. 이제 나는 사람들이 내 직업에 호감을 갖도록 그 내용을 설명하려 더이상 애쓰지 않는다. 언젠가 나와 피에르, 장리노와 그의 아내, 그러니까 두 쌍의 부부가 한잔 한 적이 있었다. 장리노의 아내는 구두점을 경영하다가 그만두고 뉴에이지풍 치료사로 일하고 있었다. 그 부부는 신혼이었다. 그러니까 내 말은 우리 부부에 비해서 그렇다는 뜻이다. 내 생일 전

날 계단에서 장리노와 마주쳤을 때 나는 그에게 그 다음날이 내 60회 생일이라고 말했다. 나는 다리를 끌면서 계단을 오르고 있었고, 그 때문에 그 사실이 떠올랐던 것 같다. 내가 물었다. 당신은 아직 예순 살이 안 됐죠, 장리노? 그가 대답했다. 곧 된답니다. 나는 그가 내 기분을 밝게 해줄 말을 찾느라 애쓰는 것을 보았다. 하지만 그는 그런 말을 하지는 않았다. 우리 집이 있는 층계참에 이르렀을 때 내가 덧붙였다. 전 다 왔네요. 그럼 올라가셔요. 그러자 그는 나에게 경마장에 가본 적이 있느냐고 물었다. 나는 없다고 대답했다. 좀 어물거리는 목소리로 그는 나에게, 시간이 괜찮다면 다음날 점심시간에 경마장이 있는 오퇴유에서 만나는 게 어떠냐고 물었다. 내가 경마장에 도착했을 때, 그는 식당에 앉아서 패덕(*경주 전에 팬들이 우승마를 예상할 수 있도록 말들을 미리 선보이는 곳)이 내려다보이는 유리창에 얼굴을 갖다 대고 있었다. 탁자 위에는 얼음통에 담긴 샴페인 한 병과 메모가 빽빽이 적힌 경마 신문이 펼쳐져 있었고, 시효가 지난 티켓들과 땅콩이 흩어져 있었다. 그는 자신의 클럽에 느긋하게 자리를 잡은 사내의 모습으로 나를 기다리고 있었다. 요컨대 내가 알고 있던 그의 모습과는 대조적이었다. 우리는 그가 고른 기름기 많은 요리를 먹었다. 그는 매 경주마다 흥분해서 자리에서 일어나 소리를 질렀고, 흐느적거리는 파를 포크로 찍어 고기조각을 끌어 모아 입 속에 넣은 다음 포크를 휘둘러댔다. 그러고는 5분마다 밖으로 나가 담배를 반 대 피우고 새로운 아이디어를 갖고 자리로 돌아왔다. 나는 이렇게 기운차고 즐거워하는 그를 본 적이 없었다. 우리는 잠재력이 있지만 저평가된 말들에게 푼돈을 걸었다. 그에게는 어떤 게 그런 말인지 알아보는 '감'이 있었고, 자신만의 은밀한 확신이 있었다. 그는 돈을 조금 땄다. 아마도 샴페인 값 정도였을 것이다(우리는 한 병을 다 마셨다. 특히 그가 많이 마셨다). 나는 3유로를 땄다. 나는 생각했다. 예순 살이 되는 날 3유로를 따다니, 괜찮은걸. 나는 장리노 마노스크리비가 외톨이라는 것을 알 수 있었다. 로버트 프랭크 사진 속 인물의 현대판이랄까. '빅Bic' 볼펜과 신문, 특히 모자를 쓴 모습이 그랬다. 그는 스스로를 위해 하나의 의식을 만들어냈고, 그 공간과 시간 속에 스스로를 격리시켰다. 경마장에서 그는 어깨를 쫙 펴고 있었다. 심지어 목소리까지 달랐다.

나는 내 아버지의 예순 살을 기억한다. 우리는 프랑스식으로 만든 슈크루트(양배추 절임)를 먹었다. 예순 살이란 부모들의 나이였다. 엄청나게 많고 추상적인 나이. 이제 네가 그 나이가 됐어. 어떻게 이런 일이 가능하지? 한 소녀가 친구들과 어울려 놀고 시행착오를 거듭하다가 갑자기 예순 살이 되는 것이다. 나는 조제프 드네와 함께 사진 찍기를 시작했다. 드네는 사진을 사랑했고, 나는 그가 사랑하는 것이면 무엇이든 다 사랑했다. 나는 생물학 수업을 빼먹곤 했다. 그 시절 우리는 미래가 두렵지 않았다. 삼촌이 내게 중고 코니카 카메라 하나를 선물해주었고, 그 카메라 때문에 나는 전문가 같은 인상을 풍길 수 있었다. 내가 니콘 가죽끈을 찾아내 달았기 때문에 더욱 그러했다. 드네는 반사식 사진기가 아닌 올림푸스를 갖고 있었고, 우리는 외장 거리측정기로 초점을 맞추었다. 우리가 하는 작업은 같은 주제·같은 때·같은 장소를 찍어서 각자의 이미지를 만들어내는 것이었다. 우리는 우리가 존경하는 어른들이 그랬듯이 거리의 행인들을, 대학 건물 옆 식물원에 딸린 동물원의 동물들을 찍었다. 하지만 드네가 가장 즐겨 찍었던 것은 카르디네 다리 근처에 있던 술집의 내부 모습이었다. 널브러져 있는 사람들, 뒤쪽 박스들 속에서 미라가 되어버린 단골들. 우리는 친구 집에서 밀착 인화를 했다. 인화된 사진들을 비교해보고 좋은 것을 선별해 확대했다. 무엇이 좋은 사진인가? 배경이 제일 좋은 것은 무엇인가? 측정 불가능한 미세한 상호작용을 드러내는 건 어떤 사진인가? 누가 이런 질문에 대답할 수 있겠는가? 나는 이따금 조제프 드네를 생각한다. 그가 뭐 하는 사람이 되었을지 때때로 나 자신에게 묻기도 한다. 하지만 서른여섯의 나이에 간경화로 죽은 사람이 도대체 무엇이 될 수 있었겠는가? 몇 가지 사건들을 통해 나는 머릿속에서 그를 다시 떠올리게 된 것 같다. 이 별 것 아닌 이야기를 그가 듣는다면 분명 웃음을 터뜨릴 것이다. 《미국인들》은 나에게 청춘의 이미지들을 불러일으켰다. 우리는 꿈만 꾸었을 뿐 아무것도 하지 않았다. 우리는 사람들이 지나가는 것을 바라보고 그들의 삶을 묘사했으며 그들이 어떤 대상과 닮았다고, 예컨대 망치·붕대 같은 것들과 비슷하다고 키득거렸다. 우리는 웃음을 터뜨렸다. 웃음 이면에는 조금 씁쓸한 권태가 자리 잡고 있었다. 카르디네 다리의 그 사진들을 지금 다시 볼 수 있다면 얼마나 좋을까. 어느 날 낡은 서류들과 함께 그것들을 버렸음에 틀림없다. 예순 번째 생일에 오퇴유의 경마장에 다녀온 후 나는 장리노 마노스크리비에게 호감을 갖게 되었다. 기회가 될 때마다 우리는 우리 아파트 건물을 나와 근처 모퉁이에서 커피를 한잔 하곤 했다. 건물 밖으로 나오면 그는 담배를 필 수 있었다. 그의 집 안에서는 그럴 수 없었다. 나는 그가 착하고 부드러운 남자라는 것을 느낄 수 있었고, 지금도 그렇게 생각한다. 우리 사이에는 은밀한 친밀감 같은 것은 전혀 없었고, 그래서 언제나 서로 존칭을 썼다. 하지만 서로 이야기를 나눌 때면, 우리는 다른 사람들에게는 이야기하지 않는 것들을 털어놓을 수 있었다. 특히 그가 그랬다. 하지만 나 역시 그랬을 수도 있다. 우리는 둘 다 각자의 어린 시절에 대해 혐오감을 갖고 있고, 그것을 까맣게 지워버리고 싶어 한다는 것을 알 수 있었다. 어느 날 자신의 지나온 삶을 언급하면서 그는 말했다. 어쨌든 가장 힘든 시기는 넘긴 것 같다고. 나는 그의 말에 동의했다. 장리노의 친할아버지는 유대계 이탈리아 이민자였다. 그의 아버지는 장식 끈 제조공장의 잡일꾼으로 시작해 리본 사업을 잘 알게 되었고, 1960년대에는 수예재료 판매점을 열기에 이르렀다. 판매점은 파르망티에 대로 요지에 있었고, 그의 어머니가 계산대를 지켰다. 그들은 상점 바로 옆 뜰 안쪽에 살았다. 그의 부모는 힘들게 일했고 아들을 거칠게 대했다. 장리노는 그 문제에 대해 자세히 이야기하지 않았다. 그와 나이차가 많이 나는 형은 기성복 업계에서 성공을 거두었다. 하지만 장리노는 이 일 저 일을 전전했다. 그의 어머니는 그를 집에서 쫓아냈다. 그는 제과기술 자격증을 따서 요식업계에 발을 들여놓았다. 그의 삶에서 가장 낙관적이던 시기에 그는 식당 경영에 뛰어들었다. 그 일은 힘들었다. 휴가도 없었고 벌이도 시원치 않았다. 결국 프랑스 고용센터의 후원으로 유통에 대한 직업 교육을 받았고, 한 단체의 중

재로 컬리 사에 배치되었다. 그곳에서 그는 가전제품 애프터 서비스를 담당했다. 그에게는 자식이 없었다. 그가 자신의 삶을 관장한 절대자에게 불평할 거리가 있다면 그것이 유일했다. 그의 첫 번째 아내는 식당 사업이 실패한 후 그를 떠났다. 그가 리디를 만났을 때, 그녀에게는 전남편과의 사이에 낳은 딸에게서 얻은 손자가 있었다. 2년 전부터 그 아이는 그들의 집에 규칙적으로 지내러 왔다. 아이의 부모는, 국가 기관이 개입해야 할 정도로 사이가 완전히 틀어진 채 헤어졌다. 조금의 빌미라도 생기면 아이는 할머니 리디에게 떠넘겨졌다. 누군가에게 드러내놓고 표현한 적은 없지만(그의 고양이에게만은 예외였다) 친절한 마음의 소유자인 장리노는 이 레미라는 아이를 두 팔 벌려 맞아주고 그 애의 호감을 사려 애썼다. 그런데 호감을 사고자 한다는 게 과연 효과가 있겠는가? 그런 시도는 언제나 실패로 끝나기 마련 아닌가?

처음 얼마간은 아주 혼란스러웠다. 처음 그들의 집에 왔을 때 아이는 다섯 살이었다. 그 직전에 아이는 프랑스 남부에서 살았었는데 장리노를 의도적으로 무시하고 리디가 모습을 감추면 즉각 울음을 터뜨렸다. 토실토실한 편인 그 아이는 평범했고 보조개를 지으며 웃는 모습이 귀여웠다. 장리노가 그 애와 친해지는 것은 그의 고양이 에두아르도 때문에 더 어려워졌다. 비상스 가에서 주워온 그 못생긴 고양이는 이탈리아어만 알아들었다. 리디는 에두아르도와 지내는 법을 터득했다. 그녀가 고양이 앞에서 추를 들고 있으면, 고양이는 자석에라도 이끌린 듯 좌우로 흔들리는 그 분홍빛 석영(그 광물은 브라질 어딘가에서 그녀 앞에 '운명적으로 나타났다.')을 쫓아다녔다. 추를 쫓아다닌 것과는 달리 에두아르도는 레미를 싫어했다. 아이가 나타나면, 고양이는 자기 몸집을 두 배로 부풀리고 음산한 숨소리를 냈다. 둘 다 물러서지 않자, 장리노는 고양이를 설득하려 해보았다. 리디가 에두아르도를 욕실에 가둠으로써 그 문제를 해결했다. 레미는 문을 사이에 두고 고양이의 울음소리를 흉내 내면서 고양이의 약을 올렸다. 장리노는 아이가 그러지 못하게 하려고 했지만 그의 말은 아이에게 전혀 권위가 없었다. 주위에 아무도 없을 때면 장리노는 문에 대고 이탈리아어로 몇 마디 속삭여줌으로써 남몰래 고양이의 기운을 북돋웠다. 레미는 장리노를 '할아버지'라고 부르는 걸 거부했다. 더 큰 문제는 아이가 그렇게 부르기를 거부했다고 남들에게 말할 수도 없다는 사실이었다. "할아버지가 너한테 이야기책을 읽어줄게"라거나 "네 몫의 생선을 다 먹으면 할아버지가 뭔가를 사줄게"라고 장리노가 끊임없이 말했음에도 불구하고, 그 애는 결코 장리노를 할아버지라고 부르지 않았다. 장리노는 레미에게 무시당했다. 레미는 장리노를 거들떠보지도 않았다. 그를 부를 필요가 있을 때면 아이는 그를 장리노라고 불렀는데, 장리노는 최소한의 가족적인 호칭 없이 그렇게 이름만으로 불리는 것에 어리석게도 상처를 받았다. 그리하여 전략을 바꿔서 그는 웃음을 동원해 아이의 마음을 사로잡으려 했다. 그는 아이에게 '토포도코, 타파다카'에 이어 '투푸두쿠' 같은 우스운 말을 가르쳐주었다. 레미는 그 장난을 무척 좋아했다. 그 애는 이내 첫 단계를 지나 괴상망측한 목소리를 꾸며내거나 콧노래를 부르면서 "튀 퓌 뒤 퀼(네 꽁무니에서 냄새 나)"라는 말을 혼자서 중얼대거나, 그렇지 않으면 장리노에게 대놓고 퍼부었다. 그것도 되도록 다른 사람들 앞에서 강한 어조로. 나 자신도 이런 촌극을 건물 현관에서 목격한 적이 있다. 장리노는 웃어넘기는 척하면서 이렇게 대답했다. 말장난을 너무 자주 하면 더이상 재미가 없어진단다. 그는 사태를 어떻게 정리해야 할지 더이상 알 수 없었다. 그가 이치를 따져 타이르려 하면 할수록 아이는 더욱 더 심하게 그 구절을 반복했다. "세 비엥(좋다)", "세 파 비엥(좋지 않다)"이라고 말하는 대신 아이는 "세 니숑(이건 젖통이야)" 혹은 "세 파 니숑(이건 젖통이 아니야)"(장리노가 이런 말을 가르쳐주었단 말인가?)라고 말했고, 급기야 이런 대답까지 하기에 이르렀다. "세 파 니숑 튀 퓌 뒤 퀼?!"(그거 젖통 아니야, 네 꽁무니에서 냄새 나는데?!) 뿌린 사람이 거두어야 한다는 이론의 신봉자인 리디는 장리노를 도와주지 않았다. 장리노가 낙담해 있다는 것을 눈치 채면 그녀는 그저 이렇게 말할 뿐이었다. 그냥 좀 내버려둬, 그 아이를. 아이라는 단어에 딱하다는 기색이 서려 있었다. 일관성 없는 어른의 행동에 희생된 아이를 꾸중할 수는 없는 법. 어쩌면 그녀는 그런 일방적인 애착이 초래할 수 있는 위험을 한 걸음 물러서서 감지했는지도 모른다. 이 건물의 현관에 대해서 한 마디 해야 할 것 같다. 현관은 장방형 공간으로 반이 유리창으로 된 출입문을 통해 햇빛이 들어온다. 승강기는 정면 중앙에 있다. 왼쪽의 움푹 들어간 공간에 있는 옆문을 열면 층계가 나온다. 오른쪽 복도 끝에는 쓰레기통을 두는 공간이 있다. 그들 세 사람이 현관에 들어오면 리디는 손자를 데리고 승강기를 탔고 장리노는 걸어서 계단을 올랐다. 장리노 혼자 아이를 데리고 들어올 경우, 아이가 승강기를 고집했기 때문에 장리노는 울부짖는 아이를 계단 쪽으로 끌고 와야 했다. 그는 승강기를 탈 수 없었던 것이다. 평생 동안 그는 비행기·승강기·지하철, 그리고 창문을 손으로 열 수 없는 최신형 열차를 탈 수 없었다. 어느 날 아이가 계단으로 가지 않으려고 층계 문에 원숭이처럼 매달리자, 장리노는 마침내 눈에 눈물이 어린 채 아래쪽 계단에 주저앉고 말았다. 레미가 그에게 와서 물었다. 어째서 승강기를 타지 않으려는 거야?

"무서워서 그런단다." 장리노가 대답했다.

"난 안 무서워. 난 승강기를 탈 수 있어."

"그런 걸 무서워하기엔 넌 너무 어리거든."

잠시 후, 레미는 난간을 붙잡고 계단을 오르기 시작했다. 장리노가 그 뒤를 따랐다.

내 머릿속에 줄곧 떠오르는 이 모든 장리노의 이미지들 중에서 단 하나를 고르자면, 그것은 그가 더이상 있을 만한 공간이라고 할 수 없는, 의자들이 쌓여 있는 어두컴컴한 우리 집 거실에서 모로코식 의자의 팔걸이에 두 팔을 올려놓고 앉아 있는 모습일 것이다. 장리노 마노스크리비는, 내가 그 파티를 위해 미친 듯이 사들인 유리잔, 샐러리와 저칼로리 감자 칩이 담긴 그릇, 사람이 많이 올 거라고 낙관하고 계획된 캐주얼 파티에서 남은 온갖 것들이 궤 위에 줄줄이 놓여 있는 우리 집 거실의 불편한 의자에 마비된 듯 앉아 있었다. 무엇이 이 사건의 출발인지 누가 알 수 있겠는가? 이 사건이 어떤 모호하고도 간접적인 조합에 지배당하지 않았다고 누가 단언할 수 있겠는가? 장리노가 리디 쿰비네를 만난 것은 그녀가 가수로 일하던 바에서였다. 이런 말을 들으면, 몸을 흔들면서 마이크에 대고 뜨거운 목소리를 토해놓는 여자를 상상할 것이다. 리디는 키가 작고 가슴이 지나치게 크지 않은 여자로, 집시풍의 복장에 장신구들을 잔뜩 매달고 있었다. 풍성한 오렌지색의 구불구불한 머리카락에 장식용 핀을 여러 개 꽂고 있는 그녀는 헤어스타일에 신경을 쓴 게 역력했다(발목에는 장식이 달린 발찌가 달랑거렸다⋯). 그녀는 노래를 가르치는 어떤 여자와 함께 재즈 강의를 들었고, 이따금 몇몇 바에서 노래를 불렀다(우리는 그녀가 노래를 부르는 곳에 한 번 간 적이 있다). 그날 밤 그녀는 무대 가장자리에 서서 〈시라퀴즈〉(*프랑스령 기아나 출신의 가수 앙리 살바도르가 부른 노래)를 부르면서 우연히 그곳에 앉아 있던 장리노에게 눈길을 주었다. 이어 그녀의 입술에서 이런 노랫말이 흘러나왔다. '내 젊음이 다하기 전에, 내 봄들이 떠나기 전에⋯.' 장리노는 앙리 살바도르의 팬이었다. 그들은 서로에게 호감을 느꼈다. 그는 그녀의 목소리가, 풍성하고 긴 치마가, 잡다한 것을 조화시키는 취향이 좋았다. 그는 그녀 또래의 여자가 관습적인 도시 스타일에 초연한 것을 매력적이라고 여겼다. 그녀는 여러 가지 면에서 분류하기 어려운 여자였고, 무슨 초현실적인 능력이라도 지닌 것처럼 보였다. 이 두 사람이 어떻게 부부가 된 것일까? 내 친구 중에 스트라스부르의 법과대학원에 다니는 약간 내성적인 여자가 하나 있었다. 어느 날 그녀는 뚱하고 말수적은 남자와 결혼했다. 그녀가 내게 말했다. 그도 혼자고 나도 혼자야. 30년 후 나는 고속 열차 안에서 그녀를 만났다. 그녀는 유원지용 열기구를 만드는 일을 하고 있었고 여전히 그 남자와 함께였다. 그들에게는 세 아이들이 있었다. 퀴비네-마노스크리비 부부에게 있어서는 결과가 좋았다고 할 순 없다. 하지만 끝없이 변화하는 상황 하에서 서로에 대한 느낌이 늘 같을 수는 없지 않은가? 얼마 전 있었던 우리의 작은 파티(나는 그것에 '봄맞이 파티'라는 이름을 붙였다) 때 나는 사진을 찍었다. 그때 찍은 사진들 중 하나에서 장리노는 언제나처럼 잔뜩 멋을 낸 차림으로 소파에 앉은 리디 앞에 우뚝 서 있다. 두 사람 모두 얼굴을 왼쪽으로 돌리고 웃고 있다. 그들은 유쾌해 보인다. 장리노는 안색이 불그레하고 만족스러워 보인다. 리디의 적갈색 머리카락 위로 몸을 숙인 채 소파 등받이에 기대 서 있다. 그들이 무엇 때문에 웃고 있었는지 나는 아주 정확하게 기억한다. 이 사진은 사건 자료로 사용되었다. 그 사진에는 다른 보통 사진에는 나와 있지 않은 것이 포착되어 있다. 다시는 재현되지 않을 한 순간, 어쩌면 반드시 실제로 일어난 것이 아닐 수도 있는 석화

된 한 순간이. 하지만 그것이 리디 쾸비네가 살아서 찍은 마지막 사진이라는 것을 고려하면, 그 사진은 은밀한 의미를 품고 있고 섬뜩한 아우라에 둘러싸여 있는 것 같다. 나는 최근 어떤 주간지에서 1970년대에 아르헨티나에서 찍힌 요제프 멩겔레(*1911~1979. 나치 독일의 의사로 유대인에 대한 생체 실험 등 최악의 악행을 저질렀다)의 사진을 보았다. 그는 반소매 셔츠 차림으로 야외에서 어린 소년 소녀들에게 둘러싸인 채 남은 음식을 앞에 두고 앉아 있다. 소풍을 나온 분위기이다. 소녀들 중 하나는 그의 팔에 매달려 있다. 그 애는 웃고 있다. 나치 의사도 웃고 있다. 그들은 삶의 경쾌함과 태양을 증인 삼아 거리낌 없이 웃고 있다. 중심인물의 이름이나 날짜가 없다면, 그 사진에는 특이한 점이 전혀 없다. 우리가 알고 있는 사실이 우리가 보고 있는 것을 어지럽힌다. 사진이란 것이 과연 진실인가?

내가 어쩌다가 봄맞이 파티를 열어야겠다는 생각을 하게 되었는지 잘 모르겠다. 우리는 집에서 이런 종류의 파티를 연적이 없었다. 술 모임이나 축하 파티는 물론 봄맞이 파티 같은 것은 한 적이 없었다. 우리 집에 친구들이 온다 해도 여섯 명이상 넘은 적이 없어서 탁자 하나에 둘러앉을 수 있었다. 처음에 나는 파스퇴르 연구소의 여자 동료들을 초대할 생각을 했다. 거기에 피에르의 동료 몇 명이 추가되었고, 이어 몇몇 사람들이 더 생각나자 나는 다소 북적이는 모임을 구상하기 시작했다. 이내 의자 문제가 수면으로 떠올랐다. 피에르가 내게 말했다. 우리 마노스크리비 댁에서 의자를 빌리자.

"그 사람들은 초대하지도 않으면서?"

"초대하면 되지. 그 집 안주인은 노래도 부를 수 있잖아!"

피에르는 마노스크리비 부부에게 크게 관심이 없었지만, 어쨌든 장리노보다는 리디를 더 흥미롭게 여겼다. 나는 40여 장의 초대장을 보냈다. 그런 다음 즉각 후회에 사로잡혔다. 초대장을 보낸 다음날 밤 나는 잠을 이룰 수가 없었다. 그 많은 사람들을 어디에 앉힌단 말인가? 우리 집에는 모로코식 의자를 포함해 총 일곱 개의 의자가 있었다. 마노스크리비 집에도 그 정도가 있을 것이다. 모로코식 의자는 앉기가 무척 불편했지만 어떻게 그걸 제외한단 말인가? 등받이 의자 외에 등받이 없는 쿠션의자와 소파를 잘 활용하면 일곱 명은 더 앉을 수 있을 터였다. 7 곱하기 3은 21. 지하 창고에 있는 등받이 없는 걸상을 추가한다 해도 스물두 개가 고작이다(나는 커다란 궤를 의자로 사용할 생각도 했지만, 그 궤는 모자라는 낮은 탁자를 보충할 용으로 써야 했다). 의자 열 개가 더 필요했다. 그것도 접이식 의자로. 여분의 의자들은 관객을 기다리며 비어 있는 좌석처럼 자리를 차지할 게 아니라 얌전히 접혀 있다가 필요할 때 펼 수 있어야 했다. 그런데 어디서 접이식 의자를 구한단 말인가? 우리 집에는 의자 서른 개를 완전히 펴놓을 공간이 없다. 보조 의자들이 무미건조하고 획일적이어서 마음에 들지 않는다는 사실 외에도 말이다. 그런데 과연 그렇게 많은 의자들이 정말 필요할까? 이런 식의 저녁 식사를 겸하는 비공식 파티—그렇고말고, 어디까지나 비공식 파티인 것이다!—에서는 참석자 모두가 자리에 앉지는 않는다. 그들은 서서 이야기하고 이리저리 움직인다. 왔다 갔다 하는 사람들, 자유롭게 여기저기 걸터앉는 사람들도 있다는 것을 염두에 두어야 한다. 팔걸이에 걸터앉는 사람도 있고, 벽에 등을 대고 편안히 바닥에 앉는 사람도 있을 것이다, 그렇고말고!… 생각이 유리잔으로 넘어가자… 나는 한밤중에 벌떡 일어나 집안에 있는 유리잔의 수를 세어보았다. 잡다한 것까지 합해서 서른다섯 개였다. 다른 찬장 속에 샴페인 잔 여섯 개가 더 있었다. 아침에 깨서 나는 피에르에게 말했다. 유리잔이 모자라. 샴페인 잔과 포도주 잔을 스무 개 정도 사야 해. 피에르는 플라스틱으로 된 샴페인 잔도 있다고 말했다. 내가 대답했다. 아, 안 돼, 그건 안 된다고, 종이 접시를 사용해야 한다는 것만으로도 이미 우울한 걸. 잔만큼은 유리로 된 것이어야 해. 피에르가 내게 말했다. 단한 번 쓰려고 굽 달린 잔을 사는 건 어리석은 짓이야. 하지만 송별회 파티에서처럼 플라스틱 잔에 샴페인을 마실 수는 없어! 그러자 피에르는 플라스틱이라도 내 마음에 들 만큼 단단한 잔도 있다고 말했다. 우아한 샴페인 잔 10개들이 세 상자와 스테인리스 스틸 같은 금속광택이 나는 플라스틱으로 된 일회용 스푼·포크·나이프 세트 50개 들이 세 박스를 주문했어, 피에르가 말했다. 그 말을 듣고 나는 마음을 놓았다, 파티 당일인 토요일까지는. 그날 오후 나는 유리잔과 관련해 새로운 위기에 봉착했다. 샴페인 잔은 준비되었지만, 포도주 잔이 없었던 것이다. 이 동네 되유랄루에트를 돌아다닌 끝에 나는 둥근 컵 30개와 유리로 된 샴페인 잔 6개 들이 한 박스를 사서 집으로 돌아왔다. 나는 한 번도 안 쓴 식탁보를 꺼내 궤 위에 깔고 굽 달린 잔·둥근 컵·그 밖의 잡다한 유리컵들을 늘어놓았다. 누군가 보드카를 원할 경우를 위해 작은 보드카 잔 네 개까지. 주방에 있는 것까지 헤아리면 백 개가 넘었다. 여섯 시 경 벨이 울려서 나가보니 리디였다. 이미 반쯤 치장을 마친 그녀가 양손에 의자 하나씩을 들고 서 있었다. 우리는 의자를 더 가지러 그들의 집으로 올라갔다. 방에는 노란 벨루어 소파가 놓여 있었다. 나는 그때까지 그들의 방에 들어가 본 적이 없었다. 구조는 우리 방과 똑같았지만 열 배는 더 울긋불긋

했고, 열 배는 더 잡동사니가 많았다. 벽에는 목재 성상聖像들과 하얀 로프드레스(*밧줄처럼 굵은 실로 몸에 꼭 맞게 만든 드레스) 차림의 반라의 니나 시몬 포스터가 걸려 있었고, 침대 배치도 우리 집과 달랐다. 쿠션 한가운데에는 쇠약해 보이는 에두아르도가 경계의 빛을 보이며 앉아 있었다. 도대체 너 거기서 뭐하는 거야! 리디가 소리쳤다. 그녀가 손뼉을 치자 고양이는 줄행랑을 쳤다. 그녀가 말했다. 전 고양이를 방에 못 들어오게 한답니다. 나무 뚜껑이 덮인 요강 같은 것이 놓여 있었다. 방을 한번 훑어본 나는 장리노가 그 방의 장식에 전혀 개입하지 않았음을 알 수 있었다. 그 방은 그가 좋아하는 스타일과는 거리가 멀었다. 나아가 아파트의 나머지 부분 역시 두 사람의 삶을 거칠게 절충한 것에 더 가까웠다. 조금 열린 창문 주위에는 섬세한 영국식 사탕그릇과 어울림직한 실크 커튼이 부드럽게 펄럭이고 있었다. 가구들 위로 멀리, 우리 집에서는 보이지 않는 에펠 탑 끝을 볼 수 있었다. 몹시 무거운 안락의자를 들어 올리며 나는 그들의 방에 부러움을 느꼈다. 살아오는 동안 나는 종종 전망이 나쁜 방들 때문에 큰 충격을 받았다. 어린 시절의 방. 병원의 병실. 전망 나쁜 호텔방. 방의 질을 결정하는 것은 창문이다. 창문은 공간의 윤곽을 결정하고 빛을 들여놓는다. 창의 커튼도 마찬가지다. 비치는 커튼이라니! 출산 때를 포함해 나는 평생 병원에 세 차례 입원했다. 그 때마다 뿌연 유리가 끼워진 대형 창문이 달린 병실을 보고 절망감을 느꼈다. 창 너머로는 좌우 대칭을 이루는 건물의 난간이나 잘린 나뭇가지 혹은 불균형하게 담긴 하늘이 보였다. 그런 병실은 보는 순간 내게서 모든 희망을 앗아가 버렸다. 아기가 누워 있는 유리로 된 요람이 바로 곁에 있었음에도.

로버트 프랭크의 가장 잘 알려진 사진 중에 미 서부 몬태나 지방의 주도에 있는 뷰트 시의 모습을 호텔 방의 창을 통해 찍은 것이 있다. 지붕들·창고들·멀리 보이는 연기. 풍경의 절반은 양쪽에 있는 얇은 망사 커튼에 가려 보이지 않는다. 어릴 때 내가 여동생 잔과 함께 쓰던 방의 창은 일부가 체육관 벽에 면해 있었는데, 그 벽의 칠 전체가 바스라지고 있었다. 왼쪽으로 몸을 기울이면 버스 정류장과 텅 빈 거리를 볼 수 있었다. 그 집은 퓌토(*프랑스 북부 일드프랑스 지역에 있는 도시)에 있는 벽돌 건물에 있었는데 지금은 허물어지고 없다 (언젠가 나는 그 앞을 지나간 적이 있는데 옛 모습을 전혀 알아볼 수 없었다). 그 집에도 프랭크의 사진에서와 똑같은 망사 커튼이 있었다. 짜인 조직도 같고, 수직으로 내려오는 두꺼운 직물이 조금 구겨진 것까지 똑같았다. 그 커튼은 세상을 똑같이 음울하게 보이게 했다. 창턱 또한 똑같았다. 너무 좁아서 아무것도 놓을 수 없는 낡은 돌 턱. 뷰트의 호텔방은 우중충한 집들과 텅 빈 거리 위로 불쑥 나와 있다. 퀴토에 있던 우리 집 내 방은 출구 없는 뒷담에 면해 있었다. 눈부시게 빛나는 전망이 있었다면 그런 천을 드리우지는 않았을 것이다. 내가 리디에게 말했다. 이 안락의자는 좀 거추장스러울 것 같아서 안 가져가는 게 낫겠어요.

"예, 맞아요, 나중에는 골칫덩이가 될 거예요."

그녀가 나를 거실로 이끌었다. 그 집 베란다에는 작은 정글이라고 해도 좋을 만큼 식물이 많았다. 현대식 건물의 상자 같은 작은 베란다에 사람들은 보통 과한 욕심을 부리지 않는데 말이다. 가지를 뻗은 키 큰 미모사가 아래층에서도 보였다. 화분에 심어진 관목에서는 싹이 트고 있었다. 리디가 물을 줄 때면 이따금 우리 집 베란다까지 물이 튀었다. 내가 말했다. 이집 베란다는 정말 멋져요. 그녀는 나에게 피기 시작하는 튤립과 그날 아침 핀 크로커스를 보여주었다. 다른 거 필요한 건 없으세요? 접시나 유리잔은요?

"그런 건 충분할 것 같아요."

"이렇게 오셨으니 병아리 갈아 죽이기에 반대하는 청원서에 서명해주실 수 있으세요?"

"병아리를 갈아 죽인다고요?"

"수평아리들을요. 수평아리들은 닭이 될 수 없답니다. 산채로 분쇄기 속에 던져져 갈가리 찢기고 말죠."

"그런 끔찍한 일이!" 하고 말하며 나는 명단에 내 이름을 쓰고 서명을 했다.

"냅킨은요? 다림질을 안 해서 구김이 있긴 하지만 린넨 냅킨이 있는데요."

"이제 더 필요한 건 없어요."

"장리노는 샴페인을 사러 나갔어요. 체스터필드도 한 대 피울 겸해서요."

"그런 거 사 오실 필요 없는데요."

"그래도 그냥 갈 순 없죠!"

그녀는 나보다 훨씬 더 흥분해 있었다. 파티에 대한 걱정 때문에 지쳐서 나는 파티 시간이 다가오자 무슨 벌이라도 받는 것 같은 심정이 되어 있었다. 즐거워하는 그녀를 보자 나는 그런 나 자신이 부끄러웠다. 이제 보니 그녀는 다감하고 호감 가는 여자였다. 그녀로서는 그동안 거만하게 보였던 우리가 이렇게 자신들을 집으로 초대할 것을 예상치 못한 모양이었다. 우리는 세 개의 의자들을 더 들고 다시 그 집을 나섰다. 아래층에 이르러 내가 말했다. 이제 다 됐어요, 정말 고마워요, 리디. 이제 가서 예쁘게 단장하세요! 그녀는 공모라도 하듯 내 손목을 쥐었다.

"조만간 제가 당신을 '리셋'해 드려야겠어요."

"그게 무슨 말인가요?"

"제 추錘로 당신을 진단해볼 거예요. 노폐물을 모두 제거하고 내장을 비우는 거죠. 그런 다음 유동성을 복원시킬 겁니다."

"그러려면 몇 년이 걸리겠어요!"

그녀는 미소를 짓고는 오렌지색 머리카락을 흔들며 층계를 걸어 올라갔다.

다시 망사 커튼에 관한 이야기로 돌아가자. 사춘기를 막 지났을 무렵(드네와 어울리기 전), 내게는 조엘이라는 단짝 친구가 있었다. 예쁘고 재미있는 친구였다. 우리는 밤에도 서로 꼭 붙어 지냈다. 그 애의 집안은 우리 집안보다 더 콩가루였다. 우리는 바보 같은 농담을 시시덕거리면서 유화를 그리곤 했다. (소재를 너무 많이 담아낸 그 그림들 중 몇 개를 나는 아직도 갖고 있다.) 우리는 노랫말을, 이야기를 썼고, 남자용 풀오버 차림에 파토가(*두꺼운 천이나 가죽으로 만든 창이 두껍고 목이 긴 신발의 상표명)를 신고 지냈다. 당시는 비트족(*1950년대 미

34

국의 경제적 풍요 속에서 개개인이 사회 조직의 부속품으로 전락하는 것에 대항하고 부르주아지의 가치관과 소비에 반대하여 인간 정신의 신뢰를 회복하고 산업화 이전의 전원생활로 돌아가고자 했던 사람들)의 시대였다. 나로 말하자면 대마초를 피우긴 했지만 도를 넘은 적은 한 번도 없었고 술도 많이 마시지 않았다. 하지만 조엘은 환각제나 그 외 위험한 약 같은 것을 겁내지 않았다. 우리의 우정이 침몰한 것은 그 때문이었다. 어느 해 그 애는 아시아에서 환자 수송용 비행기에 태워져 프랑스로 돌아왔다. 환각작용이 있는 버섯을 섭취해 머리가 이상해졌던 것이다. 그때 그 애의 나이는 만 열여덟 살이었다. 그로부터 20년 후 나는 그 애의 전화를 받았다. 페이스북에 있는 동생 잔을 통해 내 연락처를 알아낸 모양이었다. 나는 그녀를 만나러 오베르빌리에로 갔다. 뜰 쪽으로 창이 난 집이었다. 조엘은 앤틸리스 제도에서 어떤 마르티니크 섬 출신 남자와의 사이에서 낳은 아이를 데리고 막 돌아온 참이었다. 그 남자는 자연 속으로 사라졌다고 했다. 그녀는 간호사 자격증을 땄고 일을 찾고 있었다. 그녀와 아이는 나란히 붙은 방 두 개짜리 집에서 살았다. 하나는 탁자가 딸린 전실이었고 다른 하나는 침실이었다. 그렇잖아도 어두운 그 두 공간은 색 바랜 망사 커튼 때문에 더 어두워 보였다. 아직 어둠이 내리지 않았음에도 조엘은 전등을 켰다. 짓눌린 듯한 일요일을 떠올리게 하는 전등빛과 아직 남은 햇빛이 뒤섞인 실내에서 우리는 이야기를 했다. 사실 그날은 우리가 함께 있으면서 전기를 절약해야 한다는 강박관념을 벗어버린 유일한 날이었다. 지난날 우리는 보통 방에서 나가기도 전에 전등을 꺼야 했다. 잔과 나는 어둠 속에서 지내는 데 익숙했다. 나는 오래전부터 어두운 것이 더 좋았다. 어둠은 햇빛과 전등의 음울한 조합보다 덜 서글펐다. 그날 조엘은 나에게 차를 만들어주었고, 나는 노르스름한 벽을 배경으로 겁먹은 듯 보이는 어린 아들을 안고 앉아 있는 그녀를 보았다. 나는 생각했다. 우리 관계는 잘되지 않을 거야. 나는 저녁 무렵 그곳을 떠났다. 두 번째로 그 애를 버린 것이다.

파티 한 시간 전 그럭저럭 준비가 끝났다. 전채용 접시는 채워졌고, 토티야는 오븐에 들어갈 준비가 되었다. 샐러드는 피에르가 만들기로 되어 있었다. 무엇을 입을까 하는 것에 대해서는 며칠 전부터 두 벌의 옷을 염두에 두고 있었지만, 결국 특별할 것도 없고 위험 부담도 없는 검은 드레스를 입으리라는 것을 나는 알고 있었다. 나는 신경안정제를 한 알 삼키고 기네스 펠트로가 권하는 새로운 항노화 방식으로 화장을 하러 갔다. 지적인 관점에서는 항노화라는 단어를 인정하지 않지만(나는 그 단어가 죄의식과 무력감을 불러일으킨다고 생각한다), 내 뇌의 다른 한쪽은 그 방식이 효과적이라는 호언장담에 동의한다. 최근 나는 멋진 오스트레일리아 여성이라면 누구나 핸드백 속에 갖고 있다는 말에 솔깃해서, 인터넷으로 케이트 블란쳇의 애호품이라는 크림을 주문했다. 내게는 뭔가 모순적인 게 있는 것 같다. 어느 날 라디오에서 프랑스인들의 심리적인 피로감에 대해 이야기하는 것을 들었다. 심리적인 피로감이라는 개념이 모호했음에도 나는 나만 그런 것이 아니라는 것을 알자 마음이 놓였다. 프랑스인들이 완전히 안전하다는 느낌을 잃어버렸다는 이야기는 새로운 것이 아니다. 자신이 완벽하게 안전하다고 그 누가 말할 수 있을까? 모든 것이 불확실하다. 그건 존재의 조건 그 자체가 아닌가. 라디오에서는 더 나아가 사회적 유대가 약화되는 것을 걱정하고 있었다. 신자유주의와 세계화라는 두 개의 재앙이 유대감을 만들어내는 것을 방해한다는 것이다. 나는 생각했다. 넌 오늘 밤 되유랄루에트의 네 집에서 유대감을 만들어내는 데 일익을 담당하는 거야. 넌 초대객들을 위해 쿠션을 정리하고 초를 꽂았어. 양파가 든 토티야를 시원한 곳에 두었고, 영양크림을 처방대로 위쪽으로 원을 그리며 바르지. 넌 지금 미량이긴 하지만 삶에 젊음을 불어넣고 있는 거야. 여자는 밝아야 해. 침울하고 울적해도 괜찮은 건 남자들이야. 어떤 나이부터 여자들은 언제나 기분을 좋게 가져야 해. 스무 살짜리가 인상을 쓴다면 섹시하지만, 예순 살 먹은 여자가 그런다면 얼마나 보기 싫겠어. 젊을 때는 '하나의 관계'를 만든다는 말 같은 건 하지 않아. 관계라는 말의 단수형이 언제부터 시작되었는지 모르겠어. 그게 뭘 의미하는지도 모르겠고. 추상적 관념으로 축소된 관계는 그 자체로 아무런 미덕도 없어. 공허하기 짝이 없는 그 표현은 더더욱 그렇고.

열흘 전 어머니가 세상을 떠났다. 나는 어머니를 그렇게 자주 보고 지내지는 않았다. 지상 어딘가에 '내 어머니'가 있었다는 사실, 그러니까 어머니의 존재가 지상에서 사라졌다는 사실 말고는 어머니의 죽음으로 내 삶이 크게 달라진 것은 없다. 어제 나는 어머니의 마지막 나날 동안 어머니를 돌봐주었던 간호보조사의 방문을 받고 그녀에게 비용을 지불해야 했다. 그녀는 언제나 나를 겁에 질리게 하는 거대한 체구의 여자로 말을 할 때면 숨을 헐떡였다. 그녀는 이 건물에서 벌어진 비극적인 사건에 대해 들었다면서 비상한 호기심을 표하며 자세한 내용을 알고 싶어 했다. 내 조심스러운 태도에 실망한 그녀는 생미셸 사의 과자를 우물거리면서 비트롤의 어느 빵

집 여주인 사건을 요란하게 떠벌였다. 크리스마스이브에 어떤 여자가 친자식들을 살해한 사건이었다. 문제의 빵집 여자는 한밤중에 선물을 포장해서 크리스마스용 전나무 아래에 가져다둔 다음 아들 방으로 가서 베개를 아들의 얼굴에 대고 아들이 숨이 막혀 죽을 때까지 눌렀다. 그런 다음 딸 방으로 가서 똑같은 짓을 했다. 간호보조사가 말했다. 그 여자는 선물을 포장해 트리 아래 갖다놓고 그 길로 가서 아이들을 죽인 거예요. 그녀가 말을 이었다. 내가 참을 수 없는 건 당사자가 죽어서 말을 할 수 없게 되고 나서야 우리가 이 모든 것을 알게 된다는 거예요. 우리는 이 사건의 표면적인 정보는 알 수 있지만 그 다음에 대해서는 '제로'예요. 더이상 깊은 내용을 알 수 없는 거죠. 우리가 흥미를 갖도록 해놓고 코앞에서 문을 닫아버리는 격이죠. 전쟁이나 살육은 지나치게 포괄적이에요. 그녀는 갈레트 하나를 더 집으며 말했다. 내가 보기에 포괄적인 것은 큰 의미가 없어요. 그런 건 나 자신의 문제를 잊는데 아무런 도움이 안 되요. 하지만 일상적인 삶의 비극은 나로 하여금 자신을 잊게 해주죠. 나의 하루를 채워요. 우리는 그것에 관해 이러쿵저러쿵 토론하고요. 그게 얼마나 가슴 아픈지는 더이상 생각하지 않죠. 제 말은 그게 꼭 위로가 된다는 건 아니에요. 하지만 어떤 점에서는 위로가 되죠. 그 여자는 왜 자기 아이들을 죽일 거면서 트리 아래에 선물을 갖다놓은 걸까요? 부인의 어머니와 저는 아주 잘 통했어요. 부인의 어머니는 정말 친절한 분이셨죠!"

"예, 그럼요."

"친절한 분이셨어요. 모든 사람들에게 친절하셨죠."

"이제 그만 가보시는 게 좋겠어요, 아니세 부인. 제가 할일이 좀 있어서요…."

그녀는 티셔츠의 허리춤을 바로잡았다. 티셔츠의 나염 무늬가 나에게 1960년대의 포마이카 탁자를 떠오르게 했다. 이윽고 그녀가 천천히 몸을 일으켰다.

"사실 저는 그 크리스마스 선물에 대해 나름대로 추론한 게 있는데요…."

지네트 아니세의 외모에서 눈에 띄는 것은 두 가지뿐이었다. 하나는 귀걸이의 고리쇠에 연결된 공 모양의 금빛 장식이고, 또 하나는 이마의 애교머리였다. 그녀의 머리카락은 이마쪽을 제외하고는 똑같이 짧게 잘려 있었다. 이마 위에는 2센티미터 정도 되는 머리카락이 꽃부리 모양으로 둥글게 말려 있었다. 그 애교머리는 거의 눈에 띄지 않았다. 나처럼 머리 모양에 민감한 사람만이 알 수 있을 터였다. 그 애교머리는 규칙적인 간격으로 이마 위쪽을 덮고 있었는데, 주의하시라, 그것은 끝이 자연스럽게 말려 올라가는 것이 아니라 장식을 목적으로 각 타래별로 공들여 만 술 장식 같은 것이었다. 정말이지 '애교머리'였다.

"내 추론은요. 선물을 포장해 갖다 두면서 그 여자의 머릿속에 아이들을 죽여야겠다는 생각이 떠오른 것 같아요." 지네트가 말했다.

"그럴 수도 있겠죠⋯."

그녀가 모직 코트를 집어 들었다.

"아니세 부인, 코바늘로 뜬 쿠션 커버 같은 거 좋아하세요?"

"아, 부인 어머님이 만드신 커버들이군요⋯. 정말 고맙습니다만, 제 집에는 쿠션이 없답니다."

"그럼 손뜨개 레이스 받침은요?"

"추억의 손뜨개로군요, 이런!⋯. 그리고 저건 부인 엄마의 방에 있던 사진이네요!"

그녀가 나에게 모친을 '엄마'라고 지칭한 것에 나는 짜증이났다. 나는 그런 어린애 같은 말투를 내게 쓰는 것을 좋아하지 않는다. 그녀가 말하는 사진이란 라 세인쉬르메르에서 찍은 엠마뉘엘의 사진이었다. 어머니는 그 사진을 틀에 넣어 침대 협탁에 올려두고 있었다. 수영복 차림으로 모자를 쓰고 있는, 열두 살 때의 손자 사진을. 어머니는 또한 잔의 아이들의 옛날 사진도 갖고 있었다. 아이들의 생일에 찍은 것이었다. 나는 그런 사진들이 어머니에게 어떤, 그러니까 감정적으로 어떤 의미가 있는지 늘 궁금했다. 내 생각에 어머니는 그 사진들을 보기 위해 거기 둔 것이 아니었던 것 같다. 그것들은 그저 습관적으로 틀에 끼워져 어머니의 침대 옆에 놓여 있었을 뿐이다. 사람은 관습이라는 체제하에서 산다. 우리는 남들이 가는 길을 간다. 떠나기에 앞서 지네트 아니세는 자신은 무료진료소를 그만두었다고 말했다. 이제는 재가 근무만을 원한다는 것이었다. 사실 그녀는 실업상태였다. 나는 주변에 그런 도움을 필요로 하는 사람이 있는지 알아보겠노라고 말했다. 하지만, 나는 그녀를 그 누구에게도 추천하지 않을 것이다. 그녀가 간 후 나는 문을 잠그고 문제의 사진을 바라보았다. 엠마뉘엘의 작은 몸이 거기 있었다. 그 애의 지나치게 야윈 두 팔이. 그날 그 애는 그 해변에서 가장 바쁜 아이였다. 안에 뭐가 들었든 들지 않았든 간에 그 애는 한손에 줄곧 양동이를 들고 물가와 덤불숲 사이를 수십 차례 왔다 갔다 했다. 그 애는 덤불숲에 무슨 미니어처를 만든답시고 모래를 쌓고 파도 속에서 여러 가지 생물들과 조개껍질과 나뭇조각과 돌멩이를 찾아내려 애썼다. 그 애가 물속에 들어가는 것은 결코 수영을 하기 위해서가 아니었다. 허리까지 오는 물속에 서서 그 애는 내게 외쳤다. 엄마, 말해봐, 누가 죽는 걸 보고 싶어? 나는 그 애의 중학교 선생님 중 하나의 이름을 댔다(그건 장난이었다).

"무슈 비바레!"

"무슈 비바레라고, 좋아!… 자네 뭘 하고 있는 건가, 엠마뉘엘?!… 푸! 푸! 푸!!"

그 애는 펄쩍 뛰어올라 요란한 소리를 내며 파도 속으로 뛰어들었다.

"마담 펠루즈!"

"엠마뉘엘, 제발 그 칼라슈니코프 자동 권총을 내려놓게!!!… 푸우우! 푸!!! 푸우우우우!!"

"마담 파뤼지아!"

우리는 그렇게 선생님들을 하나하나 모두 죽였다.

오늘날 넌 한 홍보회사의 '콩탕 샹피옹'이 되었지. 사람들이 네게 무슨 일을 하느냐고 물으면, 너는 수석 '프로젝트 컨설턴트'(영어로 된 직함이 훨씬 낫구나!)라고 대답하지. 이 사진을 보니 네 몸이 예전에 어땠는지 생각난다. 이런 걸 떠올리는 건 정말 오랜만이다. 요즘 나는 예전처럼 자주 사진 앨범을 열어보지 않는다. 그 애의 여윈 두 팔이 내 목에 매달리는 것을 다시 느끼고 싶다. 나 역시 세계적인 일에는 크게 영향을 받지 않는다. 그러니까 아니세라는 여자의 말이 옳다.

어느 날 아무런 예고도 없이 레미가 장리노 마노스크리비의 목에 매달리는 사건이 일어났다. 그 일이 일어난 장소는 이 포포타뮈스(*어린이를 위한 식당 체인) 안이었다. 장리노와 리디와 레미 세 사람은 리디의 재즈 연구소 친구들인 한 커플과 점심식사를 하고 있었다. 아이들이 다 그렇듯 테이블에서 몸을 뒤틀고 있던 레미는 열려 있는 베란다 아래서 비눗방울 놀이를 해도 좋다는 허락을 받아냈다. 눈으로 줄곧 레미를 지켜보고 있던 장리노는 어느 순간 그 애의 모습이 보이지 않는다는 것을 깨닫는다. 그는 계단을 내려가 제네랄르클레르 대로 여기저기를 두리번거린다. 아이의 모습은 보이지 않는다. 할머니 리디는 겁에 질린다. 장리노는 그녀와 함께 다시 밖으로 나온다. 그들은 오른쪽 왼쪽으로 갈라져서 일대를 맴돌다가 다시 식당으로 돌아와 종업원들에게 아이를 보았는지 물어보고 다시 밖으로 나온다. 그들은 아이의 이름을 소리쳐 부르지만 도시의 풍경은 사방으로 열린 채 텅 비어 있다. 가수 친구들은 음식에 더이상 손을 대지 못하고 겁에 질린 채 테이블에 앉아 있다. 그때 그들에게서 그리 멀지 않은 자리에 앉아 있던 다른 손님이 은밀하게 턱짓으로 식기대 쪽을 가리킨다.

그 옆에 종려나무인 듯한 화분 하나가 놓여 있다. 리디의 친구가 마침내 그 신호의 의미를 알아채고 자리에서 일어나 그곳으로 걸어간다. 레미가 자신의 장난에 한껏 만족한 채 화분 뒤에 웅크리고 있다. 마노스크리비 부부가 얼빠진 표정으로 돌아온다. 리디는 달려가 아이를 꼭 껴안는다. 그 애를 잃어버리지 않아 다행이라는 생각조차 떠오르지 않는다. 모든 것이 제자리로 돌아온다. 그 동안 장리노는 한마디도 하지 않았다. 그는 창백하고 어두운 표정으로 다시 자리에 앉았다. 레미 역시자기 자리로 돌아왔다. 사람들이 그 애에게 '일 플로탕'(*크림위에 달걀로 만든 반죽을 띄운 후식)을 먹는 것이 어떠냐고 제안한다. 그 애는 만족한 표정으로 어린이용 의자에 앉아 몸을 좌우로 흔든다. 그러더니 무슨 이유인지 자리에서 일어나 장리노에게 다가간다. 두 팔로 그를 얼싸안고 그의 가슴팍에 얼굴을 묻는다. 장리노의 가슴이 벅차오른다. 그는 사랑이 가져오는 은밀한 승리를 믿었다. 상대에게 줄곧 거절당해온 연인들이 예상치 못한 상대의 사소한 몸짓 하나에 열광하는 것처럼. 이미 사랑에 동의한 이들에게서 나온다면 아무런 가치도 없을 사소한 몸짓에 말이다. 나는 그 점에 대해 쓸 말이 있다. 상대의 감정 같은 것에는 신경도 쓰지 않던 그런 유형의 사람이어느 날 아침 엉겁결에 혹은 사악한 계산에서 뜻밖의 신호를 보내는 것이다. 나는 그런 행위가 도발하는 게 무엇인지 안다.

장리노의 고모가 어떻게 지내는지 알아봐야겠다. 지네트 아니세의 방문을 받고서야 나는 그 문제에 생각이 미쳤다. 장리노는 자기 아버지의 누이, 그러니까 자기 고모를 프랑스로 데려와 유대계 양로원에 입원시켰다. 어느 날 오후 나는 장리노를 따라 그곳에 갔다. 우리는 카페테리아로 갔다. 그곳은 기능적으로 재편성된 커다란 홀로, 바닥에는 대리석 조각들이 촘촘하게 깔리고 벽은 매끄럽고 테이블 주위에 놓인 회전 의자에는 입원자들이 방문객들과 함께 앉아 있었다. 모든 재료들이 소리를 잘 튕겨내고 크게 울리게 한다는 이유에서 선택되기라도 한 것처럼, 소리가 요란하게 울리는 공간이었다. 장리노의 고모는 보행기를 타고 빠른 속도로 다가왔다. 정신은 멀쩡했고, 두 다리에도 힘이 있었다. 그녀는 자신의 불편한 몸, 특히 통제할 수 없는 체머리 증상을 보이는 고개를 그다지 당혹스러워 하지 않았다. 하지만 그 때문에 발음이 불완전하고 말소리가 중간 중간 끊겼다. 그녀는 세 가지 언어를 동시에 사용했다. 옛날에 쓰던 반쯤 잊어버린 세련된 프랑스어·이탈리아어, 그리고 돌로미테 지방의 방언인 라딘어였다. 장리노는 자기 고모와 나를 벽걸이 텔레비전이 걸려 있는 구석 자리로 안내했다. 텔레비전에서는 뮤직 비디오가 최대의 볼륨으로 나오고 있었다. 우리가 대화를 하는 동안(그런 걸 대화라고 부를 수 있다면), 장리노는 발작적인 동작으로 얼굴에 난 수염을 뽑고 있었다. 지금 장리노의 고모는 자기 조카에게 무슨 일이 일어났는지 알고 있을까? 그 사막 같은 홀 안에서 체머리를 흔들며 이제 그녀는 누구와 이야기를 나눌 것인가? 사소한 것으로 인해 나는 세계의 일관성을 의심하게 된다. 법칙들이 각각 따로 떨어져 서로 부딪치는 것 같다. 파스퇴르 연구소의 내 방 한구석에서 파리 한 마리가 나를 성가시게 한다. 파리가 멍청하게 구는 게 마음에 들지 않는다. 나는 창문을 활짝 연다. 파리는 건물 가장자리에 서 있는 나무를 향해 달아나는 대신 방 안을 지그재그로 왔다 갔다 한다. 조금 전까지 유리창에 몸을 부딪고 사방을 두드려대던 파리는, 이제 바깥 공기가 들어오고 하늘이 두 팔을 내밀자 어이없게도 어둠 속을 방황한다. 내가 에라 모르겠다, 하고 창문을 닫아 자신을 가둔다 해도 파리로서는 할 말이 없을 것이다. 하지만 파리는 가만히 있는 대신 짜증스럽게도 요란하게 붕붕거린다. 나는 파리의 이 붕붕거림이 혹시 갇히지 않기 위한 보호책이 아닐까 하고 자문한다. 그런 과시적인 행동이 없다면 나는 파리에게 그 어떤 연민도 품지 않으리라. 나는 전시해둔 내 훈장을 집어 들어 파리를 창문 쪽으로 쫓는다. 정확히 말해서 쫓으려고 애쓴다. 그도 그럴 것이 파리는 그 자비로운 파리채를 받아들이는 대신 재빨리 그 범위로부터 벗어나 천장 가장자리로 날아가 앉는다. 어째서 내가 이런 시간 낭비를 감수해야 한단 말인가? 장리노의 고모가 양로원에 오기 전에 살던 곳은 산악지방이었다. 그녀는 그곳에서 자신이 기르던 닭들에 대해, 밖에 풀어놓았다가 집안으로 다시 데려오면 사방으로 재빨리 흩어지던 닭들에 대해 줄곧 이야기했다. 고향 마을로 돌아가 소들이 이동하는 것을 다시 보고 싶다고, 요란스러운 종소리를 다시 듣고 싶다고 했다. 조만간 요양원에 전화를 걸어야겠다.

변호사가 나에게 장리노가 어떤 존재인지 물었을 때, 나는 친구라고 대답했다. 변호사는 친구라는 말의 의미를 이해하지 못하는 척했다. 그는 내가 장리노를 어떻게 알게 되었는지 알고 싶어 했다. 우리의 우정—정말이지 꼭 맞는 단어다—이 어떻게 시작되었던가. 어느 날 저녁 나는 사무실에서 조금 늦게 퇴근했다. 장리노는 바람 속에 목을 훤히 드러낸 채 건물 밖에서 체스터필드를 피우고 있었다. 나를 볼 때마다 그는 누런, 심한 덧니를 드러내며 나름 눈부신 웃음을 지었다. 그날 그는 인조 가죽으로 된 처음 보는 짧은 점퍼를 젊은이처럼 꼭

끼게 입고 있었다. 내가 물었다. 새로 사신 건가 봐요? 그 차림으로 탈 오토바이는 어디 있어요?

"자라Zara에서 샀답니다. 세일하더군요."

"멋지네요."

"마음에 드세요? 저한테 좀 너무 끼는 것 같지 않아요?"

나는 웃음을 터뜨리며 그와 포옹을 하고는 말했다. 이런 걸 사다니 정말 귀여우세요! 그 역시 웃음을 터뜨렸다. 여자 판매원이 그 옷이 그에게 잘 어울린다고 했다고 그는 말했다. 탈의실 안에서 더워 죽을 뻔했죠. 그곳에 십 초도 더 있을 수가 없더군요. 나는 그에게 옷이 주인과 그렇게 어울리지 않기도 드물 거라고 대꾸했다.

"아, 그래요? 빌어먹을!"

우리는 가로등 아래서 둘 다 정말로 배꼽을 잡고 웃었고, 그는 기침까지 했다. 그러더니 굵은 테의 안경 안쪽으로 손을 넣어 눈을 닦았다. 군데군데 얽은 그의 얼굴이 약간 번들거렸다. 나는 어쩌다가 얼굴이 그렇게 얽었는지 차마 묻지 못했다. 내가 먼저 건물 안으로 들어왔다. 그는 바람을 좀 더 쐬고 싶다고 말했다. 담배를 한 대 더 피우고 싶다는 뜻이었다. 현관에서 몸을 돌린 나는 유리창 너머로 새 점퍼를 입은 그가 어깨를 움츠린 채 한손으로 머리타래를 매만져 대머리를 가리

49

면서 주차장을 향해 걸어가는 것을 보았다. 즐거워하던 표정은 완전히 사라지고 없었다. 내가 나타나기 직전에도 그런 모습이었을 것이다. 나는 속으로 생각했다. 저게 우리의 모습이지. 너 역시 네가 아는 모든 사람들처럼 나이를 먹는 거야. 그러자 내가, 손에 손을 잡고 어떤 미지의 나이를 향해 나아가는 사람들 가운데 하나가 된 것 같은 느낌이 들었다.

사진을 볼 때 중요한 것은 사진의 이면이다. 셔터를 누른 사람이 아니라 그 사진을 고른 사람, 나 그 사진을 갖고 있어라고 말하는 사람, 내가 그 사진을 보여주는 사람 말이다. 서두르는 시선의 소유자에게라면 '여호아의 증인'을 찍은 이 사진은 전혀 특별할 게 없다. 주제 면에서도, 빛이라는 관점에서도. 잡지를 파는 넥타이 차림의 피곤해 보이는 사내. 1950년대 영화에서 인도 위의 배경으로 배치하는 인물들 중 하나. 그런데 로버트 프랭크가 미국 횡단 동안 찍은 수백 장의 사진들 중 그 자신이 최종적으로 고른 사진들 속에 이 사진이 있다. 중앙에 백발의 남자가 잡지를 들고 있다. 〈깨어라〉(들고 있는 이의 음울한 태도와는 완전히 상반되는 단어다)라는 잡지의 제목이 잘 보이도록 손목을 살짝 틀었다. 하지만 이 사진이 그런 역설적인 면 때문에 선택된 것 같지는 않다. 나는 이 사진의 제목을 기억하지 못했다. 내가 기억하는 건 피사체의 입매나 눈의 불안한 느낌이었다. 그러니까 이제는 존재하지 않는 어떤 것을 기억하는 것이다. 다시 말해서 태양이 흐릿하게 빛나던 어느 날의 인상 말이다. 헐렁한 정장 차림의 그는 정복자 인간을 위해 재단된 그 벽에 압도된 채 그런 끈기 있는 태도로 잡지 대신 딸기나 황수선화를 팔았을 수도 있다. 저녁이 되면 그가 어디로 돌아가는지 궁금하다. 우리는 안다, 그런 삶 가운데 어느 날 불길한 갈림길이 나타났으리라는 것을.

열흘 전 나는 어머니를 잃었다. 어머니가 돌아가실 때 나는 그 자리에 있었다. 어머니는 뭔가 거북한 듯 한쪽 어깨를 들어 올리더니 더이상 움직이지 않았다. 나는 어머니를 불렀다. 여러 차례 불렀다. 그러나 아무 반응이 없었다. 동료 랑베르가 한 말이 생각난다. 그의 어머니가 최근 자신에게 몇 살이냐고 묻더라는 것이다.

"일흔 살이에요, 엄마."

"일흔 살이라고, 이제 고아가 되어도 괜찮은 나이구나, 얘야." 그의 어머니가 소리쳤다.

지난 주말 나는 잔과 함께 어머니의 아파트를 비웠다. 불로뉴비랑쿠르에 있는 침실 두 개짜리 작은 아파트다. 무료 수거

업체가 와서 가구들과 주방 설비들을 실어갔다. 그리고 우리는 쓰레기봉투 속에 남은 것들을 던져 넣었다. 나무로 된 돼지 모형, 석고로 된 고양이 모형, 촛대, 프로방스 인형, 도금된 장식, 한 송이용 꽃병 같은 것들이었다. 사실 거의 전부를 버렸다고 할 수 있다, 서랍 속에서 나온 몇 가지 물건과 의류를 제외하면 말이다. 완전히 너덜너덜해진 앙드레 제화점 구두 상자 속에 다른 잡동사니들과 함께 들어 있던, 50년 전 내가 고등학교 목공 작업실에서 만든 버섯 모양의 호두까기 인형은 살아남았다. 나는 그게 아직 남아 있으리라고는 꿈에도 생각지 못했다. 잔은 그것을 기억하지 못했다. 그녀는 그것을 내가 만들었다는 사실을 믿으려 들지 않았다. 벽장 속에 놓인 침구 수납 커버 속에서 우리는 손뜨개로 뜬 작은 레이스 받침과 역시 손뜨개 쿠션 커버, 그리고 손뜨개 모티브를 이어 만든 침대 커버를 찾아냈다. 그 침대 커버는 옛날에 부부침대를 덮었던 것으로, 나는 이유는 알 수 없었지만 그것을 쓰레기봉투에서 꺼냈다. 우리 어머니는 코바늘뜨기의 달인이었다. 은퇴 후 어머니는 더이상 할 일이 없었다. 장을 보고 텔레비전을 보고 텔레비전 앞에서 뜨개질을 했다. 잔의 딸은 채 걷기도 전에 손뜨개로 뜬 배내옷과 치마를 선물 받아 그것을 입고 기었다. 그걸로 뭘 하려고 그래? 잔이 내게 물었다.

"기관 같은 곳에 보낼 수도 있잖아."

"누가 그런 걸 받고 싶어 하겠어?"

"다른 물건들과 함께 넘겼어야 했군."

"그래."

"그리고 옷가지들도."

"그래."

어머니의 옷들은 세심하게 정리되어 좁은 옷장 안에 빽빽하게 채워져 있었다. 자리에 누워 일어나지 못했어도 어머니는 마지막 순간까지 '남들 앞에 나설 수 있는' 옷차림을 고집했다. 어머니는 말하곤 했다. 사람들이 죽은 나를 발견했을 때 더럽다고 생각할까봐 두려워. 더러운 노인이 되지 말아야 한다는 생각이 머릿속에서 떠나질 않아. 우리는 블라우스와 카디건과 겨울 외투를 꺼내 세 단짜리 발판 위에 올려놓았다. 모두 우리가 오래전부터 보아온, 유행이나 계절과 상관없는 옷들이었다. 별다른 풍파 없이 출퇴근을 하고 집을 제대로 유지하고 산 보통 여자의 옷장. 태도에서든 다른 면에서든 그 어떤 대담한 시도도, 장난기 서린 일탈도 해본 적이 없는 여자의 옷장이었다. 그 옷장 안의 모든 옷은 잔과 내가 옛날부터 알고 있던 것들이었다. 우리가 퓌토에 살 때에도 어머니는 그 옷들을 입었다. 표면이 거친 모직 옷도 아는 옷이었고, 진초록색

·포도주색·베이지색 옷도 보던 것이었으며, 폴리에스테르로
된 실내복은 그렇게까지 오래된 것은 아니었지만 역시 본 지
몇 년은 된 것이었다. 옷장 구석에는 우리가 어머니에게 선물
한 머플러들이 잘 개어져 놓여 있었다. 머플러 두르는 것이 유
행이었을 때, 우리는 어머니에게 밝은 색감의 머플러들을 선
물했다. 우리가 전에 선물한 것을 어머니가 한 번도 두르지 않
았다는 사실을 깨닫지 못한 채 말이다. 머플러들은 먼지 타는
것을 막기 위해 습자지에 싸여 있었다. 잔이 그중 하나를 집어
들어 머리에 쓰면서 오드리 헵번 흉내를 냈다. 내가 응수했다.
라마단은 언제 시작하니? 우리는 웃음을 터뜨렸다. 한 사람의
삶 전체에서 남은 것이 거의 아무것도 없다고 느껴지는 그 작
고 텅 빈 공간에서 나는 낯선 슬픔이 목구멍까지 올라오는 것
을 느꼈다. 뚱보 아니세가 그 레이스 깔개를 받은 것은 의무감
에서였을 것이다. 그녀는 호의라도 베푸는 것 같은 몸짓을 곁
들여 "기념으로 갖고 있죠 뭐, 주세요."라고 말했다. 짐짓 감
동한 척하거나 그 만듦새에 감탄할 수도 있었지만, 그녀는 그
러지 않았다. 별것 아니라는 듯이 가방 안에 쑤셔 넣었을 뿐이
다. 나는 그녀에게 그것을 준 게 후회스럽다. 한 여자가 평생
동안 뜨개질을 해서 몇가지 작품을 남겼는데, 어디에도 누구
에게도 쓸모가 없다니. 어머니는 코바늘뜨기의 모티브를 고안

해냈지만 아무도 그런 것에 관심이 없다. 코바늘 모티브 같은 것에 누가 관심을 갖는단 말인가? 죽음이 모든 것을 휩쓸어 가버렸다. 그건 좋은 일이다. 새로 태어나는 이들을 위해 자리를 만들어야 한다. 우리 집안에서는 그 일이 급진적으로 이루어졌다. 누가 누구를 낳았고, 그 누구가 다시 누구를 낳았다는 성서의 단계적인 본보기 같은 것은 우리 집안에 없다. 우선 나는 친할머니 외에 다른 조부모를 본 적이 없다. 철도원이었던 친할아버지가 돌아가시자 과부가 된 친할머니가 좋아하신 것은 박새뿐이었다. 할머니는 창가로 날아드는 박새들에게 모이를 듬뿍 주었다.

위층 아파트는 여전히 잠겨 있다. 문에는 여전히 노란 딱지와 두 개의 밀랍 봉인이 붙어 있다. 이따금 나는 상황이 어떤지 보려고 일부러 위층으로 올라간다. 그곳에서 일어난 일이 천천히 증발해버렸다. 공기도 전과 같다. 나는 발코니 난간에 기대어 아래를 내려다본다. 평범한 풍경·쥐똥나무·그 집 화분의 덤불·새로 칠해진 그들의 주차 구역에 반듯하게 세워진 차들. 나는 주차장을 지나가는 마노스크리비 부부의 모습을 종종 보았다. 그들의 차는 승합차인 라구나였는데, 두 사람이 함께 움직일 때면 언제나 리디가 운전석에 앉았다. 장리노는 차에 타기 전 담배를 마저 피웠고, 그녀는 그동안 후진을 했다. 파티에는 열여덟 명이 왔다. 내가 예상한 손님 수의 반이었다. 오래된 친구들·피에르의 동료들·여동생 잔과 그녀의 전남편·내 조카·마노스크리비 부부·파스퇴르 연구소와 퐁푸브로 연구소의 내 동료들이 혼자 혹은 파트너와 함께 왔고, 또 오래 있지는 않았지만 엠마뉘엘도 왔다. 잔은 집에서 만든 오렌지 케이크를 가져왔는데 도착하자마자 무슨 캐비어 덩어리라도 가져온 것처럼 주방으로 달려가더니 그 케이크를 마른 행주로 싸서 냉장고의 남은 공간에 밀어 넣었다. 나는 즉각 그 애가 나를 지치게 하는 그 조증 상태에 있다는 것을 알았다. 내 동생은 감정 상태가 극도로 불안정하다. 기분이 한 시간 단위로, 아니 더 자주 바뀐다. 기분이 좋지 않을 때는 극단적이다. 음울한 상태로 거의 말이 없지만 그런 대로 대할 만하다. 기분이 좋을 때는 상황이 훨씬 나쁘다. 콧노래를 흥얼거리고 아이처럼 행동하고 일부러 아기처럼 말하면서 부자연스럽게 즐거움을 표현한다. 그 애는 액자공과 은밀한 연애를 시작한 참이었다. 연애 초기의 열락에 취해 그 애는 최근 섹스숍에서 목걸이와 줄을 샀다. 그 애는 나를 보자마자 한쪽으로 끌고 가더니 휴대전화에 저장된 그 물건들의 사진을 보여주고서야 놓아주었다. 그 애는 여러 가닥으로 된 가죽채찍도 갖고 싶어 했다. 인터넷에서 아주 예쁜 것을 보았다는 것이다. 악어가죽으로 된 손잡이에 네 가닥의 끈이 고정된 갈고리 채찍이었다. 하지만 가격이 54유로나 했고, "주의, 강도가 '몹시' 센 물건임", 이라는 글귀가 씌어 있다는 것이다. 나는 그 애가 사귄다는 액자공의 얼굴을 보고 싶었지만 그 애는 그의 사진을 갖고 있지 않았다. 그 남자는 예순네 살로 내 동생보다 다섯 살 위인 유부남이었다. 조정漕艇을 했었기 때문에 근육질의 팔을 갖고 있고, 팔에는 문신이 있다고 그 애는 말했다. 나는 생각했다, 어째서 내 인생에는 문신한 팔에 채찍을 든 사내가 나타나지 않는 것일까? 나는 나 자신이 그런 면에서는 끝났다고, 게임 아웃이라고, 늘 만나는 친구나 친지들을 교외에 있는 집으로 초대해 파티를 열기에나 적당하다고 생각했다. 그렇다고 해서 내 삶이 후회스럽다는 것은 아니다. 나는 내 남편 피에르와 잘 지낸다. 그는 유쾌하고 함께 살기 어렵지 않은 사람이다. 말도 많은 편이 아니다. 나는 수다스러운 남자를 좋아하지 않는다. 그는 물렁하지도 않고 지나치게 예속적이지도 않으며 내 의향을 존중해준다. 그는 부드럽다. 나는 그의 피부가 좋다. 우리는 서로를 속속들이 알고 있다. 나는 그의 사랑이 너무 무조건적이라고 그를 비난한다. 그는 나를 위험에 빠뜨리지 않는다. 그는 나를 찬양하지도 않는다. 그는 미울 때조차 나를 사랑하는데, 그렇다고 그 사실에 안심이 되는 것은 아니다. 우리 사이에는 전류가 흐르지 않는다. 그랬던 적이 있었던가? 이 무슨 딱한 대차대조표인가! 나는 안데르센 동화 속의 전나무다. 더 생기에 차고 더 신나는 무슨 일이 일어날 것인가! 숲이든·눈이든·새든·산토끼든 다 무슨 소용인가. 전나무가 그 무엇에도 즐거워하지 않는데. 전나무가 생각하는 건 그저 크는 것뿐이다. 그는 높이 자라서 세상을 내려다볼 생각만 한다. 이제 다 자란 그를 보라. 그는 자신이 벌목꾼에 의해 찍혀 운반되어 돛대가 되어 바다를 가로지르기를 꿈꾼다. 가지가 무성해지면 그는 찍혀 운반되어 크리스마스트리가 되기를 꿈꾼다. 전나무는 기다린다. 욕망이 그를 죽인다. 따뜻한 거실에서 사람들이 그 가지를 정돈하고 장식물을 단다. 그물망에 든 사탕을 걸고 그의 머리 꼭대기에 별을 단다. 그럴 때면 그는 다가올 밤을, 자신의 가지 위에서 빛날 촛불을 꿈꾼다. 숲 전체가 유리창에 얼굴을 대고 자신을 바라보며 자신을 선망하기를 꿈꾼다. 모든 장식물이 떼어내진 채 겨울 추위 속에서 잎 하나 없이 홀로 헛간에 있을 때, 그는 봄이 오기를, 다시 밖으로 나갈 수 있기를 바라며 스스로를 다독인다. 생기 잃은 통나무가 되어 뜰에 피는 새로운 꽃 옆에 길게 누워 있을 때면 그는 헛간의 어둑한 구석이 더 좋았다고 아쉬워한다. 도

끼날이 지나가고 성냥불이 켜지면 그는 과거 그곳 숲속에서
의 여름날들을 생각한다.

마노스크리비 부부가 제일 먼저 도착했고, 그와 동시에 나
세르와 클로데트 엘 우아르디가 왔다. 명석하고 근엄해 보이
는 부부다. 나는 나세르를 퐁푸브로 연구소에서 처음 만났다.
그는 그곳에서 유럽 담당자로 일하다가 후에 산업소유권자문
회사를 직접 설립했다. 클로데트는 생물정보학 연구원이다.
리디와 장리노는 천신만고 끝에 우리 집에 도착하기라도 한
것처럼 현관에 들어서자마자 자신들을 소개했다. 엘 우아르디
부부는 농담이 나올 때면 예의바르게 웃음을 터뜨렸다. 마노
스크리비 부부는 샴페인 한 병을 가져왔다. 장리노는 가시를
바짝 자른 연보라색 작은 장미 다발을 한손에 들고 있었다. 잔
과 그녀의 전 남편이 도착하기 전 잠시 동안은 우리 여섯뿐이
었다. 유난히 공허하고 심리적으로 불안정한 시간이었다. 두
쌍의 부부는 소파 양쪽 끝에 서로 몸을 붙이고 앉아 있었고,
피에르와 나는 일어났다 앉았다 하며 음료수나 채소샐러드
접시를 준비하느라 바빴다. 머리카락을 끌어올려 붙여 대머리
를 가린 장리노는 벌린 두 다리 사이에 깍지 낀 두 손을 넣은,
자신에 차서 뭔가를 기다리는 자세로 쿠션 앞에 앉아 있었다.

그는 래글런 소매의 상당히 우아한 연보랏빛 셔츠를 입고 내가 처음 보는, 반원형 모양의 모래색 안경을 쓰고 있었다. 리디는 샐러리 줄기를 다시 벗겨내고 있었다. 대화가 자연스럽게 흘러가지 않았다. 매번 말이 끊겼다. 한마디가 끝날 때마다 침묵이 찾아왔다. 어느 순간 나세르가 브륀 대로라는 말을 꺼내자 리디가 외쳤다, 아, 브륀 대로요. 우리가 다음번 '잼'을 할 장소가 바로 거기에요! 잼이라뇨? 나세르가 물었다. 그게 뭐죠? 대중을 상대로 한 재즈 공연을 말하는 거예요. 리디가 활짝 웃으며 대답했다.

"아, 그거 좋군요…."

"'황소 연주' 좋아하실 거예요! 친구들이나 혹은 낯선 이들이 와서 즉흥 연주를 하는 걸 그렇게 부른답니다."

"아, 즉흥 연주요! 예, 예, 좋죠. 당신은 악기를 연주하시나요?"

"전 노래를 불러요."

"노래를 부르시는군요. 대단하세요."

장리노가 자부심에 차서 고개를 끄덕였다. 내가 덧붙였다, 이분 노래 참 좋아요. 그러자 모두 친절한 몸짓을 곁들이며 동의했다. 우리는 그 대화가 조금 더 이어지기를, 누군가 최소한의 호기심을 표해주기를 바랐으나 그런 일은 일어나지 않았다, 그 대화는 그 대화가 솟아나온 열린 구멍 속으로 다시 떨어지고 말았다. 나는 창밖으로 눈길을 던졌다. 눈송이가 날리고 있었다. 눈이 내리다니! 봄의 첫날에. 내가 외쳤다, 눈이 와요! 내가 창문을 열자 차가운 공기가 안으로 들어왔다. 눈이 내리고 있었다. 점점이 흩날리는 눈이 아니라 묵직하고 납작한 굵은 눈송이였다. 모두들 발코니로 나갔다. 클로데트와 리디는 철책 난간 밖으로 몸을 기울여 눈이 바닥에 떨어져 녹는 것을 바라보았다. 남자들이 말했다. 쌓이지는 않을 거야. 여자들이 말했다. 쌓일 것 같은데. 우리는 날씨에 대해 계절에 대해, 또 무엇인가에 대해 이야기를 시작했다. 피에르가 샴페인을 땄고, 코르크가 튀어나가 눈송이를 맞추었다. 환경을 오염시키시는군요! 리디가 소리쳤다. 우리는 잔을 부딪치며 농담을 했다. 피에르가 엠마뉘엘 어릴 때 이야기를 시작했다. 그가 아이를 데리고 모르진의 겨울 스포츠장에 도착한 지 일주일쯤 지났을 때였다. 그들은 같은 방을 썼는데, 그 호텔 지하에 사우나가 있었다. 어느 날 저녁 피에르가 실내복 차림으로 사우나에 갔다가 느긋하게 방으로 돌아오니 엠마뉘엘이 텔레비전 앞에서 울고 있었다. 무슨 일이냐? 파리에 눈이 내려요! 눈은 여기도 오잖니, 애야. 밖이 얼마나 아름다운지 좀 보렴. 산꼭대기에 해가 지는 걸 말이야. 난 되유랄루에트로 돌아가고 싶어요! 아이가 징징거렸다. 아이는 침대 위를 구르면서 손에 잡히는 것을 모조리 바닥에 내던졌다. 되유랄루에트에 눈이 내리는 것을 놓친 실망감을 달랠 길이 없었던 것이다. 결국 피에르는 아이의 면전에 리모컨을 내던졌다. 리모컨은 벽에 부딪쳐 박살이 났다. 엠마뉘엘은 자신이 하마터면 그걸 맞을 뻔했다고 주장했고, 피에르는 자신이 조준한 것은 아들의 얼굴이 아니라 그 옆이었다고 힘주어 말했다. "'눈'은 곧 유년이자 행복"이라는 시오랑의 문장을 나는 언제나 기억하고 있지만 내게 이 말은 진실이 아니다. 잔이 케이크를 들고 주방으로 돌진하며 말했다. 하마터면 이 건물 통로에 얼굴을 박을 뻔했어. 마치 자신의 컨디션이 정상이 아닌 것에 우리가 책임을 져야 한다는 투였다. 그녀는 가죽 끈을 엮어 만든 특이한 샌들을 신고 있었다. 잠시 후 그녀의 휴대전화에서 피학성애자를 위한 조립식 도구 세트 사진을 보고서야 나는 그녀가 그 신발을 왜 샀는지 이해할 수 있었다. 눈 덕분에 파티가 활기를 띠었다. 손님들이 하나둘씩 흥분한 표정으로 조금 젖은 채 도착했다. 잔의 전 남편 세르주(그는 8년 전 잔과 좋은 관계를 유지하며 헤어졌는데, 우리 모두와 여전히 가족적인 유대감을 유지하고 있다)가 손님을 맞이하는 일을 맡아주었다. 인터폰이 울리면 받고, 외투를 벗겨주고, 사람들을 소개시켰다. 파스퇴르 연구소의 자료 관리원인 내 친구 다니엘 역시 흥분한 모습으로 도착했다. 그녀는 그날 시아버지 장례식을 치렀는데, 병원에서 그녀의 시어머니가 관에 누운 망자를 보고는 소리를 질렀다는 것이다. 이 양반에겐 콧수염이 없었잖아! 시신을 단장하는 일을 담당한 사람이 면도를 잘못해, 콧구멍에서 길게 음영이 드리워진 바람에 망자가 히틀러처럼 보였던 것이다. 그녀의 이야기를 듣자 똑바르게 가르마를 타고 머리카락이 지나치게 두상에 달라붙어 있던 또 다른 머리 모양이 내 머릿속에 떠올랐다. 우리가 이모에게 마지막 인사를 위해 만들어준 머리 모양이었다. 이모는 평생에 걸쳐 머리카락을 다양한 방식으로 부풀렸다. 이모가 양로원에 머무는 기간이 길어지자 이모부는, 우리 어머니의 표현에 따르면 바닥에 떨어진 헤어 롤을 줍느라 수시로 뜀박질을 해야 했다. 그래서인지 이모가 죽자 그는 관에 들어갈 이모에게 입힐 옷가지를 제외한 모든 물건을 즉각 경로수녀회Petites Soeurs des pauvres에 기증해버렸다. 이 양반에겐 콧수염이 없었어, 다니엘의 시어머니는 실성이라도 한 사람처럼 그 말을 여러 차례 반복했다(다니엘은 시어머니의 목소리를 완벽하게 모사했다). 다니엘의 시어머니는 마치 날기라도 할 것처럼 방 안을 정신없이 왔다 갔다 하면서 여러 차례 벽에 몸을 부딪쳤다. 다니엘이 목소리에 힘을 주어 말했

다. 어머니, 진정하세요. 우리가 이 문제를 해결할게요. 마침
한 남자가 모습을 나타내자, 그녀는 면도의 문제점을 지적했
다. 그녀의 시어머니가 다시 말했다. 내 남편에겐 콧수염이 없
었다고요! 남자가 소리 없는 걸음으로 도구 상자를 갖고 돌아
왔다. 잠시 후 잔털을 밀고 화장을 한 장피에르는 우리가 알고
있던 그의 원래 모습에서 더 멀어졌지만, 그녀의 시어머니는
누워 있는 그에게 몸을 기울이며 말했다. 당신은 정말 멋져,
내 사랑. 나중에 지친 모습으로 절뚝거리며 복도를 걸어가면
서 시어머니가 다니엘에게 말했다. 얘야, 내가 죽으면 넌 나를
정말 잘 꾸며줘야 한다. 그런데 오늘밤 뭘 할 거니? 내가 버섯
을 넣은 송아지고기구이를 만들 텐데 같이 먹을까? 다니엘은
속으로 중얼거렸다. 언니, 언니 친구들 집에서 열리는 파티에
가는 건 물 건너갔군, 언니는 오늘 밤 시어머니를 혼자 둘 수
없을 거야… 다니엘에게 내가 한마디 했다. 개인적으로 나는,
나를 언니라고 부르면서 바보 같은 말로 내 행동을 구속하는
분신 같은 건 가져본 적이 없는걸.

"내 분신은 나를 언니라고 불러. 하지만 나는 그 말을 듣지
않지." 다니엘이 말했다.

"그럼 네 시어머니를 혼자 두고 온 거야?"

"이웃 사람에게 부탁하고 왔어. 나는 한시가 급하게 술이

필요했다고!"

"넌 네 시어머니를 모시고 왔어야 했어."

"너 미쳤구나, 정신 차려!" 다니엘이 술잔을 들며 소리쳤다.

그 즈음부터 피에르의 동료인 마티외 크로스가 다니엘 주위를 맴돌기 시작했다. 내가 주방에서 토티야를 자르고 있는데, 엠마뉘엘이 참석할 파티가 세 개나 남은 청년처럼 기분 좋은 표정으로 갑자기 도착했다. 우리들 가운데 서니 그 애는 깜짝 놀랄 정도로 젊어 보였다. 실제로 그 애는 젊었다. 랄망 부부는 양념 닭고기가 들어간 빵과 포장지에 싸인 책을 갖고 도착했다. 랑베르가 피에르에게 주는 책이었다. 피에르는 그 책을 공손히 받아들더니 포장을 뜯지도 않고 탁자 위에 올려놓았다. 내가 말했다. 열어봐야지! 이 사람은 이제 아무것도 열어보지 않는다니까! 체스의 대가 타르타코버가 쓴 《체스 지침서》였다. 섬세한 관찰에서 나온 선물이었다. 왜냐하면 피에르는 젊었을 때 갖고 있던 그 책을 잃어버린 걸 안타까워했던 것이다. 이 사람은 이제 선물을 풀어보지 않아. 내가 다시 한 번 말하자, 엠마뉘엘이 신기하다는 듯 거들었다. 이거 새로운 걸. 내가 아버지의 전철을 밟는 건가? 나는 요즘 내가 산 옷들조차 풀어보지 않아. 사놓고 적어도 2주는 지나야 입는 것 같아. 엠마뉘엘의 말이 끝나자마자 피에르가 말했다. 넌 아직 너무 젊은 거야. 언젠가는 너도 그것들을 한 번도 입지 않았다는 걸 깨닫게 되는 날이 올 거야. 마리조 랄망이 황홀해하며 엠마뉘엘의 젖은 머리를 털어주었다. 그런데 마누(*배우 마누 베넷처럼 잘생겼다는 뜻), 너 요즘 뭐하니? 그녀가 대모다운 어조로 그 애에게 질문하는 소리가 들려왔다. 시력교정의인 그녀는 젊은이들과 친하게 지냈다. 디지털 마케팅이요, 엠마뉘엘이 대답했다. 이런, 굉장하구나! 닭고기 빵을 담아 낼 접시를 찾는 내 귀에 그런 대화가 툭툭 끊겨 들려왔다. 나는 B2B 사업 사이트의 내용에 대해 들었고, 마리조가 공감을 표하며 인상을 쓰는 것을 보았다. 디지털 마케팅이 자신의 자금조달계획보다 훨씬 재미있다는 데에 마리조는 십분 동의했다.

랄망 부부는 얼마 전 이집트에서 돌아왔다. 랑베르는 끝없이 펼쳐진 평원에 한두 명의 아시아인들이 드문드문 보이는 피라미드 풍경과 카이로 풍경, 모형으로 가득한 진열장 사진들을 보여주었다. 한 순간 엉뚱한 사진이 화면에 나타났다. 내가 말했다. 그 사진 좀 보여줘, 보여 달라고! 대단한 사진은 아니었다. 한 여자가 아주 작은 아이의 손을 잡고 걸어가는 뒷모습을 담은 사진이었다. 어쩌다 찍힌 듯 초점도 잘 맞지 않았다. 그 사진은 지금 내 컴퓨터 화면에서 크게 볼 수 있다. 랑베르가 즉각 나에게 그 사진을 전송해주었던 것이다(그래서 그 사진은 내 디지털 앨범 속에서 웃고 있는 마노스크리비 부부의 사진 옆에 자리 잡고 있다). 카이로의 어느 거리에서 한 여자가 길고 흰 원피스를 입은 아주 작은 소녀의 손을 잡고 걷고 있는 장면을 뒤에서 찍은 것이다. 바닥에 포석이 깔린 것을 보니 광장이거나 폭넓은 인도 같다. 때는 밤이다. 주위에는 몇몇 남자들·간판들·유난히 환하게 밝혀진 쇼윈도가 있다. 여자의 몸은 육감적이고 머리카락은 머플러로 가려져 있다. 차림새가 어떤지는 잘 알 수 없다. 검은 소매가 달린 목이 올라오는 스웨터 위에 무릎까지 내려오는 오렌지 색 재킷·짙은 색 바지를 입고 있다. 어린 소녀의 키는 여자의 무릎 바로 위까지 온다. 아이는 두 팔을 드러냈을 뿐 온몸이 흰옷에 싸여 있다. 얇은 가운식으로 된, 땅에 끌릴 정도로 길어서 걷기 불편할 것 같은 원피스를 목이 헐렁한 짧은 블라우스 위에 입고 있다. 그 원피스는 옷감을 충분히 사용해서 적당히 퍼져 있는데, 입은 사람을 어른스럽게 보이게 한다. 그 위로 아이의 아주 작은 두상이 보인다. 하나로 땋아 내린 머리타래가 보일 뿐 머리카락이 없는 목덜미, 두상에 납작하게 붙은 두 귀, 숱이 적은 연한 금발. 몇 살쯤 되었을까? 그 원피스는 아이에게 전혀 어울리지 않는다. 사람들이 아이를 괴상하게 꾸며 데리고 나온 것이다. 나는 이 흰색의 형태에 모욕적인 세월을 살았던 나 자신을 연결시킨다. 내가 어렸을 때, 사람들은 나를 '예쁘게' 만 들어주었다. 나는 자연 상태의 내가 예쁘지 않다는 것을 알고 있었다. 하지만 그렇다고 아이에게 나들이옷을 입혀 꾸밀 필 요는 없다. 아이는 자신이 부자연스럽다고 느낀다. 나는 다른 아이들은 자연스럽다는 것을 깨달았다. 다른 아이들처럼 다 리 떨기를 할 수 없게 만드는 어른 옷을 걸치고 있는 나 자신 이 우스꽝스럽게 느껴졌다. 나는 줄곧 짧은 머리를 하고 있었 는데(어머니는 어린 시절 내내 내게 긴 머리를 금지시켰다) 구불 거리는 머리카락이 이마로 흘러내리는 것을 막기 위해 뒤로 잡아당겨 핀을 꽂았다. 한때 그 짧은 머리에 인조모로 된 타래 를 묶었는데, 그 가발 타래를 만지작거리며 숙제를 하던 게 떠 오른다. 나는 가발이 늘어져 흔들리는 것을 느끼려고 줄곧 고 개를 움직거렸다. 어머니는 내가 남 앞에 보기 좋은 모습이기 를 바랐다. 다시 말해서 그것은 단정하고 손질되고 갑갑한, 추 한 모습이었다. 머플러를 한 여인은 어린 소녀의 불편함 같은 것에는 신경을 쓰지 않는다. 그녀 자신은 아무런 신체적 불편 도 없는 것이다. 하지만 그렇다고 크게 편안해 하는 기색도 없 다. 우리 안에 있는 이런 잘못된 관행을 아무도 염두에 두지 않는다. 나는 내 어머니의 손뜨개 레이스 받침을 모욕한 그 못 된 아니세를 용서할 수가 없다. 그 생각을 하면 잠이 오지 않는다. 당신 어머니가 얼마나 친절한 분이었는데요! 나를 기쁘게 하려는 생각에서 그런 말을 한 것일까 아니면 내게 죄책감을 불러일으키고 싶어서였을까. 우리 어머니는 결코 친절한 사람이 아니었다. 어떤 경우에도 어머니에게는 그런 단어를 쓸 수 없었다. 죽음을 구실 삼아 사람들은 기본적인 일관성조차 지키지 않는다. 그런 입에 발린 말 대신 그 못된 여자가 어머니가 만든 머리받침을 소중하게 받아들어 조심스럽게 가방에 넣었다면 나는 기뻤을 것이다. 우리가 작별인사를 하는 그 짧은 시간 동안만이라도 그것을 소중하게 취급해주었다면 말이다. 그녀는 그것을 쓰레기통을 보자마자 거기에 던져버렸을 것이다. 나라도 그렇게 했겠지만, 나는 아무도 그 사실을 알지 못하게 했으리라. 내가 남들 앞에 나서기 좋은 모습이 아니었을 때에도 어머니는 나를 데리고 돌아다녔다, 카이로 사진의 그 어머니처럼. 어머니는 삶의 다른 걱정거리 때문에 분주했을 것이다. 어머니가 카트를 밀며 장을 볼 때면, 나는 그 손잡이를 잡아야 했다. 나는 수 킬로미터를 걷는 동안 어머니의 눈에 띄지 않은 채 콧물을 달고 방한모를 비뚤어지게 쓰고 있을 수 있었다. 잔과 나는 언제나 옷을 지나치게 껴입어야 했다. 꽤 나이가 들 때까지도 우리는 일 년에 여섯 달 동안 방한모를 쓰고 다녀야 했다. 랑베르가 그 생기 없는 사진들을 연속해서 우리에게 보여주었을 때 그 사진의 어떤 세부가 내 마음에 와닿은 것일까? 초록색이 도는 포석 위의 그 모녀의 사진을 보자마자 나는 얼어붙고 말았다. 압도적인 존재감을 지닌 어머니와 머리에 핀을 꽂은 소녀 간의 불균형에도 불구하고 우리는 작은 생명이 지닌 힘을 포착해낸다. 그 사진이 다른 기후 · 다른 나라에서 땅거미가 내리기 직전 촬영된 것이라는 사실은 중요하지 않다. 그 사진은 나를 겨냥하고 덥석 물어서 아득한 과거로 데려간다. 어머니와 나는 보잘것없고 보기 흉한 차림을 하고 있었다. 우리는 그 모녀와 같은 방식으로 인적 없는 길을 걷고 있었다. 어머니가 뚱뚱한 편이 아니었음에도 그 옆에 선 나는 나 자신이 아주 작은 존재처럼 느껴졌다. 잔과 함께 어머니의 아파트를 비우면서 나는 어머니가 평생 동안 얼마나 외로웠을지 알 수 있었다. 아버지가 광기에 사로잡혀 나를 때리고 난 후, 어머니는 불쑥 내 방에 들어와 그만 울음을 그치라고 말했다. 어머니는 문지방에 서서 내게 말했다. 자, 이제 영화는 그만 찍어라. 그런 다음 어머니는 저녁 준비를 시작했고 내가 좋아하는 음식, 예를 들어 가는 쌀국수 수프를 만들었다. 마지막 몇 달 동안 어머니는 우리가 자신을 보러 가면 설명하기 어려운 활기를 띠었다. 목을 앞으로 내밀고 긴장한 얼굴로 우리가 나누는 대화 속 단어를 하나도 놓치지 않으려 했다. 난청 증세가 있었음에도. 무관심에 일가견이 있던 어머니, 언제나 모든 것을 완전히 부정적으로 보던 어머니가 백기를 들어야 할 순간이 되자 호기심에 압도당했던 것이다.

언제나 골치 아픈 일이 있기 마련이다. 그 파티의 문제는 조르주 베르보였다. 그는 먹고 마실 뿐 도움이 되는 일을 하지도 누군가에게 말을 건네지도 않았다. 창밖의 눈은 이내 가는 비로 바뀌었다. 조르주 베르보는 접시와 잔을 손에 들고 무리 사이를 하릴 없이 왔다 갔다 하더니 이윽고 창가로 가서 자리를 잡았다. 마치 파티보다 바깥이 더 재미있다는 듯이. 나는 피에르가 이번에도 그 사람을 초대했다는 사실에 몹시 화가 났다. 이유는 알 수 없지만 그런 골칫덩이들을 재미있어하며 평생 동안 상대해주는 그런 성향을 나는 많은 남자들에게서 보았다. 조르주는 원래 역사학자였는데 그만두고 연재만화를 그리다가 지금은 술고래가 되어 시원찮은 그림을 그리면서 근근이 살고 있다. 그에게 남은 것은 버림받은 여자들을 후리는 잘생긴 얼굴뿐이다. 여전히 퐁푸브로 연구소에서 일하는 카트린 뮈생이 창가로 다가가 대기의 변화라는 주제로 그에게 접근을 시도했다. 조르주는 자신은 고약한 날씨를 좋아한다고 말했다. 비, 특히 모두들 투덜거리는 이런 구질구질하게 비가 내리는 날씨를 좋아한다고. 그런 괴상한 취향에 매혹

된 카트린이 히죽 웃었다. 조르주가 그녀에게 무슨 일을 하느냐고 물었다. 그녀가 특허 엔지니어라고 대답하자 그가 다시 말했다. 엘리자베스와 같은 웃기는 직업이군요! 그녀는 또다시 웃음을 터뜨리고는 자신은 연구자의 발명을 보호하는 일을 한다고 설명했다.

"아 그렇군요. 그럼 지금은 어떤 발명을 보호해주고 계신가요?"

"요즘 저는 DI 모르핀에 관한 일을 하고 있어요. 다시 말해서 새로운 진통제의 특허를 신청하는 거죠."

"당신의 신청이 무엇에 도움이 될까요? 그 덕분에 관련자들이 돈을 잔뜩 벌어들이게 되는 겁니까?"

그녀는 미묘한 차이를 설명하려 애썼다. 이 단계에서 그녀는 이미 그의 숨결에서 풍기는 지독한 술 냄새를 맡았을 것이다. 조르주가 말했다. 진정한 연구자는 돈 같은 것에 연연하지 않는 법이죠, 아가씨. 그들은 보호받을 필요가 없어요! 카트린은 '공공의 이익'이라는 단어를 동원하려 했으나 보기 좋게 실패했다. 당신들, 당신들은 산업계의 작은 손이에요. 조르주가 말을 계속했다. 에이즈 바이러스를 발견한 사람들은 돈 같은 것에 연연하지 않아요. 그들이 관심을 갖는 건 근본적인 연구죠. 근본적인 연구는 당신 같은 사람들을 필요로 하지 않아요. 미안하지만, 당신들의 특허 업무는 극히 상업적이에요. 당신들이 보호하는 건 사람이 아니라 돈이라고요! 조르주는 그녀를 창문과 궤 사이에 밀어붙인 다음 그녀의 코앞에서 고함을 쳤다. 숨이 막힌 카트린이 소리를 지르기 시작했다. 이렇게 공격적으로 몰아붙이지 마세요! 주위에 있던 사람들이 그쪽으로 고개를 돌렸고, 피에르가 즉각 두 사람 사이에 끼어들어 자기 친구를 진정시켰다. 마노스크리비 부부가 카트린을 맡았다. 그들은 그녀에게 샐러드 한 접시와 랄망 부부가 가져온 닭고기 빵을 건넸다. 카트린은 같은 말을 되풀이했다. 저 남자 미친 거 아녜요? 내가 지나가며 말했다. 당신이 '리셋'을 시켜줘야 할 남자가 저기 있어요, 리디! 리디가 단호한 어조로 대답했다. 알코올 중독자는 '리셋'할 수 없어요. 나는 생각했다. 고장 난 것을 리셋할 수 없다면 그녀는 도대체 무엇을 리셋한다는 걸까.

어느 순간 랑베르가 말하는 소리가 들려왔다. 좌파에 대한 건 어떤 것이든 점점 생각을 안 하게 돼요. 그 말에 잔이 응수했다. 같은 모임에서 몇 년 전에 했다면 자멸을 초래했을 만한 대담한 어조였다. 내 경우는 좌파에 대한 생각 자체를 해본 적이 없는걸요! 나도 그래요! 리디가 아주 편안한 태도로 끼어

들며 킥킥거렸다. 저 친구도 사실은 그렇답니다! 피에르가 말했다. 도대체 무슨 말을 하는 거야, 나는 지금까지 살면서 그 어떤 상황에서도 좌파에 표를 준 사람이야. 늙은 신좌익주의자라는 비난까지 받았는걸. 랑베르가 항변했다. 그 방 안에서 그 칭호에 어울리는 사람은 자신뿐이라고 세르주가 주장하자, 누군가가 '가우초'라는 단어가 다른 나라 말로 번역될 수 있는지 물었다. 모두들 여러 단어를 늘어놓았지만, 앵글로색슨어에서는 상응하는 단어를 찾을 가능성이 없다는 데 동의했다. 우리의 히스패닉계 전문가 질 테요디아즈가 수염이 있는 연재만화의 주인공을 인용했다. 스페인어로는 '프로그레'라고 합니다. '키코, 엘 프로그레' 다시 말해서 진보주의자 키코인 겁니다. 내가 말했다. 그럼 이탈리아어로는 뭐라고 해야 할까요, 장리노? 갑자기 전면에 나서야 하는 상황이 되자 장리노는 당황해 얼굴을 붉혔다. 그는 아내 쪽을 바라보며 도움을 청했다. 리디가 조바심을 치자 그는 이윽고 알아듣기 어려운 단어를 중얼거렸다. '시니스트로이데'라고 합니다. '시니스트로이데' 곧 좌익에 물든 사람을 말하지요! 그 기묘한 발음에 사람들이 웃음을 터뜨렸다. 누군가 그에게 '우노 베키오 시니스트로이데' 곧 '늙은 좌파'라는 표현도 가능한지 물었다. 그는 그 구절에 이상한 점은 없지만, 자신 역시 현재 이탈리아에 살고 있는 이탈리아인이 아니므로 그 구절이 맞는지 확신할 수 없다고 대답했다. 요컨대 그런 점에서 자신은 아무것도 확언할 수 없다, 자신이 이탈리어를 사용하는 건 정치적인 면에서가 아니라 고양이와의 대화에서뿐이라는 것이었다. 그의 말은 전반적인 공감을 얻었고, 그는 그 파티의 마스코트로 떠올랐다.

젊음이 우리를 떠나가네! 엠마뉘엘이 눈에 띄지 않게 자리를 뜨려고 하자, 세르주가 말했다. 엠마뉘엘은 딱하게도 거실로 돌아와 사람들에게 돌아가며 작별인사를 해야 했다. 그 애는 리디 앞에서 기묘하게 몸을 접은 채 꽤 오랫동안 서 있었다. 이윽고 나는 리디가 그 애의 손을 잡은 채 말을 계속하고 있음을 알았다. 자신의 매력을 확신하는 이들이 흔히 나이차가 많이 나는 이성에게는 신체적인 접촉을 해도 괜찮다고 여기는 그런 경우였다. 카트린이 장리노에게 아이가 있느냐고 물었다. 장리노의 얼굴이 환하게 밝아지더니 하늘에서 떨어진 자신의 기쁨에 대해 말하며 레미의 이름을 입에 올렸다. 그가 기뻐하고 있다고 여겼던 것은 우리의 착각이었는지도 모른다. 어쩌면 기쁨·고통, 그 모든 것이 사실이 아니었는지도 몰랐다. 장리노는 자기 옆에 뜻하지 않게 어린아이가 있게 된 것을 '기쁨'이라고 불렀다. 그는 다른 존재를 돌보게 된 것을, 그런

수고를 해야 하는 것을 '기쁨'이라고 불렀다. 장리노는 그렇게 생겨먹은 사람이었다. 그렇게 속을 썩이는 레미가 하늘에서 떨어진 '기쁨'이라니.

엠마뉘엘이 가자마자 에티엔 디네스망과 메를르 디네스망이 도착했다. 메를르는 생트바르브린에서 드보르작의 〈레퀴엠〉을 연주하고 온 참이었다(그녀는 바이올리니스트다). 에티엔은 피에르의 가장 가까운 친구다. 몇 달 전부터 그의 시력이 나빠졌다. 그는 자신의 치명적인 황반변성을 이유로 자기 집 차고에 조명기구를 사들여 쌓아놓았다. 그는 자신의 증세가 별 거 아니라는 듯이 그 사실을 드러내놓고 말하기를 단호하게 거부한다(하지만 그런 그에게 동조하기가 점점 더 불가능해지고 있다). 차고에는 전기 설비가 되어 있지 않으므로, 그가 도움을 받을 물건을 가지러 가거나 두러 가기 위해 그 안으로 들어갈 때 그는 아무것도 볼 수 없다. 적어도 천 와트짜리 투광기를 가지고 들어가기 전에는. 에티엔은 피에르처럼 수학 교사인데, 지금은 동호회 아이들에게 체스를 가르친다. 나는 그가 자신의 처지를 한탄하는 소리를 한 번도 들은 적이 없다. 그의 눈은 점차 빛을 잃어가지만 무어라 정의할 수 없는 다른 무엇인가가 그의 얼굴에 깃들기 시작했다. 고상하고도 꺾이지 않는 그 무엇이. 메를르 역시 별일 아닌 것처럼 행동하지만, 에티엔이 술을 따르려 할 때면 그가 눈치 채지 못하게 잔을 병 입구로 가까이 가져가는 것을 나는 본다. 그런 아주 사소한 행동이 나를 감동시킨다.

잔은 그 파티의 일부를 휴대폰과 술잔을 손에 쥐고 달뜬 통화에 빠져서 보냈다. 세르주는 그 장면을 못 본 척했다. 유머러스하고 짓궂은 성격(사랑스럽게 진중한 성격)의 호텔 지배인이자 급사인 그는 파티에 참석한 모든 이들과 골고루 이야기를 나눔으로써 분위기를 경쾌하고 편안하게 만들어 나를 도와주었다. 심지어 그는 클로데트 엘 우아르디까지 즐겁게 해주려 애썼다. 그가 잔의 현재의 삶을 더이상 질투하지 않는다 해도, 잔이 어떻게 그렇게까지 그에게 무례하게 행동할 수 있는지 나는 이해할 수가 없었다. 내 눈에는 동생이 괴물처럼 보였다. 어린아이처럼 잘난 체를 하는, 저속하고 무신경한 딱한 여자. 그녀 곁을 지나면서 내가 말했다. 그만 좀 해. 사람들과 좀 어울려봐. 그녀는 고약하고 귀찮은 사람 보듯 나를 바라보고는 한두 걸음 옮겨놓았을 뿐이었다. 그것을 보고 나는 하마터면 그 파티를 망칠 뻔했다. 하지만 여러 해 전부터 따분한 삶 속에서 헤어나지 못한 채 염색한 머리카락을 등 위쪽에 난

혹 위로 드리운 가운데 전화기에 고개를 기울이고 있는 그녀의 뒷모습을 보면서 나는 생각했다. 그녀가 사람 좋은 전 남편이나 예의 따위는 무시해치우고 조정선수와 채찍과 음탕한 말을 시간을 아껴가며 즐기는 것이 차라리 잘하는 일이라고. 아직 그럴 수 있을 때에 말이다.

질 테요디아즈와 미미 베네트로프는 얼마 전 남아프리카에 갔다가 돌아왔다(우리만 빼고 모두들 여행을 다닌다). 질은 자신이 어떻게 해서 하나도 둘도 아닌 세 마리의 누워 있는 사자들을 바로 코앞에서 만나게 되었는지 설명했다. 나와 사자들은 서로를 건너다보았지, 그가 말했다. 어느 쪽도 움직이지 않았어! 어느 쪽도 움직이지 않았다고. 왜냐하면 사자들이 있는 곳은 5킬로미터 밖이었고, 우리는 지프에서 쌍안경으로 그들을 관찰하고 있었거든. 미미가 말했다. 우리는 웃음을 터뜨렸다. 다니엘이 마티와 크로스에게 몸을 밀착시킨 채 웃고 있었다. 질이 말을 이었다. 앙골라의 최남단에서 우리는 악어로 황폐해진 쿠네네 강 위를 배를 타고 이동했어. 미미의 말에 따르면 그들은 바위 위에서—나뭇가지 위일 수도 있었다—아기 악어를 보았는데, 그곳은 나미비아 북쪽이었다는 것이다(*쿠네네 강은 나미비아 국경 북쪽과 앙골라 국경 사이를 흐른다). 질은 자신이 2미터 이내의 거리에서 무시무시한 악어들을 찍은 사진을 갖고 있노라고 단언했다. 미미가 말했다. 당연히 그렇겠지, 저 사람은 그 사진을 요하네스버그의 동물원에서 찍었거든. 저 친구가 하는 말 귀담아 듣지 마, 질이 응수했다. 어쨌든 미미가 더이상 돈을 벌지 못하니까 우리는 이런 여행을 다시는 못할 거야. 아내는 보험사의 '불가항력' 부서, 그러니까 자연재해 부서에서 갱신 업무를 맡고 있는데, 오늘날의 기후 변화를 고려하면 그건, "보너스여, 영원히 안녕!" 이라는 뜻이지. 모두들 웃음을 터뜨렸다. 마노스크리비 부부도 웃었다. 그들의 모습이 사진으로 남아 있다. 장리노는 연보라색 셔츠에 모래색 반원형 새 안경을 끼고 소파 뒤에 서서 샴페인 때문인지 아니면 사람들과 어울린다는 흥분 때문인지 얼굴이 붉어진 채 이를 드러내고 웃고 있다. 리디는 그 아래쪽에 치마 자락을 펼치고 앉아 왼쪽으로 고개를 기울이고 웃고 있다. 그것이 자기 삶의 마지막 웃음이 되리라는 것은 짐작조차 못한 채. 나는 그 웃음을 보고 또 본다. 악의 없는 웃음, 교태 없는 웃음, 무의미한 배경음과 더불어 아직도 내 귓가에 울리는 웃음. 어떤 위기감도 느끼지 못하고, 아무것도 눈치 채지 못하는, 아무것도 알지 못하는 사람의 웃음. 우리는 그 돌이킬 수 없는 일에 대해 아무런 예상도 할 수 없었다. 그 복제된 순간 위에는 그 어떤 그림자도 드리워져 있지 않다. 어린 시절 나는 검은 윤곽이 어스름한 아우라 위로 두드러지는, 두건을 쓴 해골에 매혹되었다. 거기에는 앞으로 일어날 일을 어떤 형태로든 알려주는 요소가 있다는 생각이 들었다. 냉기·어둠? 혹시 땡 그랑 하는 소리? 리디 퀸비네는 무슨 일인가 벌어지리라는 것을 전혀 느끼지 못했고, 우리 모두도 그랬다. 그날 밤 그로부터 겨우 세 시간 후에 어떤 일이 벌어졌는지를 알게 된 초대객들은 어안이 벙벙한 채 공포에 사로잡히지 않았던가. 잠시 후 조금 경박한 태도로, 듣는 이들을 즐겁게 해주기 위해 특별한 의식 없이 부부 중 하나가 상대를 화제로 삼아 짓궂게 약을 올리는 그런 방식으로 이야기를 시작했을 때, 장리노 역시 아무것도, 최소한의 불길한 기운도 느끼지 못하고 있었다. 그가 어떻게 알 수 있었겠는가? 모든 것이 익숙한 가운데 통제를 벗어나 있었던 것 같다. 토요일 밤의 농담, 세상을 다시 만들고, 깔깔대며 웃고, 짜증을 내는 사람들.

랄망 부부가 가져온 양념 닭고기 빵이 유기농 재료로 만든 것인지 리디가 물었다. 마리조가 어이없다는 듯한 어조로 대답했다. 솔직히 말해서 전 그런 건 전혀 모르겠는데요. 우린 그걸 트뤼퐁 상점에서 샀어요.

"모르신다고요." 리디가 말했다.

"이거 아주 촉촉하고 맛있어요." 카트린 뮈생이 말했다.

"정말 맛있어요." 다니엘이 마티외 크로스에게 주기 위해 선정적인 손길로 빵을 자르면서 말했다.

"먹어보셨어요, 리디?" 내가 물었다.

"아뇨, 전 어떻게 자란 건지 확인되지 않는 닭고기는 더이상 먹지 않거든요."

"사실이랍니다!" 장리노가 외쳤다. 경마장에 있을 때의 그 장리노였다.

"예, 사실이에요. 저는 그러니까 확인되지 않은 고기는 접시에 담지 않는답니다." 리디가 말했다.

"나아가 저 친구는 언제나 다른 사람들이 먹는 고기까지 간섭한답니다!" 장리노가 비꼬았다.

"리디가 맞아요." 클로데트 엘 우아르디가 말했다. 그 파티에서 그녀가 한 몇 마디 안 되는 말 중 하나였다.

경마장의 장리노가 말을 시작했다. "이야기 한 가지 들려드리지요. 저번 날 밤 우리는 카로 블뢰 식당에서 우리 손자 레미와 함께 저녁 식사를 했어요. 저는 바스크식 닭요리를 먹을까 망설였고 레미는 튀긴 닭을 골랐죠. 그러자 리디는 먼저 요리에 사용된 닭이 유기농 사료를 먹고 자란 것인지 물었습니다."

리디가 맞다는 뜻으로 고개를 끄덕였다.

장리노는 자신의 용어 선택에 만족해하며 말을 계속했다. "종업원이 유기농 사료를 먹인 닭이 맞다고 대답하자, 리디는 다시 그 닭들이 사육장 안을 자유롭게 돌아다녔는지, 푸득거리며 날아서 나무 위로 올라가 앉았는지 묻더군요. 종업원은 내 쪽으로 몸을 돌리더니 별 괴상한 사람 다 보았다는 듯이, '나무 위에 올라가 앉는다고요?' 하고 되풀이하더군요. 나는 그의 기분을 이해할 수 있다는 몸짓을 해보였습니다. 우리 남자들이 흔히 하는 그런 별 뜻 없는 몸짓 말입니다. 그러자 리디가 아주 진지한 목소리로 반복하더군요. 그래요, 닭은 나무 위에 올라간답니다."

"그래요, 닭은 나무 위에 올라가 앉아요." 리디가 확인했다.

"들으셨죠!" 장리노가 우리를 증인 삼으며 웃었다. "종업원이 자리를 뜨자 내가 레미에게 말했죠. 리디 할머니는 이제 우리에게 나무 위에 올라가 앉는 닭만 먹도록 허락하신단다. 아이가 묻더군요. 어째서 닭이 나무 위에 올라가 앉아야 하는데요? 리디가 이렇게 대답하더군요. 닭이 닭답게 정상적으로 산다는 건 중요하거든."

"그렇고말고요." 리디가 대답했다.

"제가 레미와 함께 이렇게 말했죠. 그래, 그래, 우리도 알아.

하지만 나무 위에 올라가 앉는 닭만 먹어야 한다는 건 몰랐는 걸!"

"닭은 또 흙 목욕도 해야 해, 하고 리디가 말을 잇더군요." 자신이 더 배가 고팠었다면 그 말을 할 때의 리디의 음성과 고갯짓만으로도 죽고도 남았으리라고 장리노가 말했다.

"하하하!"

"깃털을 제대로 유지하기 위해서지. 개인적으로 나는 저 엉터리 같은 종업원의 말을 믿어선 안 된다고 생각해. 저 사람은 자신이 손님에게 가져다주는 음식이 어떤 재료로 만들었는지 모르고 있어. 유기농 사료를 먹은 닭인지 아닌지 말이야. 나는 그 닭이 공기가 잘 통하는 환경에서 자랐는지 전반적인 기준에 합당한지도 알고 싶어, 이게 리디가 한 말입니다."

"그녀 말이 옳아요." 클로데트 엘 우아르디가 다시 말했다.

"그리고 난 그 종업원과 레미가 공모의 눈길을 교환한 게 마음에 걸려, 하고 리디가 덧붙이더군요. 그래서 제가 말했어요. 우리에겐 웃을 권리가 있어. 이 모든 게 그렇게 대단한 문제는 아니잖아! 레미야, 이제 우리 새로운 게임을 하자. 닭이라는 단어를 보거나 그 소리를 들으면 이렇게 파닥파닥 나는 거야." 그렇게 말하면서 장리노는 눈을 반쯤 감고 두 팔을 옆구리에 댄 채 어깨 높이에서 흔들어대기 시작했다. 그 모습이

어찌나 우스꽝스러웠던지 조르주 베르보가 배꼽을 잡고 웃었다. 탁하고 술에 취한 그 웃음소리는 모든 이들을 불편하게 만들었다. 장리노만 빼고. 장리노는 신이 나서 목을 길게 빼고 꼬꼬댁 소리 같은 것을 내다가는 어깨와 견갑골을 돌리는 것으로 그 공연을 마무리 지었다. 그 모습은 정말이지 영락없는 닭이었다. 조르주는 자신의 그림에서 유기농 닭이라는 새 인물을 만들어내야겠다고 선언했다. 신세대 테러리스트가 세균성 바이러스를 퍼뜨리는 것이다. '악마적인 행동'이란 바로 그런 걸 말하는 게 아니겠는가? 그는 그 배역의 모습을 벌써 떠올리기라도 한 듯 장리노의 목 주위에 모직 머플러를 둘렀다. 그런 다음 겁에 질려 그를 힐끔거리는 카트린 뮈생 쪽으로 몸을 기울이더니 속삭였다. 메리노 울로 된 머플러예요, 아시죠? 저런 머플러를 만들기 위해 오스트레일리아에서 양들이 잔인하게 털이 깎인 뒤 도살당한다니까요.

그 일을 다시 생각하니, 그때 이후 리디는 더이상 입을 열지 않았던 것 같다. 관찰력이 좋은 편이 아닌 피에르도 그 점에서는 나랑 생각이 같은 듯하다. 물론 당시에는 아무도 그런 것에 주의를 기울이지 않았다. 어쨌든 내 봄맞이 파티는 성공적이었다. 작은 거실에 아무 걱정 없이 편안하게 앉아서 온갖 이야기를 나누면서, 담배를 피우면서, 맛있게 먹으면서 서로 어울리고 있는 친구들을 바라보며 나는 그렇게 생각했다. 다니엘과 마티외 크로스는 복도로 자리를 옮겨 시시덕거리고 있었다. 잔과 미미는 쿠션 위에서 아이들처럼 뒹굴다가 남모르게 킥킥거렸다. 나는 '관계를 만든다'는 표현에 대해 다시 생각했고, 공허한 개념이라는 주제를 던졌다. 우리는 그에 해당하는 것들을 상당수 발견했고, 그중 '관용'이라는 개념이 흥미롭게 다가왔다. 그 개념을 내놓은 사람은 나세르 엘 우아르디였다. 그는 관용이라는 개념 자체가 이미 모순된 것이라면서 관용은 무관심을 전제로 해야만 유효하다고 말했다. 무관심의 상태에서 벗어나는 순간 그 개념은 무너지고 말지, 그가 말했다. 랑베르와 몇몇 사람들이 관용이라는 말을 옹호하려 했으나 나세르는 모로코식 의자에 허리를 세우고 앉아서는, 사랑하다라는 동사에 그 개념을 적용시켜 자신의 관점을 권위 있게 지켜냈다. 우리는 그 권위에 대항할 수가 없었다. 11시 경 피에르의 동생 베르나르가 포레누아르의 소시지를 들고 도착했다. 그런데 그 소시지는 너무 딱딱해서 도저히 자를 수가 없었다. 어쨌든 우리는 훨씬 전부터 디저트를 먹고 있었으므로 꼭 소시지가 필요하지는 않았다. 베르나르는 독일 회사의 기술자로서 케이블 없이 수평으로 움직이는 승강기를 개발하고

있다. 내 시동생은 만난 지 처음 몇 시간 동안에는 대단한 유
혹자이자 연인으로 처신한다. 여자들은 그를 보자마자 도망쳐
야 마땅했다. 하지만 아무런 경고도 듣지 못한 카트린 뮈생이
그 '자기 부상'에 즉각 뛰어들었다. 일찍 도착했던 사람들이
역시 먼저 떠났다. 엘 우아르디 부부가 일어서자마자 리디는
장리노의 소매를 잡아당겼다. 이제 생각해보니 장리노는 그때
파티장을 떠나고 싶지 않았던 것 같다. 엘 우아르디 부부와 마
노스크리비 부부가 현관에서 서로 얼싸안으며 작별인사를 했
다. 그 네 사람 중 하나가 즉흥 재즈 연주회에 가서 리디에게
박수를 보내겠다는 이야기까지 했다.

마지막으로 남은 이들은 디네스망 부부·베르나르, 그리고
우리뿐이었다. 베르나르는 기회가 되자마자 카트린 뮈생을 비
난하기 시작하면서 자신이 그녀에게서 벗어날 수 있도록 해
주지 않았다고 우리를 질책했다. 카트린 뮈생이 그에게 자신
은 인생의 가을을 보내고 있노라고 말한 모양이었다. 난 인생
의 가을을 보내고 있어요, 라고 여자가 말하면 남자는 물건이
완전히 쪼그라든다고요! 우리는 그에게 조르주와 있었던 사
건을 이야기해주었고, 그는 십분 공감했다. 그리고 나서 우리
는 눈에 대해, 자전거에 대해, 시간이 직선이라고 믿는 것의

불합리성에 대해, 더이상 존재하지 않는 과거에 대해, 존재하지 않는 현재에 대해 이야기했다. 에티엔이 옛날에 자기 아버지와 산으로 소풍을 갔던 때에 대해 이야기했다. 그는 그때 이미 메를르와 함께였다. 그들은 지름길을 찾아내고 비탈을 달려내려가 그의 아버지보다 한참 앞서서 걸었다. 그들은 '젊은이'들이었다. 세월이 흘러 자기네 아이들과 함께 했을 때도 오랫동안 그들은 앞서 걸었다. 우리는 뒤를 돌아보고 말했지. 얘들아, 성가시게 왜 이렇게 기다리게 하는 거냐. 에티엔이 말했다. 그런데 요즘은 세 걸음 만에 애들의 모습을 찾을 수가 없어. 아이들이 이미 시야에서 사라지고 없어. 따라잡을 수가 없는 거지. 옛날에 우리가 그랬던 것처럼 말이야. 우리는 언덕 아래서 아버지를 기다리고 있었어. 이윽고 오솔길 모퉁이에 모습을 나타낸 아버지는 멋진 경치에 끌려 기분 좋게 산책한 사람의 표정을 짓고 계셨지. 아버지가 말했어. 너희들 용담속 화단 봤니? 물망초는?… 요즘은 우리들이 열차를 제시간에 못 떠나게 하지, 에티엔이 말했다. 자연의 미묘함이 우리에게 역시 제동을 걸고 있어. 이 모든 것이 너무나 빨라, 빌어먹을. 요컨대 내 눈이 이렇게 된 것에 대해서도 곧 타당한 이유를 찾게 될 거야!… 우리 다섯은 한밤중에 파티의 잔재로 어지러운 집안에서 약간 늙은 기분으로 낮은 탁자에 편안히 발을 올려놓고 있었다. 향수鄕愁와 수다로 이루어진 우리의 세계 속에서 느긋하게 배梨 브랜디를 마셨다. 나는 그의 아버지와 산길을 걸을 수 있었던 에티엔이 행운아라고 생각했다. 우리 아버지는 함께 산길을 걸을 수 있는 그런 종류의 사람이 정말이지 아니었다. 산뿐 아니라 어디든 함께 걸을 수가 없었다. 하물며 물망초에 관해서는 더 말해서 무엇하랴!

우리 집을 나서면서 베르나르는 붉은 머리 여자가 누구인지, 지스카르 데스탱 전 대통령처럼 머리카락을 끌어올려 대머리를 덮은 남자가 누구인지 물었다. 위층에 사는 우리 이웃이에요, 내가 대답했다. 그 사람들 재미있더군요. 나는 그 남자가 무척 마음에 들어요. 베르나르가 말했다. 우리는 그들이 떠나는 것을 보기 위해 발코니로 나갔다. 베르나르는 오토바이에 올라 육중한 헬멧을 썼다. 디네스망 부부가 서로의 허리에 팔을 두른 채 건물을 돌아가는 게 보였다. 눈의 흔적은 더이상 남아 있지 않았다. 하늘에는 별이 떠 있었고, 대기는 거의 포근할 정도였다.

내가 피에르에게 물었다. 당신이 보기에 나 예뻤어?

"무척."

"잔이 눈부시게 반짝이는 거 봤어?"

"처제도 괜찮았어."

"나보다 더?"

"아니, 어쨌든 당신 자매 둘 다 아주 괜찮았어."

"그 애가 더 젊어 보이지?"

"아니, 전혀 그렇지 않아."

"어쨌든 내가 더 젊어 보이지는 않지?"

"두 사람 다 똑같아."

"당신이 나를 모른다고 쳐. 그리고 우리 둘을 보는 거야. 누가 더 낫다고 생각해?"

"그러니까 복잡하게 생각하지 말고 말이지?"

"당신은 누구한테 끌릴 것 같아?"

"당신한테."

"세르주도 그 애에게 승강기에서 똑같은 말을 했을 거야."

"틀림없이 그렇겠지."

"당신 말은 믿을 수가 없어. 그 애의 신발이 마음에 들었어? 그 가죽끈 신발 괴상하지 않아? 그 애 나이에 그런 걸 신다니 정신 나간 짓이라고 생각하지 않느냐고?"

"토티야가 남았어…. 더럽게 맛없는 닭고기 빵도 4분의 3이 남았고…."

"사실 정말 맛이 없더라고."

"먹을 수가 없었어. 남은 건 버릴래…. 리조토 샐러드도 엄청나게 남았어… 치즈도 십 년 치는 있고…. 간 파테에는 아무도 손도 대지 않았어…."

"그걸 내는 걸 잊어버렸구나!"

"포레누아르의 소시지는 얼마나 단단한지 사람이라도 때려잡겠더라고."

"버려. 타르타코버 책을 주다니 고맙기도 하지."

"내 건 더 오래된 거였어."

"어쨌든 고맙잖아."

"그래."

"조르주는 도착했을 때 이미 잔뜩 취해 있던걸. 그 사람 왜 초대한 거야?"

"그는 혼자잖아."

"그 사람 때문에 분위기가 끔찍해졌어."

"그만 자러 가자."

우리는 욕실에서 심문을 계속했다.

"다니엘과 마티외 크로스, 당신은 그 조합이 가능하다고 생각해?" 내가 물었다.

"남자는 후끈 단 것처럼 보이던데. 여자 쪽은 잘 모르겠지만."

"난 반대로 봤는데. 내일 아침에 다니엘에게 전화해봐야지."

"위층의 당신 친구 리디 있잖아. 그 여자 완전히 사차원이던걸."

"아, 당신도 느꼈구나!" 내가 웃었다. "무인도에 간다면, 클로데트 엘 우아르디랑 갈래 아니면 카트린 뮈생이랑 갈래?"

"클로데트. 적어도 토론을 할 수 있을 테니까."

"그럼 카트린 뮈생이야, 마리조야?"

"어려운 질문인걸…. 뮈생. 그 여자 입에 재갈을 물려놓고 말이야. 당신은 조르주 베르보야 아니면 랑베르야?"

"안 돼. 고르는 게 불가능해."

"꼭 골라야 한다면."

"그럼 몸을 씻기고 이를 빡빡 닦게 한 다음 조르주 베르보로 할래."

"못됐기는."

침대에서 어느 순간 나는 어째서 우리는 채찍·수갑 같은 것을 한 번도 사용하지 않았는지 피에르에게 물었다. 그의 반응은 지독했다. 소리 내어 웃었던 것이다. 우리 사이에 그런 건 아무런 의미도 없잖아. 그가 내게 말했다. 조르주야, 베르나르야? 나는 주저 없이 베르나르라고 대답했다. 그가 말했다. 그 머저리가 마음에 든다는 거야! 우리를 흥분시키기엔 그걸로 충분했다.

막 잠이 들 무렵 벨소리 같은 것이 들려왔다. 자기 전에 피에르는 서바이벌 가이드북(동료 제라르 드 빌리에가 죽은 후 그는 그 책을 다시 읽는 데 어려움을 겪고 있다)을 다시 읽느라 전기스탠드를 켜두었다. 그가 몸을 긴장시키는 것이 느껴졌다. 하지만 주위가 다시 조용해졌다. 몇 분 후 조금 전 들었던 것과 똑같은 벨소리가 들려왔다. 피에르가 몸을 일으키더니 좀 더 주의 깊게 귀를 기울였다. 그는 나를 손가락으로 톡톡 치더니 작은 목소리로 말했다. 누가 우리 집 초인종을 눌렀어. 새벽 두 시 오 분이었다. 우리는 둘 다 앞으로 살짝 몸을 기울인 채 기다렸다. 전기스탠드를 켜놓은 상태였다. 누군가 벨을 누르고 있었다. 피에르가 침대에서 나가 티셔츠와 팬츠를 입고 무슨 일인지 보러 갔다. 현관문 외시경을 통해 그는 장리노가 문 앞에 서 있는 것을 보았다. 피에르가 제일 먼저 떠올린 것은 혹시 물이 새기라도 하는 걸까, 였다. 그가 문을 열었다. 장리노가 피에르를 똑바로 바라보았다. 그는 입을 기묘하게 움직여 아랫입술을 양동이 모양으로 만들면서 말했다. 내가 리디를 죽였소. 깜짝 놀란 피에르는 정말이지 말을 잇지 못했다.

그는 옆으로 비켜서서 장리노를 들어오게 했다. 장리노는 안으로 들어와 두 팔을 늘어뜨린 채 문 옆에 서 있었다. 피에르역시 가만히 서 있었다. 그들은 둘 다 현관에서 뭔가를 기다리며 움직이지 않았다. 나는 잠옷 차림으로 현관으로 나갔다—얇은 반소매 헬로 키티 잠옷에 플란넬로 된 격자무늬 파자마였다. 내가 말했다. 무슨 일이에요, 장리노? 그는 아무 말도 하지 않고 피에르를 바라보았다. 무슨 일이에요, 피에르? 나도모르겠어. 거실로 갑시다. 피에르가 말했다. 우리는 거실로 갔다. 피에르가 스탠드의 불을 켜고 말했다. 앉으시죠, 장리노.그는 장리노에게 소파를 권했다. 그 소파는 장리노가 그 파티시간의 대부분을 보낸 곳이었다. 하지만 장리노는 불편한 모로코식 의자에 앉았다. 피에르는 소파에 앉아 나에게 자기 옆으로 오라고 손짓했다. 나는 우리 집 거실의 모습이 창피했다.우리는 정리를 미루었었다. 모든 걸 내일 하자고 생각했다. 재떨이를 비우긴 했지만 거기에선 여전히 담배 냄새가 났다. 구겨진 휴지, 흩어진 숟가락과 포크류, 칩이 담긴 그릇…. 궤 위에는 사용하지 않은 잔들이 아직도 줄지어 놓여 있었다. 나는주변을 정돈하고 싶었지만, 일단 앉아야 한다고 느꼈다. 장리노는 모로코식 의자에 앉아 우리를 내려다보았다. 두상을 덮고 있던 머리타래가 반쯤은 오른쪽으로, 반쯤은 뒤쪽으로 흘러내리고 있었다. 그의 두상이 완전히 드러난 것을 본 건 그때가 처음이었다. 침묵이 흘렀다. 이윽고 내가 부드럽게 물었다. 무슨 일이에요, 장리노? 우리는 그의 입을 주시했다. 그의 입이 여러 가지 형태로 일그러졌다. 여기 코냑 좀 갖다 줘, 엘리자베스. 피에르가 말했다.

"당신도 필요해?"

"응."

나는 보드카 잔 세 개를 꺼내 거기에 코냑을 따랐다. 장리노는 잔을 받아들고 단숨에 마셨다. 그의 얼굴에는 뭔가 다른 기묘한 점이 있었다. 피에르가 그의 잔에 코냑을 더 따랐고, 우리 역시 코냑을 홀짝였다. 나는 우리가 한밤중에 너저분한 거실에서 불도 제대로 켜지 않은 채 뭘 하고 있는 건지 알 수가 없었다. 잠시 후 피에르가 평소와 같은 목소리로 유쾌한 질문이라도 하는 것처럼 물었다. 당신이 리디를 죽였다고요? 나는 피에르를 바라보고, 장리노를 바라보고 쿡 웃으며 물었다. 당신이 리디를 죽였다고요! 장리노는 의자 팔걸이 위에 팔 아래쪽을 올려놓았다. 하지만 그 의자는 팔을 올려놓도록 만들어진 게 아니라서 그 모습은 한 순간 그가 전기의자에 묶여 있는 것처럼 보였다. 나는 그가 안경을 끼고 있지 않다는 것을 깨달았다. 나는 안경을 끼지 않은 그를 본 적이 없었다. 리디는 지금 어딨어요? 내가 물었다.

"내가 그 여자의 목을 졸랐소."

"당신이 리디의 목을 졸랐다고요?"

그가 고개를 끄덕였다.

"도대체 무슨 뜻인지 이해를 할 수가 없네요."

"뭘 이해하지 못한다는 거야? 이 사람이 리디의 목을 졸랐다잖아." 피에르가 말했다.

"리디는 지금 어디 있어요?"

장리노는 위층 쪽을 가리켰다.

"그녀가 죽었습니까?" 피에르가 물었다.

그는 고개를 끄덕이고는 두 눈을 감았다.

"그렇지 않을지도 모릅니다. 가서 확인해봅시다." 피에르가 말했다.

피에르와 내가 자리에서 일어섰다. 나는 내 방으로 달려가 스웨터를 챙기고 덧신을 신었다. 내가 거실로 돌아왔을 때 장리노는 손가락 하나 움직이지 않고 있었다. 가서 그녀가 살아 있는지 혹시 봅시다, 장리노. 피에르가 격려하듯 말했다. 당신도 알겠지만 목을 조른다고 사람이 그렇게 쉽게 죽지 않습니다.

"그녀는 죽었소." 장리노가 울리는 목소리로 말했다.

"확실하지 않습니다. 아닐 수도 있다고요. 올라갑시다!"

피에르가 짜증을 내기 시작했다. 그는 손짓으로 나에게 좀 거들라고 채근했다. 나는 장리노의 팔을 잡았다. 그의 몸은 믿어지지 않을 정도로 뻣뻣했고, 모로코식 의자에 고정된 듯 움직이지 않았다. 나는 부드러운 말을 중얼거리며 그를 안심시키기 위해 애썼다. 내가 말했다. 장리노, 당신은 오늘밤 내내 이 소파에 앉아 있을 수는 없어요."

"이 의자에 앉고 싶어하는 사람은 당신이 유일하지만 말이오." 피에르가 애써 상황을 가볍게 만들려 애썼다.

"당신 말이 맞아." 내가 인정했다.

"지금 한 순간이 아쉽단 말이오! 낭비할 시간이 없어요!"

"이 사람 말이 맞아요…."

"정신 좀 차리십시오, 장리노!"

"그녀는 죽었다고 말했잖습니까!"

피에르가 긴의자에 털썩 주저앉았다. 그의 발이 전기스탠드의 전선에 걸려 스탠드가 바닥으로 넘어졌다. 우리는 거의 캄캄한 어둠 속에 앉아 있었다.

"빌어먹을, 제대로 되는 게 하나도 없군!"

나는 평소에는 전혀 사용하지 않는 천장 등을 켰다. 천장 등 켜지 마, 제발 천장 등은 켜지 마! 피에르가 신음하듯 중얼거렸다. 나는 키 큰 전기스탠드를 켰다. 장리노는 대리석처럼 움직이지 않은 채 연속되는 조명 세례를 맞았다. 나는 될 대로 되라는 듯한 자세로 주저앉아 있는 남편과, 화석처럼 앉아 상황 파악을 하지 못하는 장리노 사이에서 어떻게 해야 할지 알 수 없었다. 우리는 술을 너무 많이 마신 상태였다. 나는 거실을 치우기 시작했다. 잔과 병·널부러져 있는 것을 모조리 치운 다음 발코니로 가 궤짝의 덮개를 털고, 리디에게서 빌려온 의자들을 문 옆에 줄맞춰 세워놓았다. 그러고는 내가 좋아하는 휴대용 로벤타 청소기를 가져와서 바닥에 떨어진 부스러기들을 제거했다. 내가 낮은 탁자 위와 그 아래 깔린 러그 위를 청소기로 밀기 시작하자, 피에르가 무기력에서 벗어나 내 손에서 청소기를 빼앗았다. 지금 이런 거 할 때야! 그가 청소기를 기관총처럼 쥐고 다시 자리에서 일어서더니 장리노에게 말했다. 좋습니다, 친구. 이제 우리 올라가는 겁니다. 자, 어서요! 장리노는 몸을 움직이려 했지만 의자에 엉덩이가 붙어버린 듯 일어나지 못했다. 피에르가 휴대용 청소기를 장리노의 가슴팍을 향해 작동시켰다. 괴상한 소리를 내며 셔츠 자락이 빨려 들어갔다. 내가 소리쳤다. 당신 지금 뭐하는 거야? 청소기에 놀란 듯 장리노는 방어적인 태도로 몸을 일으켰다. 그 순간 나는 이제 우리가 위층으로 올라갈 수 있으리라는 것을 알

왔다. 장리노는 머리 타래를 끌어올려 두상을 덮고는 발작적인 손짓으로 여러 차례 머리를 쓸어내렸다. 나는 그를 부드럽게 현관으로 이끌었다. 피에르가 신발을 신었다. 우리는 아파트를 나섰다. 층계의 노르스름한 빛을 받으며 걸어서 계단을 올라갔다. 연분홍색 반바지 차림으로 맨 다리에 간편한 단화를 신은 피에르가 앞장섰고 후줄근해진 야회복을 입은 장리노가 그 다음에, 그리고 파자마에 인조 모피 슬리퍼를 신은 내가 그의 뒤를 따랐다. 그의 집 층계참에 이르자 장리노는 주머니를 뒤져 열쇠를 꺼냈다. 문 저편에서 에두아르도가 야옹거리며 문을 긁는 소리가 들려오자 장리노가 조그맣게 속삭였다. 소노 이오 지오이아 미아, 스타 트랑킬로 쿠치오리노(나의 기쁨, 나의 조용한 강아지). 나는 피에르의 손을 잡았다. 나는 약간 불안한 동시에 캄캄한 어둠 속으로 들어가고 싶은 강한 욕망을 느꼈다.

우리는 집 안으로 들어갔다. 그는 현관의 불을 켜지 않았다. 에두아르도가 등을 잔뜩 구부린 채 우리 다리 사이로 빠져나갔다. 복도 끝의 욕실과 방에 불이 켜져 있었다. 장리노는 우리 집 현관에서 그랬던 것처럼 어깨에 힘을 잔뜩 주고 두 팔을 늘어뜨린 채 뭔가 기다리는 자세를 취했다. 그녀는 어디 있습니까? 피에르가 속삭이는 듯한 소리로 물었다. 나는 그런 속삭임이 이상하게 느껴졌지만 동시에 속삭이지 않을 이유도 없다는 것을 깨달았다. 장리노가 고개를 기울여 방 쪽을 가리켰다. 피에르가 복도를 걷기 시작했다. 나는 그 뒤를 따랐다. 복도에서부터 리디의 모습이 보였다. 그녀는 우리 집에서 입고 있던, 이제는 구겨진 원피스 차림으로 침대 머리 쪽에 발을 두고 있었다. 피에르가 방문을 밀어 열었다. 길디 긴 목걸이와 로프드레스 차림의 니나 시몬 포스터 아래 안구가 튀어나올 정도로 눈을 크게 뜬 리디가 입을 벌린 채 누워 있었다. 그 모습을 보자마자 우리는 상황이 무척 심각하다는 것을 알았다. 피에르가 전문가인 양 달려들어 그녀의 손목을 쥐고 맥을 확인했다(드라마 시리즈에서 본 것일까? 아니면 탐정 소설에서?). 장리노가 문에 모습을 나타내더니 자신이 받은 첫 인상이 틀리지 않았다는 것을 확인하게 되어 비통한 중에도 마음을 놓은 증인처럼 고개를 끄덕였다. 그는 모래색 안경을 다시 끼고 있었다. 그가 말했다. 이제 정말 아셨을 겁니다…, 그녀는 죽었어요. 장리노가 확인했다. 더이상 아무도 움직이지 않았다. 이윽고 피에르가 말했다. 이제 해야 할 일은… 그녀의 눈을 감겨주는 겁니다.”

“예….”

"직접 하시는 편이 좋겠습니다…."

장리노가 리디에게 다가가 종교적인 정화의 손길로 그녀의 눈꺼풀 위를 쓸었다. 하지만 리디의 입은 다물려지지 않았다. 내가 말했다. 저 입을 어떻게 좀 해볼 수 없을까요?… 장리노가 서랍 하나를 열었다. 그 안에는 온갖 종류의 머플러가 들어 있었다. 나는 제일 먼저 눈에 띄는 연한 색 꽃무늬가 있는 투명한 베일을 집어 들었다. 장리노가 리디의 입을 다물려 잡고 있는 동안 나는 그녀의 머리에 머플러를 씌운 다음 턱 아래에서 최대한 꼭 묶었다. 훨씬 보기가 나아졌다. 이제 그녀의 모습은 나무 아래서 짧은 낮잠이라도 즐기는 여자 같았다. 이유는 알 수 없지만 장리노는 그녀의 발에 빨간 끈에 납작한 매듭이 달린 무도화를 신겼다. 나는 벗겨진 침대 커버 위로 그녀의 두 발이 나와 있는 것을 보았다. 장식 달린 발찌를 찬 그 두 발이, 더이상 살아 있는 인간의 것이 아니라는 것을 믿기 어려웠다. 그와 어울리는 이미지가 문득 내 머릿속에 떠올랐다. 벽에서 몇 센티미터 떨어져 놓인 침대 가장자리로 흘러내린 원피스 자락, 거칠게 사랑을 나누기라도 한 것처럼 누비질된 천 위에 놓인 매끄러운 두 발, 날씬한 두 다리. 리디 큄비네의 과거의 이미지. 장신구 하나가 다른 것들보다 더 길게 늘어져 있었다. 안경을 쓰고 있진 않았지만, 그것이 부엉이나 올빼

미라는 것을 알 수 있었다. 발목에 매달려 있는 그 새 장신구는 무엇을 의미했을까? 옷장 위에는 주석으로 된 또 다른 올빼미 모형이 놓여 있었다. 우리가 좋아하는 물건을 곁에 두는 것은 지상의 삶을 견디기 위해서다. 사진이라는 정지된 세계를 바라볼 때 나를 사로잡는 것은 그 안에 등장하는 그런 물건들, 비가悲歌와도 같은 그 모든 세부들이다. 옷가지·장식·부적, 화려하든 초라하든 그런 온갖 물건들은 말없는 가운데 인간을 지지해준다. 피에르가 말했다. 이제 경찰에 알려야 합니다, 장리노.

"경찰이라고요. 아 아니, 아니, 아닙니다."

피에르가 나에게 힐긋 눈길을 던졌다.

"그럼 어떻게 하실 생각입니까?"

"아니, 경찰은 안 됩니다."

"장리노, 당신은⋯ 당신에게 이런 비극이 일어났습니다⋯. 당신은 우리에게 와서 그 사실을 알렸어요⋯. 우리가 당신을 위해 뭘 해야 합니까?"

피에르는 옷장 옆에 서 있었다. 그의 심각한 어조, 딱딱한 손짓이 그가 입고 있는 분홍색 반바지로 인해 조금 상쇄되는 듯했다. 장리노는 고개를 떨군 채 침대 주위를 돌아다니는 에두아르도를 눈으로 쫓았다.

"사람을 불러드릴까요? 변호사는 어떻습니까? 내가 아는 변호사가 있습니다."

에두아르도가 실내용 변기 위로 올라갔다. 동그란 나무 뚜껑(혹시 치즈 도마가 아닐까?)이 덮인 도기로 된 요강이었다. 저런 요강을 침대 발치에 두는 것도 나쁘지 않겠는걸, 나는 생각했다. 나는 매일 밤 세 번이나 화장실에 가기 위해 자리에서 일어나지 않는가. 장리노가 고양이를 요강에서 내려오게 하려고 그를 가볍게 어루만지며 말했다. 논 술 바조 다 노테 미치노(요강 위에 올라가면 안 돼). 고양이는 그의 말을 무시하고 정확히 그의 눈높이에서 리디의 시신을 뚫어져라 바라보았다.

"티 하 파토 말레, 에, 피콜리노 미오(그러다가 다친다, 알았니, 귀염둥이야)…."

"장리노, 협조 좀 해주시오." 피에르가 다시 말했다.

"거실로 가는 게 어떨까요?" 내가 말했다.

"포베로 파타티노(가엾은 귀염둥이)…."

피에르는 창으로 가서 밖을 내다보았다. 그는 커튼을 쳤다. 귀여운 단화와 가벼운 반바지 차림으로 그가 선언했다. 분명히 말하는데, 장리노, 당신이 당장 경찰을 부르지 않는다면, 우리가 부를 겁니다."

"그건 우리가 할 일이 아니야!" 내가 항의했다.

"그건 우리가 할 일이 아니지. 하지만 누군가는 해야 할 일이잖아."

"이 방에서 나가자. 나가서 침착하게 생각해보자고."

"뭘 생각한다는 거야, 엘리자베스? 이 여자는 자기 남편에게 목을 졸려 죽었어. 감정이 격해졌겠지. 자세한 것은 모르지만 말이야. 경찰을 불러야 해. 그리고 이보세요, 장리노, 정신 좀 차리세요. 그리고 우리가 알아들을 수 있는 말로 얘기 좀 해보세요. 저 고양이랑 주고받는 괴상한 이탈리아어 때문에 미칠 것 같단 말입니다."

"이 사람은 충격을 받았어."

"이 사람이 충격을 받았다고?… 맞아 우리 모두 충격을 받았지."

"신경을 가라앉히려 애써봐, 피에르. 장리노, 어떻게 하면 좋겠어요?… 장리노?…"

피에르는 노란 벨루어 소파에 앉았다. 장리노가 주머니에서 체스터필드 갑을 꺼내더니 담배 한 개비에 불을 붙였다. 연기가 리디의 몸 위로 퍼져나갔다. 그는 즉각 손으로 연기를 흩어버렸다. 그런 다음 서글퍼 보이는 눈길로 자기 아내의 시신을 바라보며 말했다. 잠깐 동안만 내 말 좀 들어주시겠소, 엘리자베스?

"내 아내한테 무슨 말을 하려는 거요?"

"잠깐만, 피에르."

나는 내가 상황을 통제할 수 있다고 그에게 손짓했다. 그런 다음 장리노의 팔을 잡고 그를 방 밖으로 이끌었다. 우리가 욕실에 들어가자 장리노가 내 뒤에서 문을 닫았다. 불도 켜지 않은 채 그가 완전히 잠긴 목소리로 말했다.

"리디의 시신을 승강기에 태우도록 날 도와주시겠소?…"

"하지만… 어떻게요?"

"여행가방에 넣어서 말이오…."

"여행가방에 넣어서요?…"

"리디는 날씬해요. 체중도 많이 나가지 않고요… 그녀를 아래층까지 데려 가야 하는데… 난 승강기를 탈 수 없어요."

"시신만 태우면 왜 안 되죠?"

"제대로 도착할지 확실하지 않으니까요. 누군가 아래에서 승강기 단추를 눌렀을 경우에는요."

맞는 말 같았다.

"그래서 어떻게 하려고요?…"

"그걸 갖다 둘 곳을 알아요."

"자동차로 그녀를 옮기려고요?"

"가방은 앞좌석에 놓을 거예요. 당신은 그저 가방을 내리는 것만 도와주세요, 엘리자베스, 나머지는 내가 알아서 할게요…"

욕실에서는 익숙한 비누 냄새가 났다. 우리는 캄캄한 어둠 속에 서 있었다. 내 눈에는 장리노의 모습이 보이지 않았다. 나는 그의 목소리에 담긴 절박함과 슬픔을 느꼈다. 주차장에 아무도 없는지도 확인해야 한다는 생각이 내 머릿속을 스쳤다. 그 순간 욕실문이 벌컥 열렸다.

"당신 지금 이 미치광이가 자기 아내를 승강기에 밀어 넣는 걸 도와주려는 거야, 엘리자베스?!…"

피에르가 강철 같은 손가락으로 내 팔을 움켜쥐었다(그는 아름답고 강한 손을 갖고 있다).

"집으로 돌아가자. 내가 경찰을 부를게."

그가 나를 끌어당겼다. 나는 욕실에 부착된 옷걸이에 걸린 실내복 자락에 매달리며 저항했으나 3초도 버틸 수 없었다. 그러다가 전등 스위치가 눌러진 모양이었다. 벽에 달린 네온 등이 켜졌다. 모든 것이 노랗게 보였다. 퓌토의 우리집에 있던 것과 똑같은 옛날식 노란 등이었다. 가요, 엘리자베스, 당신 집으로 돌아가요. 친애하는 엘리자베스, 난 미쳤어요, 나한테 신경 쓰지 말아요. 장리노가 두 팔을 앞으로 내밀며 울먹였다.

"도대체 어쩔려고 그래요, 장리노?" 내가 물었다.

그는 두 팔로 머리를 감싸 쥐더니 욕조 모서리에 걸터앉았다. 우리를 바라보지 않고 가볍게 몸을 흔들면서 그는 신음했다. 이제 정신을 차릴 거예요. 이제 정신을 차릴 거예요. 복잡한 욕실 안 벽에 부착된 빨래 건조대 아래에서 머리카락을 흘뜨린 채 웅크리고 있는 장리노의 모습에 나는 미칠 듯이 마음이 아팠다.

피에르가 다시 나를 끌어당기기 시작했다. 내가 말했다. 그만 좀 잡아당겨.

"당신 감옥에 가고 싶어? 우리 모두 감옥에 가면 좋겠어?"

"무슨 일이 있었던 거예요 장리노? 잠시 정신이 나갔었어요?"

장리노가 무어라 중얼거렸다. 피에르가 말했다. 당신이 무슨 말을 하는지 도대체 알아들을 수가 없소! 장리노는 우리를 바라보지 않은 채 꾸중 들은 아이처럼 애써 변명했다. 그녀가 에두아르도를 발로 찼어요.

"리디가 에두아르도에게 발길질을 했다고요?" 내가 그의 말을 반복했다.

"저 여자가 고양이에게 발길질을 했대, 그래서 저 사람이 저 여자를 목 졸라 죽인 거라고. 이제 우리는 그만 퇴장하자."

"하지만 리디는 동물을 사랑했잖아요!" 내가 말했다.

장리노는 어깨를 으쓱해 보였다.

"그녀는 바로 오늘 오후에도 나에게 청원서에 서명하게 했다고요!"

"어떤 청원서에 서명했는데요?"

"병아리를 갈아 죽이는 데 반대하는 청원서였어요!"

"자자, 이제 그만해." 피에르가 나를 현관문 쪽으로 밀면서 지친 듯이 말했다.

에두아르도가 털을 곤두세우고 위협적으로 이를 드러낸 채 욕실 안으로 미끄러져 들어갔다.

"논 아베르 파우라 테소로…. 저 녀석은 가엾게도 신장결석이 있어요."

"경찰에 전화할 거죠, 장리노? 다른 사람 아닌 당신이 그렇게 해야 해요." 내가 말했다.

"다른 해결책은 있을 수 없어요." 피에르가 말했다.

"있어요…."

"다른 해결책 같은 건 없어요, 장리노."

"있어요."

피에르가 문을 열고 나를 층계참으로 밀쳐냈다. 그가 문을 닫기 전에 내가 소리쳤다. 우리가 같이 있어줄까요?

"이러다 건물 안 사람들을 모두 깨우겠어!" 피에르가 조심스럽게 문을 닫으며 나직하게 말했다. 그리고는 강철 같은 손으로 나를 붙잡아 계단으로 끌어당겼다. 집에 도착하자 그는 말소리가 밖으로 새어나가서는 안 된다는 듯이 일단 나를 거실까지 데려왔다. 그는 장식에 지나지 않는 커튼이라도 치려 했지만 커튼은 구석에서 걸려 나오지 않았다.

"도대체 당신 뭐하는 거야?!"

"이 커튼 자락 정말 웃기는군!"

그는 자신이 마실 코냑을 한잔 가득 따랐다.

"당신은 그 사람이 시신을 치우는 걸 도와줄 작정이었어, 엘리자베스?"

"문에 귀를 대고 엿듣다니 비겁해."

"당신은 시체를 싣고 승강기에 탈 생각이었어?… 시체와 함께 다섯 개 층을 혼자서 내려가는 자신의 모습을 상상해봤어?… 제발 대답 좀 해."

"가방 속에 들어 있는 데 뭘."

"오, 그 말을 빠뜨려서 미안하다, 그래!"

"좀 차분히 생각해보면 당신도 이해가 갈 거야."

"우리가 지금 무슨 얘기를 하고 있는지 알기나 해? 이건 정말 심각한 일이라고, 엘리자베스."

나는 갑자기 한기를 느꼈고 머리가 아팠다. 나는 숄을 두르고 주방으로 가서 물을 끓였다. 차 한 잔을 갖고 거실로 돌아와 긴 의자 한구석에 웅크리고 앉았다. 마노스크리비 부부가 앉아 있던 자리 바로 맞은편이었다. 피에르는 자리에 가만히 앉아 있지 못하고 거실 안을 이리저리 배회했다. 내가 말했다. 그 사람을 혼자 내버려두고 오다니 너무했어. 피에르가 내 옆에 앉아서 내 어깨를 문질렀다. 내 몸을 데워주기 위해서인지, 혼란스러운 자신의 머릿속을 진정시키기 위해서인지 알 수 없었다. 주차장 건너 맞은편 건물에는 완전히 불이 꺼져 있었다. 그날 밤 잠들지 않고 있는 이들은 우리뿐인 듯했다. 우리와 위층의 이웃. 리디는 무도회용 원피스를 입은 채 검은 고양이의 눈길을 받으며 누워 있고, 장리노는 욕실에 걸린 가운 아래 혼자 남겨져 있다. 오래전 갖고 있던 동화책에 나오는 공주는 물레의 방추에 찔려 깊은 잠 속에 빠졌다. 사람들이 공주를 금실과 은실로 수놓인 침대에 눕혔다. 공주의 머리카락은 산호색이고 입술은 진홍색이었다. 내 휴대폰에 문자가 하나 도착했다는 표시가 떴다. 피에르가 말했다. 그 사람에게 답장하지 마!

"당신 아들한테서 온 거야!"

엠마뉘엘이 보낸 문자는 이러했다. "봄맞이 파티 아주 멋졌어, 엄마!" 그러고는 웃는 얼굴의 이모티콘과 눈사람 그림이 덧붙여져 있었다. 그 문자를 보자 나는 왠지 눈물이 났다. 한밤중의 이 문자. 눈사람. 우리로 하여금 사라지는 모든 것을, 상실을 돌아보게 하는 이 귀여운 형상. 아이들은 한참 앞서 있다. 에티엔과 메릴르의 아이들이 산길에서 한참 앞섰던 것처럼. 나 자신이 우리 부모님으로부터 아주 멀리, 멀리 떨어져 나온 것처럼. 사람을 울적하게 만드는 것은 무슨 엄청난 배신이 아니라 반복되는 작은 상실들이다. 엠마뉘엘이 어렸을 때 그 애에겐 상점이 있었다. 그 애는 자기 방에 있는 낮은 소형 탁자에 물건들을 늘어놓고 그 뒤에 앉아 있었다. 그 애는 자신이 직접 만든 물건을 팔았다. 소팔랭Sopalin 키친타월 롤러나 화장실 휴지 롤러 같은, 색색의 골판지 위에 장식 무늬가 인쇄된 각종 롤러들, 도토리, 나뭇가지 같은 야외에서 주운 것에 색칠을 한 것, 점토로 만든 사람들도 있었다. 그 애는 그 물건들을 살 수 있는 특별한 화폐인 '페스토'를 만들었는데 지폐밖에 없는 그 화폐는 아무리 조심해 다루어도 쉽게 찢어졌다. 매일같이 그 애는 자기 방에서 소리쳤다. "상점이 문을 열었습니다!" 그 문장을 하도 많이 들은 나머지 피에르도 나도 반응을 보이지 않았다. 그 애는 한 번만 그 말을 외쳤으므로 조용한 침묵이 이어졌다. 그러다가 어느 순간 내 귀에 그 애가 움직이는 소리가 들려왔다. 나는 좌판을 앞에 놓고 혼자 손님을 기다리고 있을 그 애의 모습을 상상하며 페스토 지폐가 든 지갑을 들고 그 애의 방으로 갔다. 그 애는 내가 오는 것을 보고 기뻐했지만, 동시에 진짜 상인처럼 무심한 태도를 취했다. 우리는 진짜 상인과 손님처럼 서로에게 존댓말을 했다. 나는 물건을 고르고 돈을 지불한 다음 개울에서 주운 자갈과 색칠한 밤톨과 웃는 모습이나 토라진 표정을 짓는 사람 얼굴이 그려진 하얀 금속조각 같은 것을 가방에 넣고 방을 나섰다. 공허한 개념들이 적힌 목록의 좋은 자리에 우리는 '기억할 의무'를 놓는다. 하지만 이 얼마나 부적절한 표현인가! 좋은 것이든 나쁜 것이든 지나간 시간은 불붙여 태워 버려야 하는 죽은 나뭇잎 더미일 뿐이다. 우리는 또한 '애도하는 일'에 특별한 관심을 기울인다. 기억할 의무와 애도하는 일, 전혀 의미 없는 이 두 표현은 극도로 모순적이다. 내가 피에르에게 말했다. 답장을 뭐라고 보낼까?

"그 파티가 끝난 지 한 시간 후 이웃집 남자가 자기 아내를 죽였다고 해."

"답장이 없으면 그 애는 우리가 자고 있다고 생각할 거야."

우리는 그 소파에서 밤을 보내려는 것처럼 숄을 나누어 덮었다. 다음 순간 피에르가 자리에서 일어났다. 그가 현관에서 뭔가를 찾는 소리를 들려왔다. 그는 연장 상자와 사다리를 갖고 돌아와서는 창문 앞에 놓았다. 나는 그가 반바지와 단화 차림으로 사다리 위로 올라가는 것을 보았다. 열에 들뜬 듯 흥분해서 그는 커튼 봉을 고치기 시작했다. 레일에 작은 바퀴가 끼어 있었고, 천 가장자리가 찢겨져 있었다. 그는 수선을 시도했다. 그는 상자 속을 뒤지며 대체할 갈고리가 있는지 내게 물었다. 나는 전혀 모르겠다고 대답했다. 그는 신경이 날카로워져서 줄을 당기고 린넨 천을 잡아당겼다. 클립이 모조리 튕겨나가자 그는 짜증을 내며 결국 커튼 전체를 떼어내 버렸다. 나는 아무 반응도 보이지 않았다. 피에르는 등을 구부정하게 굽히고 배를 앞으로 내밀고 양손을 깍지 낀 채 팔 아랫부분을 허벅지 위에 올려놓고 사다리 꼭대기에 앉아 있었다. 우리는 그렇게 말없이 괴상한 한 순간을 보냈다. 나는 미칠 듯한 웃음이 목구멍 안쪽에서 터져 나오려는 것을 쿠션에 입을 대고 가까스로 참았다. 그가 아래로 내려와 사다리를 접어 연장 상자와 함께 다시 현관에 가져다두었다. 현관에서 돌아오면서 그가 말했다. 난 가서 잘래.

"그래."

"우리 가서 자자."

"그래….."

장리노가 파티에 들고 온 연보라색 장미 다발이 서재 창턱에 놓인 물 잔에 꽂혀 있었다. 포장 끈조차 풀지 않은 상태였다. 나는 다른 화병을 찾아보았고, 이윽고 그것을 작은 꽃병에 꽂았다. 예전에 나와 함께 양로원으로 그의 고모를 보러 갔을 때 장리노는 아네모네 한 다발을 샀다. 그가 내게 말했다. 이걸 당신이 고모께 드리세요. 나는 그의 고모를 기다리며 복도에서 그 꽃다발을 들고 있었다. 벽 양쪽에 나무 난간이 설치되어 있는 복도를 두꺼운 압박 스타킹을 신은 한 여자가 지팡이를 짚고 걸어가고 있었다. 장리노의 고모가 보행기를 밀고 모습을 나타내더니 카페테리아를 향해 빠른 속도로 다가왔다. 내가 어색한 태도로 꽃을 건네자, 그녀는 파리에서 가져온 꽃다발에 얼굴을 묻었다. 나중에 그 꽃은 그곳 공동 공간의 유리병 속에 꽂혔다. 나는 꽃병을 거실의 낮은 탁자 위에 놓았다. 장미가 조화처럼 보였다. 연한 색 크리스털 꽃병에 꽂힌 꽃이 묘비 위의 장식처럼 보였다. 이런 시간 이런 상황에서 느껴지는 비정상적인 감정일까? 장리노는 위층에서 혼자 뭘 하고 있을까? 피에르가 방에서 나를 불렀다. 내가 대답했다. 금방 갈게…. 우리는 어떻게 그를 혼자 두고 올 수가 있었을까?

그는 피에르와 나를 텅플 가의 어느 건물 작은 안뜰로 안내했다. 일주일에 세 차례 재즈 클럽으로 변모하는 카페 중의 하나였다. 그가 모든 것을 준비했다. 다시 말해서 바에 있는 몇몇 뮤지션을 빼고는 그곳에 사람이 거의 없는 시각에, 그러니까 반시간 전에 우리가 미리 도착하게 한 것이다. 벽에 설치된 스피커에서 구석의 작은 원탁들 앞으로 스탠더드 음악이 나오고 있었다. '편안한' 차림의 장리노가 피아노·콘트라베이스 등이 놓인 작은 무대 가장자리에 우리를 앉혔다. 우리가 물었다. 이렇게 가까운 곳에 앉나요? 그는 우리가 다른 관객이나 건물의 기둥 같은 것에 방해를 받지 않고 리디가 노래 부르는 것을 보기를 바란다는 것이었다. 내 생각에 그는 그곳에 올 때마다 '자기' 자리, 그러니까 그가 리디를 처음 만났을 때 앉았던 자리를 고수하는 듯했다. 자리에 앉자마자 그는 지배인을 소리쳐 부르더니 친숙하게 소개를 하고 우리의 의사는 묻지도 않고 펀치 세 잔을 주문했다. 사람들이 하나둘씩 나타났다. 온갖 연령대에 걸친, 유행과는 상관없는 차림을 한 사람들이었다. 위쪽을 빳빳하게 세운 은발에 빨간색 셔츠를 받쳐 입고 하얀 양가죽 스웨이드 숏 점퍼를 걸치고 있던 한 남자가 생각난다. 몇몇 사람들은 마이크 대에 걸어놓은 칠판 위에 자기 이름을 쓰고 있었다. 저 사람들은 즉흥 재즈 공연에 등록한 사람들입니다. 장리노가 말했다. 리디는 빛나는 모습으로 흥분에 싸여 도착해 칠판 위로 몸을 기울였다가 이윽고 우리와 합류했다. 첫 번째 뮤지션들은 〈아이 폴 인 러브 이즐리〉를 불렀다. 내가 '쉽게' 사랑에 빠져본 지 얼마나 오래되었던가, 이런 후끈한 열기 속에서 모르는 사람들과 함께 앉아 있어본 지 얼마나 오래되었던가 하는 생각이 내 머릿속에 떠올랐다. 이어 다음 가수들이 악보를 손에 쥐고 자신들을 소개했다. 매 공연마다 우리는 요란하게 박수를 쳤다. 장리노의 박수 소리가 가장 컸다. 물방울무늬 원피스를 입은 여자가 독일어 가사로 〈마크 더 나이프〉를 불러 완전히 망쳐놓은 데 이어, 트럼펫 연주자가 그렉이라고 소개한, 양털로 된 깃(내가 좋아하는 그 깃이 지금 다시 생각난다)이 달린 옷을 입은 남자가 자작곡을 부르기 시작했다. 노래를 돋보이게 하는 손동작, 마이크에 대한 열정, 반주로 연주되는 트럼펫 음들의 은밀한 동의, 그는 우리에게서 겨우 50센티미터 떨어진 곳에서 은발을 빛내며 홀로 세상에 스스로를 펼쳐 보이고 있었다. 장리노는 손뼉을 쳤고, 리디는 감정이 이입되어 몸을 들썩였다. 그녀는 그곳 단골인 그와 아는 사이였다. 그 남자의 직업은 기차 검표원이었다. 리디가 립글로스를 다시 바르고 있을 때 트럼펫 연주자가 말했다. 이제 다음 연주를 듣겠습니다. 리디! 장리노가 피에르 쪽으로 몸을 돌리고 그의 어깨를 꽉 쥐었다. 피에르는 그에게 특별한 유대감을 느낀 적이 한 번도 없었다. 펀치 때문인지 아니면 긴장이나 자부심 때문인지 장리노는 얼굴이 붉어져 있었다. 자부심에 겨워 그는 주변 테이블들을 살펴보며 집중의 정도를 파악했다. 리디는 거의 속삭이는 듯한 목소리로 은밀하게 〈레 물랭 드 몽 쾨르(내 마음 속의 방앗간)〉를 부른 다음 〈라노 드 사튀른(토성의 고리)〉와 〈르 발롱 드 카르나발(카니발의 풍선)〉을 부르기 위해 숨을 가득 들이마셨다. 정면의 스포트라이트 아래서 다갈색 머리카락과 귀고리가 반짝거렸다. 그녀의 목소리는 미묘했는데, 그 울림이 내게는 무척 젊게 여겨졌다. 약간 순진하게 느껴지는 억양은 그녀의 외모나 그녀가 풍기는 완고한 인상과 동떨어져 보였다. 그녀는, 어딘가 목적지가 있다기보다는 그저 시간을 보내기 위해 길가를 걷는 사람처럼 가사를 질질 끌지 않으면서 〈레 물랭 드 몽 쾨르〉를 불렀다. 전혀 다른 곳, 다른 시대에서나 발견할 수 있을 법한 독특한 느낌의 여자였다. 장리노의 모습은 볼만했다. 그는 기쁨에 겨워 의자에서 거의 엉덩이를 들고 있었다. 그녀는 그를 바라보지 않았다. 그의 존재를 잊었는지도 모른다. 그녀는 어린아이처럼 가벼운 어조로 체념의 말을, 둥지에서 떨어지는 새를, 지워지는 발자국들을 노래했다. 체중을 한쪽 발에서 다른

쪽 발로 번갈아 옮기면서, 장신구를 달랑거리면서, 숭고한 무심함으로 그 순간을 한껏 누리면서. 장리노는 앞으로 몸을 기울이고 온몸을 긴장시킨 채 자신의 시선에 대한 응답 같은 것은 기대하지 않고 우상에게서 눈을 떼지 않았다. 다만 한 차례 내 눈길을 느끼고는 잘못을 저지르다 들킨 사람처럼 자세를 바로 하고 행복감과 당혹감이 뒤섞인 미소를 지어 보였을 뿐이다. 그는 정신을 차리고 탁자 위에 놓아둔 휴대전화로 구도 같은 것은 상관없다는 듯 서둘러 리디의 사진을 찍었다. 그의 순수한 황홀감은 어떤 몸짓도 필요로 하지 않았다. 우리 세 사람 모두 손바닥이 아플 정도로 박수를 쳤다. 나는 피에르가 따분해한다는 것을 알고 있었다. 하지만 그는 고맙게도 우리의 기분을 맞추어주었다. 다른 테이블에서도 리디에게 박수를 보내는 것 같았다. 그녀는 가볍게 고개를 끄덕이면서 마이크 뒤에 잠시 서 있다가 이윽고 무대에서 물러났다. 다른 연주자들이 공연이 끝나자마자 수줍어하며 도망치듯 무대를 떠나는 것과는 대조적으로. 장리노가 담배를 피우러 밖으로 나가면서 세인트 제임스 럼주를 세 잔 더 주문했다. 피에르가 절망적인 손짓을 하는 것을 보고 나는 웃음을 터뜨렸다. 리디가 열에 뜬 얼굴로 가슴을 토닥거리면서 자리에 와 앉았다. 트럼펫 연주자가 말했다. 이제 다음 연주를 듣겠습니다, 장 자크! 망각에,

삶의 수많은 모호한 저녁들에 바쳐진 유쾌하고 즐거운 저녁이었다. 이제 그 카페 '쿠레트 뒤 텅플'은 얼마나 아득한가. 물방울무늬 원피스를 입은 여자, 하모니카로 〈플라이 미 투 더 문〉을 연주했던 남자. 카페를 나온 우리 넷은 떨어진 모과처럼 인도로 나와 어떤 택시 안으로 돌진했다가 사람이 탄 것을 깨닫고 다시 차에서 내렸다. 앞좌석에 탄 사람이 내게 물었다. 여기 자주 오시나요?

"처음이에요."

"처음이면 보통 이렇게까지 즐기지는 않는데요."

과거가 빠르게 무너져 내린다! 과거는 '망자의 벽'처럼 백악질이다. 나는 종종 베네치아의 산 미켈레 묘지를 생각한다. 11월의 어느 안개 낀 날 피에르와 베르나르와 함께 내가 찾아갔을 때 그곳에는 우리 말고는 거의 사람이 없었다. 담장과 가족묘와 묘지와 들판으로 이루어진 끝없는 미궁, 산 미켈레. 전체가 묘지로 이루어진 섬. 납골당 복도 벽은 사진들로 뒤덮여 있고, 벽에 부착된 화병에는 조화가 꽂혀 있었다. 손질한 머리에 옷을 차려입고 장난스럽게 웃고 있는 사람들의 모습이 담긴 수백 장의 사진들. 우리는 아무와도 부딪치지 않은 채 발길 닿는 대로 정처 없이 그곳을 거닐었다. 때는 주중 점심시간이었다. 어떤 묘석에 이런 글귀가 새겨져 있었다. '넌 언제나 우리와 함께 있을 거야, 사랑을 담아 너의 엠마.' 나는 이 구절의 대담성에 압도당했다. 이 글을 쓴 사람은 마치 자신이 영원히 지상에 머물 것처럼 말하고 있지 않은가. 두 개의 세계가 분리되어 존재한다는 듯이. 납골당에는 '망자의 벽'이 있었다. 더러운 잿빛 전면에 새겨진 이름과 생몰연대가 거의 지워져 있었다. 덜 지워진 어느 명판 위에서 1905라는 숫자를 읽을 수 있었다. 포석 안에 나사로 고정된 도기 재질의 꽃 한두 송이가 돌출되어 있을 뿐 아무것도, 사진 한 장도 없었다. 이제 이세상에는 그들과 함께 있을 사람이 아무도 없는 것이다. 그 벽의 흐릿한 흑백색은 마치 과거의 색깔 같다. 사람이 지상에 발을 딛는 순간 영원에 대한 모든 생각은 부정해야 마땅하다. 안개 낀 그날 리알토 근처에서 피에르는 나에게 밤색과 푸른색이 섞인 짧은 캐시미어 케이프를 사주었다. 나는 불빛이 희미한 상점의 유리창을 통해 그 케이프가 마네킹에 걸쳐져 있는 것을 보았다. 육중한 문을 열고 들어가자 한쪽 팔을 제대로 못쓰는 듯한 남자가 우리를 도와주기 위해 다가왔다. 거대한 카운터가 상점의 내부를 대부분 차지하고 있었다. 벽에 설치된 선반들에는 거의 완전히 포장된 상품들이 놓여 있었다. 남자는 성한 팔로 서랍을 열고 투명 비닐에 든 여러 가지 색깔의 케이프를 꺼냈다. 마음에 드는 빛깔이 없었다. 진열대의 케이프를 벗겨내야 한다는 것을 깨닫자 그는 상점 뒷방 쪽을 향해 무어라 중얼거렸다. 그 남자만큼이나 얼굴에서 웃음기를 찾아볼 수 없는 여자가 나왔다. 실외에라도 있는 것처럼 두꺼운 옷을 입고(상점 안은 썰렁했다) 고개를 움츠린 그녀는 사다리를 진열대 앞에 갖다놓고 마네킹에 걸쳐져 있는 케이프에서 핀을 뽑기 시작했다. 나는 거울 앞에 서서 케이프를 둘러보았으나 내 모습을 제대로 볼 수 없었다. 남자들 쪽으로 몸을 돌렸다. 피에르는 나쁘지 않다고 말했고, 베르나르는 나이 들어 보인다고 말했다. 상인 부부는 한 마디도 하지 않았다. 그들은 늙었고 그런 것에 관심이 없는 듯했다. 우리는 그 케이프를 샀다. 값은 비싸지 않았다. 여자가 그것을 조심스럽게 포장해 예쁜 주머니에 넣어주었다. 나는 '캐시미어. 메이드 인 이태리'라고 적힌 그 주머니를 아직도 갖고 있다. 그들은 그날의 유일한 매상일 듯한 그 케이프가 팔린 것에 그 어떤 기쁨도 표시하지 않았다. 그들은 오래전부터 그 자리에서 자신들의 고객, 그러니까 그 구역의 고상한 사람들이 떠나거나 죽음으로써 사라지는 것을 목격해왔을 것이다. 그들이 떠나고 나면 중국인들이 그 지역을 장악해 가방을 팔 것이다. 그 도시에 100미터마다 내걸려 있는 알록달록한 가죽으로 된 똑같은 가방들을. 혹은 요란스러운 네온사인을 단 아이스크림 가게가 들어

설지도 모른다. 더 운이 나쁘면 젊은이들이 유행하는 옷가게를 열 터였다. 옷가게는 가방처럼 과도적인 세계에 속해 있다. 그 음울한 상인 커플은 그보다 더 느린 인간군에 속해 있었다. 그러니까 더 느리지만 역시 지속적이지 않은 인간군 말이다. 그들은 그 풍경 어딘가에 있었다. 그들은 내 추억 속에서 조금 더 오랫동안 자리를 지킬 것이다.

파스퇴르 연구소에서 내가 일하는 건물은 원래는 병원이었다. 20세기 초에 지어진 그 건물은 역사적 기념물로 지정되었다. 역사적 건물의 모습에 걸맞게 돌과 붉은 벽돌로 되어 있다. 건물의 양 익면은 뜰로 나뉘었다가 멋진 온실에 의해 다시 연결되는데, 그 온실은 이제 유리 천장이 내려앉을 위험이 있어 폐쇄된 상태다. 하지만 식물들은 그곳이 마치 작은 정글이라도 되는 것처럼 줄곧 자라고 있다. 1층에 있는 내 사무실의 창은 울타리와 나무들에 면해 있고, 그 뒤에는 전면이 유리로 된 현대식 건물이 있다. 햇빛이 빛나는 날이면 우리 건물의 전면이 그 건물에 비친다. 나는 꿈꾼다, 그 시절 그 안에서 살고 있는 나를 상상한다. 전염병 환자들을 격리하던 때를, 나무로 된 침대를, 모자나 하얀 베일을 쓴 간호사들을. 그러면 전에 보지 못했던 것들이 보인다.

잠시 후 나는 방 안에서 아무 소리도 들려오지 않는다는 것을 깨달았다. 나는 방으로 가보았다. 피에르는 그가 늘 눕는 침대 한쪽에 몸을 묻고 있었다. 그는 잠이 들어 있었다. 잠이 들다니. 바로 위에서, 천장 위쪽에서 그런 일이 벌어졌는데…. 나는 침대 가장자리에 앉아서 흰머리가 섞인 그의 머리카락을 바라보았다. 나는 그의 머리카락이 참 좋다. 그의 머리카락은 숱이 많고 구불구불하다. 나는 그 머리카락을 쓰다듬었다. 그는 자고 있었다. 그 사실에 나는 아연실색했다. 나중에 피에르는 자신이 그렇게 갑작스러운 피로를 느낀 것은 사태를 알고 겁에 질려 급하게 여러 잔의 술을 마셨고 파티 내내 줄곧 정신이 없었기 때문이라고 이유를 댔다. 이유가 뭐 중요하겠는가. 피에르는 누워서 잠이 들었다. 시트를 목까지 덮은 채 자고 있었다. 그는 나를 혼자 남겨놓았다. 아무런 보호 없이. 강철 같은 손으로 나를 붙잡아 집으로 데려왔지만, 그게 무슨 소용인가. 그가 아버지 같은 어조로 확실하게 나를 잡아준다면 나는 그것에 복종할 용의가 있었다. 그런데 엄한 목소리로 잠깐 요란하게 야단을 치는가 했더니 이내 사태를 될 대로 되라는 식으로 내버려뒀다. 자는 사람은 당신과 같이 있지 않다. 그는 더이상 당신을 걱정하지 않는다. 나는 피에르가 단호한 태도로 금방이라도 경찰을 부를 것처럼 엄포를 놓았다는 것이 우스꽝스럽게 여겨졌지만 혼자 중얼거렸다. 저 사람은 내 걱정이 되었던 거야. 나를 보호하려고 했던 거지. 사실 그는 나를 양의 우리 안으로 데려온 다음 손을 뗀 것이다. 타인에 대해서는 걱정할 것도, 불안해할 필요도 없다. 약속은 또다시 지켜지지 않는다. 다만 호기심조차 느끼지 않는 것을 어떻게 이해해야 할까. 나는 어둠 속 침대 가에서 생각했다. 피에르는 범죄 사건이나 사고, 사회에서 벌어지는 비참한 일에 둔감했다. 그는 그런 일을 어떤 어둠의 차원으로 파악하지 않는다. 그에게 있어서 그런 일은 지린내 나고 구역질나는 것이다. 어떤 점에서 나는 내 남편보다는 지네트 아니세에 더 가까운 것 같다. 나는 욕실로 갔다. 변기에 앉아서 기네스 펠트로의 항노화 크림과 함께 받은 샘플을 살펴보았다. 자는 동안 피부를 활성화시켜준다는 사해의 영양물질로 만든 마스크가 있었다. 나는 생각에 잠긴 채 마스크를 얼굴에 붙였다. 어떤 명료한 생각도 떠오르지 않았다. 저번 날 텔레비전에서 노년과는 거리가 먼 누군가가 말하던 것이 생각났다. 신이 나를 지켜주십니다. 매일같이 나는 그에게 충고를 구합니다. 이 무대에 오르기 전에도 그랬죠. 요즘 신은 많은 충고를 한다. 나는 그런 말이 폭소를 자아내던 시기를 기억한다. 하지만 오늘날에는 지적인 텔레비전 프로그램에서조차 다들 그런 말이 이상하지 않다고 여긴다. 누군가 나에게 할 일을 말해주거나 할 바를 깨우쳐준다면 얼마나 좋을까. 욕실 안에는 나 이외에 아무도 없었다. 다니엘에게는 그녀를 언니라고 부르는 분신이 있지만, 내게는 없으므로. 나는 현관으로 가서 외시경을 통해 밖을 내다보았다. 완벽한 어둠. 나는 다시 거실로 돌아와서 전기스탠드를 끄고 창문을 조금 열었다. 발코니로 나가 구석에 섰다. 주차장에는 아무도 없었다. 마노스크리비 부부의 자동차 라구나가 건물 마당에 주차되어 있었다. 나는 축축한 밤의 침묵에 귀를 기울였다. 약간의 바람, 자동차 소리. 나는 창을 닫았다. 위층에서는 아무 소리도 들리지 않았다. 아무 소리도. 나는 인조 모피로 된 실내화를 신은 채 거실을 빙빙 돌기 시작했다. 내가 가구들 사이를 뛰다시피 걷고 있음을 문득 깨달았다. 이 모든 것에도 불구하고 내 안에서 뭔가가 춤을 추고 있었다. 불행에 강타당한 사람이 나 자신이 아닌 경우 닥치는 이런 억제할 수 없는 가벼움을 나는 이미 경험한 바 있었다. 적어도 나는 불행을 유예 받았다는 데서 느끼는 도취감인가? 요동치는 소형 보트 속에서 나동그라지지 않고 버티고 서 있는 듯한 느낌, 아니면 지네트 아니세(또 그 여자다)처럼 어리석게도 공허한 시간에서 벗어나고 싶은 것일까? 그날 밤의 프로그램에 문득 하나의 출구가 열렸다. 내 남편이 나를 버려두고 잠에 빠졌으므로 나는 다시 층계를 오를 수 있었다. 약속이 지켜지지 않는 게 꼭 나쁜 건 아니다. 우리의 파우스트 유전자가 발동되는 것은 환멸의 영역 속에서다. 우리 시대 생물학의 대가인 사반트 파보에 따르면, 우리와 네안데르탈인의 차이점은 염색체상의 아주 미세한 변형뿐이다. 수평선에 땅이 나타날 거라는 그 어떤 확신도 없이 망망한 바다 속으로, 미지의 세계 속으로, 탐색과 창조성과 파괴를 향한 인간의 흥분 속으로 돌진을 허용하는 게놈의 엉뚱한 돌연변이. 요컨대 광기의 유전자. 나는 다시 침실로 갔다. 피에르는 깊이 잠들어 있었다. 나는 바닥에 떨어진 카디건을 집어 들고 조심스럽게 방을 나왔다. 위층으로 올라가서 나직하게 장리노의 이름을 부르며 문을 두드렸다. 그는 놀라지도 않고 문을 열어주었다. 그의 손에 주사기가 들려 있었다. 뭔가 타는 냄새 같은 것이 났다. 나는 지금 약을 먹이고 있는 중입니다, 그가 말했다. 한 순간 나는 그가 리디에게 약을 먹이고 있다는 줄 알고 그가 드디어 미친 모양이라고 생각했다. 그를 따라 주방으로 간 나는 그가 고양이 얘기를 하고 있다는 것을 알았다. 얘는 콩팥에 모래가 있어요. 하루에 약을 여섯 알 먹어야 한답니다. 사료를 바꿔봤지만 얘한테는 효과가 없었어요. 장리노가 분주하게 움직이며 말했다. 앉으세요, 엘리자베스.

"가엾은 녀석."

"첫날 애한테 항생제 한 알을 먹이는데 한 시간 반이 걸렸어요. 수의사 말이 알약을 애 입속에 넣은 다음 애의 아래턱을 붙잡고 있으라는 거예요. 그걸 말이라고 하는지, 원. 내가 손을 놓자마자 애는 약을 뱉어냈어요. 고양이가 뭔가를 삼키기 위해서는 뭔가를 씹을 때처럼 아래턱을 열었다가 닫아야 한다는 걸 알았죠. 그런데 가장 골치 아픈 건 효모에요."

그렇게 말하면서 그는 자신이 숟가락으로 섞어두었던 주발 안의 내용물을 주사기형 젖병 안에 부었다.

"이 사료는 애한테 설사를 일으켜요. 수의사는 사료 때문에 그런 게 아니라지만, 내가 보기엔 원인이 이 사료인 게 분명해요. 스트레스성 요실금 같은 거죠. 애는 이 사료를 순식간에 게걸스럽게 먹어치워요. 그러니까 얘가 몹시 좋아하는 사료인데 이게 설사를 일으키는 거죠. 나는 마침내 항생제와 결석 방지제를 동시에 투여하는 방법을 찾아냈어요. 이 약들은 아주 작아요. 크기가 렌틸 콩만하죠. 그래도 '윌트라디아르'(*약 상표) 연질 캡슐을 물에 녹여 주사기형 젖병에 넣어 먹여야 해요. 이런, 이 망할 녀석이 어디 갔지? 이 녀석 좀 찾아야겠어요."

나는 잠시 혼자 주방에 서 있었다. 탁자 위에는 리디의 사

진이 들어간 팸플릿 한 장이 놓여 있었다. 리디 귐비네, 음악
치료사·음향치료사·티벳식 진흙 마사지사. 안으로 접힌 부
분에는 금속으로 된 타악기 징 사진이 있었고, 그 아래에 이런
구절이 씌어 있었다. '목소리와 리듬에는 언어와 의미보다 더
중요한 것이 담겨 있습니다.' 나는 싱크대 위의 버들가지 바구
니를 바라보았다. 주름 잡힌 프로방스풍 면 커버가 씌어진 바
구니에 각종 양념들이 들어 있었다. 마늘·백리향·양파·마요
나라·쑥·월계수. 이름까지 적어 신경 써서 놓아두었군. 요리
에 쓰기 위한 것일까, 아니면 그저 장식용일까. 장리노가 에두
아르도를 품에 안고 주방으로 돌아왔다. 그는 자리에 앉아서
마치 신생아에게 젖병을 물리듯 고양이에게 물약을 먹이기
시작했다. 나는 이 성질 고약한 야생 고양이와 함께 있을 때
편안한 적이 없었지만, 그 순간 녀석은 기가 꺾인 채 모욕적
인 자세와 처치를 체념한 듯 받아들이고 있었다. 이게 아주 힘
든 부분이에요, 장리노가 말했다. 이 녀석이 잘못 삼키지 않도
록 아주 주의해야 하거든요. 의도적으로 하는 말이었을까? 그
는 나를 가르치듯 자세를 취해 보이지 않았던가? 그가 에두아
르도에게 곧 닥칠 앞날에 대비하고 있다는 느낌이 퍼뜩 들었
다. 간단히 말해서 그는 그 고양이를 우리에게 맡길 생각을 하
고 있는 거였다. 그 생각에 나는 겁에 질렸다. 내가 말했다. 지

금 뭐하는 거예요, 장리노?

"그제는 이 녀석이 약을 너무 급하게 삼켜서 기침을 하고 또 했답니다."

"리디를 어떻게 할 생각이에요?"

"경찰에 전화할 겁니다…."

"그래요. 물론 그래야죠."

"피에르는 어디 갔습니까?"

"그는 잠이 들었어요."

고양이는 차분하게 효모를 마셨다. 사료 상자가 탁자 위에 놓여 있었다. 사료 이름으로 미루어 내용물 속에 일종의 진정제가 들어 있는 것이 분명했다. 장리노는 고개를 기울여 고양이의 입안을 들여다보고 있었다. 그가 그날 밤 우리 집에 모습을 나타낸 이후 그의 목소리가 처음으로 안정을 되찾았다. 얼굴과 입매의 의연함도 그랬다. 나는 기상천외한 방식으로 입술을 일그러뜨리는 데 천재적인 능력을 가진 사람을 알고 있다. 오귀스트 르노아르 고등학교의 영어 교사 미셸 슈마마. 알제리 오랑 출신의 유대인인 그는 아랫입술을 두껍게 앞으로 내밀어 발음해야 하는 '하베스팅 머쉰harvesting machine'이라는 단어를 결코 연결해서 발음하지 못했다(갓 입학한 도시 학생들에게 '수확기'라는 단어를 왜 서둘러 가르쳐야 하는지 나는 줄곧 궁금했다). 장리노는 주사기를 탁자 위에 내려놓았다. 에두아르도는 미끄러지듯 바닥으로 내려와 주방에서 나갔다. 장리노와 나는 아무 말도 하지 않았다. 회색 플란넬 바지에 금속 단추가 달린 진청색 더블 블레이저 차림이었던 미셸 슈마마를 나는 몹시 좋아했다. 아마 그는 아직 살아 있을 것이다. 아이들은 자기들을 가르치는 교사의 나이를 제대로 가늠할 수 없다. 그들의 눈에 교사들은 모두 늙어 보인다. 다시 와주다니 정말 고마워요. 장리노가 말했다. 무슨 일이 있었던 거예요, 장리노? 나는 이렇게 직접적으로 묻고 싶지는 않았지만 달리 다른 방법이 떠오르지 않았다. 언어는 스스로를 표현하는 데 방해가 될 뿐이다. 보통의 경우 우리는 어느 정도 그런 점을 감지하고 문제를 해결한다. 장리노는 고개를 저었다. 그는 몸을 기울여 싱크대 위의 밀감 하나를 집어 들더니 나에게 내밀었다. 나는 거절했다. 그는 밀감 껍질을 벗기기 시작했다. 내가 말했다. 당신은 이 집에서 행복했던 것 같군요.

"아뇨."

"아니라고요?…"

"아니, 맞습니다… 나는 행복했어요."

"꼭 대답하실 필요는 없어요."

그는 껍질 조각 위에 밀감 알맹이를 올려놓고 사등분한 다음 하얀 실 같은 속껍질을 떼어냈다.

"더 이상 아무 것도 느끼지 못하겠어요. 내가 괴물로 보이나요, 엘리자베스?"

"당신은 지금 마비 상태예요."

"그 순간에는 눈물이 나왔어요. 하지만 그게 슬픔인지는 잘 모르겠어요."

"아직 실감이 안 될 거예요."

"아 그래요… 그래, 그거였어요. 아직 실감을 못 하는 거죠."

그는 사등분한 밀감 조각들을 하나하나 차례로 집어 들었지만 먹지는 않았다. 나는 그에게 묻고 싶어 죽을 지경이었다. 당신은 에두아르도를 어떻게 할 생각이죠? 하지만 나는 내 질문을 듣자마자 그가 마음을 놓을까봐 불안했다. 나는 또한 새 안경에 대해서도 그에게 묻고 싶었다. 아무 일도 없이 안경을 사각형에서 모래색 반원형으로 바꾸지는 않는 법이다. 두꺼운 안경테가 줄곧 그의 얼굴이 아이 같다는 사실을 일깨워주었다. 어떤 존재에게 관심을 갖고 그를 사랑하게 만드는 설명할 수 없는 요소들 중 하나는 그 사람의 얼굴이다. 하지만 어떤 얼굴이 그럴 수 있는지 묘사하는 것은 불가능하다. 나는 높이 솟았다가 끝에서 납작해지는 그의 긴 코를, 콧구멍에서 입술로 완전히 수직으로 떨어지는 긴 부분을 바라보았다. 되는 대로 나 있는, 요즘 사람들의 가지런한 치열과는 정반대인 그의 치아를 생각했다. 장리노가 밀감 껍질을 만지작거리는 동안 나는 그의 얼굴을 설명해주는 세 가지 요소, 곧 착함·고통·명랑함을 마음에 새겼다. 내가 말했다. 그 안경은 한 번도 못 보던 거네요.

"새 거랍니다."

"좋은데요."

"로제 탱이에요. 아세테이트로 만들어졌죠."

우리는 웃었다. 그걸 골라준 사람은 리디가 분명했다. 장리노 자신이라면 그런 의외의 빛깔을 고를 리가 없었다. 방에서 요란한 소리가 들려왔다. 나는 깜짝 놀라 자리에서 일어나서는 어이없게도 냉장고에 바짝 몸을 붙였다. 장리노가 무슨 일인지 보러 갔다. 나는 그런 반응을 보였다는 사실이 부끄러웠다. 리디가 깨어났다면 좋은 소식인데 어째서 겁을 낸단 말인가? 아니, 그렇지 않다. 죽음에서 깨어나는 것은 언제나 무시무시하다. 모든 문학 작품이 그렇게 말하고 있지 않은가. 나는 주방 입구에 서서 귀를 기울였다. 가벼운 소음, 장리노가 이탈리아어로 말하는 소리. 그가 방문을 닫는 소리가 들려왔다. 복도가 어둠에 묻혔다. 그가 다시 모습을 나타냈다. 에두아르도가 요강에서 침대 협탁으로 뛰어오르려다가 요강 뚜껑이 나동그라지는 바람에 제대로 착지를 못하고 침대머리의 스탠드가 넘어졌네요. 장리노가 다시 자리에 앉았다. 나 역시 앉았다. 그는 체스터필드 한 개비를 꺼냈다. 피워도 될까요?

"물론이죠."

"에두아르도는 방 안의 물건들에 익숙하질 않아요. 방에는 못 들어가거든요."

나는 30년 이상 하지 않던 짓을 했다. 담배를 한 개비 집어들어 불을 붙여 연기를 폐까지 깊이 들이마셨던 것이다. 목젖이 따끔거리고 역겨운 맛이 느껴졌다. 휴가때 나는 조엘과 함께 여러 차례 앵드르(*프랑스 중부 지방. 그곳을 흐르는 강의 이름을 땄다)에 있는 조엘의 친척집에 갔다. 그들은 우리에게 르블랑 근처의 작은 농장을 빌려주었다. 당시 우리는, 우리 농사꾼 집에 가자, 라고 말하곤 했다. 어느 날 내 오른쪽 팔이 무도병(*얼굴·손·발·혀 등이 뜻대로 조정되지 않고 저절로 심하게 움직이는 신경병. 마치 춤을 추는 듯한 모습이 된다고 해서 이런 이름이 붙었다)에 걸려서 저녁 식탁에서 포크를 집을 수가 없었다. 당시 나는 열세 살이었고 그날 낮 카멜을 두 갑 피운 다음이었다. 그 후 드네와 사귈 때 다시 담배를 조금 피웠고 이제 30년 만이었다. 장리노는 내 손에서 담배를 빼앗더니 공짜로 받은 홍보용 재떨이에 눌러 껐다. 나는 다른 경우라면 결코 하지 않았을 또 하나의 대담한 행동을 했다. 손을 내밀어 그의 얽은 뺨을 어루만졌던 것이다. 내가 물었다. 이건 왜 그랬어요?

"이 상처 말입니까?"

"예…."

"여드름 흔적이에요. 온 얼굴에 여드름이 났었거든요."

그는 주방을 바라보며 담배를 피웠다. 무슨 생각을 했을까? 나는 죽어서 방에 누워 있는 리디의 모습을 눈앞에 그려보았다. 그건 엄청난 동시에 아무것도 아닌 일처럼 여겨졌다. 집안은 고요했다. 냉장고 돌아가는 소리만이 들렸다. 동생과 내가 어머니의 아파트를 비울 때, 우리는 서랍 하나에서 어머니의 문구용품을 발견했다. 아득한 옛날 어머니가 사니쇼프 사의 금전출납부를 갖고 있던 시절의 물건이었다. 자 달린 필통, 네 가지 색의 빅 볼펜, 클립, 사용하지 않은 새 종이 뭉치, 백년은 더 쓸 수 있을 것 같은 가위. 물건들은 정말 생명력이 질기기도 해, 잔이 말했었다. 나는 장리노에게 도대체 무슨 일이 있었던 건지 다시 한 번 물었다.

그들이 집으로 올라오자, 리디는 사람들 앞에서 자신을 모욕했다고 그를 비난했다. 카로 블뢰 식당에서 있었던 일을 이

야기하고 우스꽝스럽게 닭 흉내까지 낸 것만으로도 충분히
자신에 대한 배신이라고 할 수 있는데 레미까지 끌어들였다
는 것이었다. 레미 얘기는 할 필요 없었어. 그 애가 리디 할머
니를 놀렸다는 이야기는 할 필요가 없었다고. 게다가 그건 사
실도 아니었잖아. 리디가 말했다. 여전히 유쾌한 기분에 취해
있던 장리노는 나쁜 뜻으로 그런 게 아니었노라고, 그런 종류
의 파티 때 종종 그런 것처럼 좌중을 웃기려고 그 모든 이야
기를 한 것뿐이라고, 그래서 모두들 기분 좋게 웃지 않았느냐
고 가볍게 대답했다. 그러면서 그는 식당에서 자신이 이리저
리 날아다니는 닭 흉내를 냈을 때 리디 역시 결국은 웃음을
터뜨렸었다는 사실을 상기시켰다. 그러자 리디는 불같이 화를
내기 시작했다. 자신이 웃은 것은 아이 앞에서 장리노의 체면
을 세워주기 위해서였다고, 민감한 감수성을 지닌 아이가 장
리노의 흉내가 얼마나 꼴불견인가를 깨닫지 못하게 하기 위
해서였다고 주장했다. 그런데 그 우스꽝스러운 행동을 오늘
여러 사람들 앞에서 재현하리라고는 꿈에도 생각지 못했노라
고 덧붙이고는, 그런 쇼에 갈채를 보내는 건 술꾼이나 싸움꾼
들뿐이라고 강조했다. 그녀는 자신을 잔뜩 긴장하게 만든 것
에 대해, 자신이 남몰래 보낸 손짓을 알아채지 못한 것에 대
해, 전반적으로 자신을 섬세하게 배려하지 않은 것에 대해 그

를 비난했다. 장리노는 반박하고 싶었다. 왜냐하면 자신이야
말로 주의 깊은 남자, 나아가 항상 신경을 쓰는 남자의 전형
아닌가. 하지만 피해의식에 가득 찬 리디는 그의 말을 전혀 귀
담아들으려 하지 않았다. 안타깝지만 그렇다, 그 닭 이야기는
어리석은 폭소를 끌어내려는 유일한 목적에서 시작되었는데,
결국 장리노의 무신경함과 시시함을 드러냈을 뿐이라는 것이
다. 자신을 이해하고 존중하기에 그가 자신의 생활 방식을 받
아들이지 않는 것을 그녀는 줄곧 감내해왔다. 하지만 이 경우
는 완전히 다르다는 것이었다. 그렇다, 어떤 존재들은 팔 대
신 날개를 갖고 있지 않은가! 그 결과 날기도 하고 홰에 오르
기도 하는 것이다. 마지막으로 그녀는 장리노 자신을 꼭 집
어 말하듯이 이렇게 덧붙였다. 사람들의 비겁함과 무신경함이
그 사태를 어이없는 것으로 만들지 않았느냐고. 그 이야기의
어느 부분이 그렇게 우습다는 거야? 태어나서 도살장에 이르
는 동물의 비참한 삶을 앞에 두고 사람들이 그렇게 깔깔거릴
수 있다는 것을 그녀는 이해할 수 없었다. 여섯 살짜리 아이
를 그 웃음에 끌어들여 미래의 동물 학대자로 만들다니. 동물
들은 모이를 쪼거나 초원의 풀을 뜯으며 사는 것 외에는 아무
것도 바라지 않는다. 인간은 그들을 극도로 밀폐된 공간 속에
몰아넣는다. 죽음의 공장에서 동물들은 자유롭게 움직일 수도

몸을 돌릴 수도 빛을 볼 수도 없어, 하고 그녀가 말했다. 그가 진정으로 아이를 위한다면, 그런 천박한 행동을 할 게 아니라 이런 사실을 가르쳐줘야 한다는 것이었다. 동물들은 말을 못 하기 때문에 자신들을 위해 아무것도 할 수 없지만 다행히 리 디 할머니가 있어서 그들을 대신해 고소장을 제출할 수 있다고 말이야, 그녀가 스스로가 자랑스럽다는 듯 말했다. 이렇게 레미에게 가르쳐야 한다고. 누군가를 비웃는 대신에 말이야. 그녀는 그가 대개의 경우 아이의 환심을 사려 한다고 그를 비난했다. 장리노는 그 말에 발끈했다. 그 말은 핵심을 비껴갔는 걸, 나를 불필요하게 모욕하기 위해 고른 말이라고. 아이와 서로 통하는 부분을 조금이라도 만들기 위해 그런 전략을 썼다는 걸 모르겠어? 그가 말했다. 그러자 그녀는 그에게 응수했다, 아이와 함께 있을 때의 그의 태도는 딱하기 짝이 없다, 그는 아무것도 아니다, 엄밀히 말해서 아이와 아무 관계도 아니다, 요컨대 리노 할아버지가 될 수 없다고. 아무 관계도 아닌 그가 아이를 '우리' 손자라고 부른다고 그녀는 분개했다. 한쪽은 죽고 다른 한쪽은 얼굴도 보지 않지만, 아이에게는 엄연히 진짜 할아버지들이 있다는 것이다. 이렇게 레미의 할아버지라고 사칭하는 것, 특히 사람들과 함께 있을 때 그녀의 면전에서 그렇게 하는 것은 중대한 폭력이라는 것이다. 왜냐하면 그가 이 점에 대해 자신의 위치를 완벽하게 알면서도 그녀가 그런 오류를 바로잡을 수 없는 상황에서 레미의 할아버지를 자처했다는 것은 그녀를 무시하는 행동이라는 것이다. 또한 그는 모르겠지만 아이가 사실은 그를 경멸하고 있다고, 왜냐하면 아이들이란 자신들의 비위를 맞춰주고 멋대로 하게 해주는 사람에게는 그 어떤 존경심도 가질 수 없다고, 특히 레미처럼 상황상 철이 일찍 들고 지능이 높은 아이는 그렇다, 고 말했다. 최근 레미가 그에게 보여준 애정 표시를 들어 장리노가 그 말을 반박하려 하자, 그녀는 망설이지 않고 응수했다. 레미를 포함해 아이들은 모두 아주 교활하거든. 나아가 그녀는 이 분야에서 그가 경험이 없다는 사실을 그에게 환기시킴으로써 자기 말을 정당화했다. 또한 노망난 늙은이처럼 행동하는 남자는 정상적인 여자에게 성적 매력을 불러일으킬 수 없다고, 에두아르도와 함께 있을 때 그가 그런 노망난 행동을 하는 것을 보는 데 지쳤다고 말했다. 그의 그런 퇴행 행동에 개인적으로 고통을 받으면서도 그럭저럭 지내왔지만, 그런 행동을 공개적으로 거리낌 없이 하는 그를 보고는 더이상 참을 수가 없다는 것이었다. 부부간에는 상대를 존중하려는 노력이 있어야 해, 그녀가 말했다. 부부 중 한 사람을 보고 느낀 점이 그 상대의 평가에 영향을 미치거든. 그렇게 난쟁이 팔을 하고 꼬꼬댁

거릴 거였으면 연보랏빛 셔츠와 '로제 탱' 안경을 뭐 하러 쓴 거야? 나는 산호 귀걸이를 하고 '지지 둘' 하이힐을 신고, 고객과의 약속 두 개를 취소했어. 머리를 염색하고 손톱을 손질하기 위해서 말이야. 그건 내 모습이 내가 생각하는 '당신의' 아내의 모습에 걸맞기를 바라서였어. 모든 면에서 말이야. 그런데 내 남편이란 사람은 세련되고 지적인 사람들과 함께 있는 자리에서 밑 빠진 독처럼 술을 마셔대고 암탉 흉내를 내고, 내 손자가 나를 우습게 여기고 종업원이 나를 우습게 여겼다는 이야기를 떠벌이는 거야. 그녀가 말을 계속했다. 나는 그 종업원에 대해서는 잊고 있었는데, 그 녀석은 웃어서는 안 될 주제, 아무도 그 무게를 가늠할 수 없는 주제에 대한 이야기를 변형시켜서 나를 비웃었어. 장리노는 그 파티에서 몇몇 사람들이 그의 말에 동조했다는 사실을 리디로 하여금 주목하게 했다(아니 적어도 그렇게 하려고 애썼다). 아니, 아니, 그렇지 않아. 리디가 말했다. 당신 말에 동조한 사람은 단 한 사람뿐이었어. 그 여자는 무덤처럼 냉정한 연구원이었지. 내가 노래를 부른다고 했을 때 그 여자 표정 봤지. 당신이 좋아하는 엘리자베스, 당신이 아끼는 친구도 별다른 반응을 보이지 않았어. 이른바 학계인지 뭔지에 있는 그 사람들 모두가 전혀 관심을 보이지 않더라고. 그들에겐 따뜻한 마음이란 게 없어. 그들의 뇌는 자신들의 분야에 고정되어 있어. 업계라는 돼지우리 속에서 매매되는 항생제를 개발한 사람들이 바로 그들이야. 미치광이만 잘못을 저지르는 게 아니야. 사람들은 마음 내키는 대로 부정한 방법으로 돈을 긁어모으지. 그들은 부당한 도살장같은 건 신경 쓰지 않아. 자연을 몰살시키고 무시하지. 당신역시 이런 말에 관심이 없겠지. 당신이 원하는 건 그저 내려가서 그 빌어먹을 체스터필드나 피우는 거니까.

장리노는 어떻게 해야 좋을지 알 수가 없었다. 짜증내는 리디를 내버려두고 담배를 피러 가야 할까, 아니면 옆을 지키며진정시키려 해봐야 할까. 리디는 안경을 쓰고 자기 책상, 그러니까 거실에 있는 골동품 책상 앞에 앉아서는 노트북에 메일을 띄우고 읽기 시작했다, 마침내 관심을 기울이기 마땅한 것으로 돌아간 듯한 표정으로. 장리노는 그녀가 밤에 메일함을여는 것을 한 번도 본 적이 없었다. 갈 길이 멀어 보였다. 그는나가서 담배를 피우기로 마음먹는다. 점퍼를 걸치고 아파트를나선다. 우리 집이 있는 층에 이르자 사람들의 목소리가 들려온다. 우리 집에서 사람들이 나와 층계참에서 승강기를 기다리며 잡담을 하고 있다. 그 무리 중에 내 동생과 세르주가 있는 것 같다. 웃음소리가 들린다. 내 매력적인 음성(이건 그가 쓴 표현이다)이 들린다. 층계참과 층계를 나누는 문이 닫혀 있음에도 불구하고 그는 자신의 모습을 다른 사람들이 볼까봐 몇 계단 더 위로 올라간다. 그는 자신감을 잃어버렸다. 수치스럽다. 한 시간 전까지만 해도 자신은 저 유쾌한 무리의 일원이 아니었던가. 자신이 그 무리 안에 받아들여졌다고 느꼈고, 몇몇 순간에는 즐기기까지 했다. 그런데 이제는 누군가와 마주칠까봐 아래로 내려갈 수조차 없다. 저 사람들이 가고 나면 또 다른 사람들이 뒤를 이을 것이다. 승강기가 출발하고 우리 집 문이 닫히는 소리를 듣고도 그는 6층으로 다시 올라간다. 그는 닳아빠진 깔개가 덮여 있는 마지막 계단에 앉아서 담배에 불을 붙인다. 그가 층계에서 담배를 피운 것은 그때가 처음이다. 그런 일은 생각조차 한 적이 없었다. 그는 그날 저녁을 돌이켜본다. 좋았던 모든 순간을 생각하며 미소를 짓는다. 그의 말에 사람들이 웃었을 때 거기에서 조롱의 기미를 느끼지 못했지만, 그건 아마도 자신이 순진해서 그랬을 것이다. 그와 리디는 외출을 자주 하지 않는다. 어쨌든 이런 종류의 모임에 참석한 것은 처음이다. 처음에 그들은 조금 불안했지만 이내 편안해지는 것을 느꼈다. 그는 이제 더이상 아무것도 확신할 수 없다. 그가 아는 것은 단지 조금 전까지 그가 행복했는데 이제는 더이상 그렇지 않다는 것뿐이다. 누군가 그에게서 그 유쾌함을 빼앗아갔다는 사실뿐. 나는 그 누구보다도 그런 그의 기분을 잘 이해할 수 있다. 그가 상대를 제대로 만난 것이다. 우리 아버지는 흥분하면 반드시 주먹질을 했다. 어느 날 나는 기분이 아주 좋은 상태에서 식탁에 앉아 칼로 접시의 감자를 찍어서 입으로 가져갔다. 그 순간 주먹이 연속해서 날아왔다. 그 타격으로 뺨이 타는 듯이 뜨거워졌던 것을 지금도 기억한다. 그 타격이 그렇게 강렬했던 것은 아버지가 나를 때렸기 때문이 아니라—나는 그것에 익숙했다— 내 유쾌함을 망가뜨려버렸기 때문이었다. 장리노는 부당하다는 느낌에 사로잡힌다. 그는 괴괴한 불빛을 받으며 점퍼를 입고 계단에 몸을 접고 앉아 있는 자신의 모습을 생각한다. 레미에 대해 리디가 한 말이 다시 떠오른다. 그는 그 말에 동요되지 않으려 애써 정신을 가다듬는다. 그는 술을 마셨고, 그게 도움이 된다. 하지만 모든 것이 사라져버렸다. 즐거움도 그윽한 기쁨도. 그 아이가 그를 경멸하고 있다고? 그 나이 또래의 아이가 그런 감정을 품을 수 있다고 장리노는 생각하지 않았다. 하지만 리디는 또 그가 아이를 키우는 문제에 대해 아무것도 모른다고 하지 않았던가. 그는 '리노 할부지'가 되는 것은 일찌감치 포기했다. 그는 다른 것, 노력해서 얻을 수 있는 좀 더 깊은 어떤 것을 바랐다. 레미를 마지막으로 보았을 때 그는 그 애를 불로뉴 숲에 있는 동물원에 데리고 갔다. 겨울 방학 기간이었고 주중이었다. 지하철에서 그는 아이에게 어떤 사내가 남의 눈을 피해 파는 레이저 펜을 사주었다. 동물원까지 가는 길은 멀고 열차를 여러 번 갈아타야 했다. 지하 통로를 이리저리 걸어가던 레미는 이윽고 레이저 펜을 사람들에게 대고 쏘기 시작했다. 장리노는 그 애에게 발쪽에만 쏘라고 말했지만, 아이는 옆을 보는 척하면서 재빨리 상대의 얼굴을 겨누었다. 사람들이 욕설을 내뱉었다. 장리노는 그 장난감을 사블롱 역에 도착할 때까지 압수했다. 레미는 토라지고 말았다. 동물원에 도착해서도 마지못해 따라왔다. 이윽고 요술 거울 앞에 이르러서야 신이 나서는 거울에 비치는 자기 몸, 특히 장리노의 몸이 괴상하게 일그러지는 것을 보고 배꼽이 빠지도록 웃어댔다. 장리노는 그 동물원이 처음이었다. 그는 아이 이상으로 그곳에 경탄했다. 그들은 마법의 강, 충돌하는 자동차, 러시아 산 같은 놀이기구를 탔다. 사람이 별로 없었으므로 그들은 각종 놀이기구를 기다리지 않고 바로바로 이용할 수 있었다. 레미는 비행기를 조종했고, 사격장에서 원숭이 천 인형과 물총·송아지 인형·튀어 오르는 공을 겨누어 맞추었으며 초콜릿 크레프를 먹었다. 그들은 아빠 수염을 나눠 달았다. 동물원 입구에서 단봉낙타의 사진을 본 레미는 낙타를 타고 돌아다니고 싶어 했다. 그들은 단봉낙타를 찾아보았지만 찾을 수가 없었다. 사람들 말이 단봉낙타는 조랑말처럼 봄이 되어야 나올 거라고 했다. 레미는 다시 토라졌다. 그들은 놀이터로 갔다. 장리노는 벤치에 앉았다. 레미도 앉았다. 장리노가 거대한 거미줄 놀이기구 위로 기어 올라가고 싶지 않느냐고 묻자 레미는 싫다고 대답했다. 모자 달린 재킷 차림으로 레미는 얼굴을 잔뜩 찌푸린 채 새로 생긴 장난감들을 자기 주위에 아무렇게나 내팽개쳤다. 장리노는 담배를 마저 피운 다음 돌아가자고 말했다. 그때 레미 또래의 아이 하나가 그들 앞을 지나갔다. 아이는 기차놀이를 하는 듯 나뭇가지 하나로 그들 앞의 모래 위에 선을 그었다. 레미는 그 선을 눈으로 좇았다. 소년이 다시 나타나 걸음을 멈추고는 긴 의자를 가리키며 말했다. 저기가 말레피시아 역이야. 레미는 그 아이에게 나뭇가지가 어디서 났느냐고 물었다. 그들은 함께 작은 관목 숲을 향해 걷기 시작했다. 잠시 후 그들은 장리노 앞을 엇갈리며 뛰어 지나갔다. 레미가 기차 역할을 하고 있었다. 몇 차례 그렇게 달린 다음 그들은 나뭇가지를 버리고 튜브를 통해 미끄럼틀 속으로 들어가더니, 계단으로 올라오는 아이들과 아슬아슬하게 엇갈리며 요란한 웃음소리와 함께 위쪽에서 다시 모습을 나타냈다. 그들은 공원에서 온갖 놀이를 했다. 시멘트가 나올 때까지 모래를 팠고, 나무로 된 오두막집의 기둥을 자세히 살펴보았으며, 거대한 거미줄 놀이기구 위로 기어 올라가 위험하게 매달리며 즐거워했다. 레미는 환하게 빛나고 있었는데, 그것은 장리노가 처음 보는 모습이었다. 아이가 극도로 흥분한 상태라는 것, 새로운 친구와의 어울림이 절박하게 필요했다는 것을 그는 멀리서도 알 수 있었다. 그가 또 알게 된 것은 아이가 다른 사람의 뜻에 따르고 싶어 한다는 것, 복종하고 싶어 한다는 것이었다. 장리노는 문득 한기를 느꼈다. 그는 이따금 아이에게 손짓을 했지만 아이는 그를 보지 않았다. 그는 딱딱한 긴 의자 위에 앉아 있는 게 지겨워졌다. 어둠이 내리고 있었다. 그는 또한 고백할 수 없는 그 무엇을 느끼고 있었다. 버림받은 감정이었다. 사람 없는 층계에 혼자 앉아 동물원에서의 그 오후를 떠올리자 울적한 기분이 그를 다시 덮친다. 그는 가판대에서 산 면주머니에 자신이 담아야 했던 장난감들을 떠올린다. 레미는 그것을 들고 가지 않으려 했다. 그는 그것을 어깨에서 허리로 비스듬히 메어 집까지 가지고 왔다. 집으로 돌아온 후 레미가 주머니에서 꺼낸 것은 송아지 인형뿐이었다. 지하철에서 레미는 그의 어깨에 기대 잠이 들었다. 돌아오는 길에서는 장리노의 손을 잡았다. 그런 장면들 위로 리디의 말이 어두운 그림자를 드리운다. 그는 더이상 무엇을 생각해야 할지 알 수 없다. 그 말들이 그의 몸속으로 스며들어 통제할 수 없는 방식으로 핏속에 흐른다. 장리노는 콘크리트 계단 바닥에 담배를 눌러 끄고 꽁초를 깔개 아래로 밀어 넣는다. 늘 신던 단화 속 두 발이 초라하게 여겨진다. 자신이 아주 왜소해진 것 같다, 체구도 그렇고 모든 것이.

어떤 날 잠에서 깨면 나이가 얼굴로 달려드는 것 같다. 우리의 젊음은 죽었다. 우리는 더이상 젊을 수 없다. 현기증을 일으키는 것은 바로 이 '더이상'이다. 어제 나는 사람이 무르다고, 게으르다고, 별것 아닌 것에 만족해버린다고 피에르를 비난했다. 나는 이렇게 말하기까지 했다. 당신은 삶을 허송하고 있어. 그러자 피에르는 지난달 발작으로 죽은 경제학과 동료 교수를 예로 들었다. 막스는 온 힘을 기울여 살았어. 하나의 계획에서 다른 계획으로 숨 가쁘게 옮겨갔지. 그게 무슨 소용인지 좀 봐. 그런 생각을 하면 좀 울적해. 더이상 삶에 투신하지 않는 건 어려운 일이야. 하지만 미래에 대한 그런 생각이 유독한 것인지도 몰라. 어떤 언어에서는 문법에 미래 시제가 아예 없어.《미국인들》은 내 베갯머리 책이 되었다. 그것을 찾아 펼친 후 나는 매일 몇 페이지를 들춰본다. 1955년, 그러니까 그 책에 담긴 모든 사진들이 찍힌 그해 어느 날 오후 미국 조지아 주 서배너 가에서 한 커플이 길을 건넌다. 남자는 군인으로 군복과 모자를 썼고 50세 정도로 보인다. 입에는 파이프를 물고 있는데, 몸에 꼭 맞는 옷과 배를 조이는 바지에도 불구하고 미국인답게 편안한 자세를 취하고 있다. 하이힐을 신었음에도 남자보다 훨씬 작은 여자는 남자의 팔꿈치를 잡고 있다, 예전 여자들이 그랬듯이 구식으로. 로버트 프랭크는 그들을 정면에서 찍었다. 두 사람 모두 카메라 렌즈를 바라보고 있다. 여자는 네크라인과 주머니에 장식 줄이 달린, 몸에 딱 달라붙는 예쁜 짙은 색 원피스에 광택 있는 무도화를 신은 모습으로, 한껏 차려입은 채 사진 찍는 사람을 향해 웃고 있다. 남자보다 나이가 더 들어 보인다. 그녀의 얼굴에는 고통이 새겨져 있다. 요컨대 내가 보기에는 그렇다. 사진을 보는 순간 그 여자가 남자의 팔에 매달려 산책을 하는 게 흔한 일이 아니라는 사실을 알 수 있다. 그녀는 어느 멋진 날 새 가방을 들고 젊은 여자처럼 머리를 세트기로 단장하고 장교모를 쓴 강인해 보이는 남자와의 시간을 즐기고 있는 것이다. 그것은 행운이 함께하는 인생의 어느 일요일이었다. 내가 리디를 처음 보았을 때, 그녀는 장리노의 팔을 끼고 건물을 나가기 위해 홀을 가로지르는 중이었다. 오후 한복판, 그녀 역시 한껏 차려입고 그녀 자신과 삶과 자신의 작은 곰보 남자에 대한 자부심에 차 있었다. 당시 그들은 막 이사를 온 참이었다. 어쩌면 그 이후 그녀는 그런 찬란한 만족감에 차서 이 건물의 문을 나선 적이 없는지도 모른다. 우리는 어느 하루 이 모든 것을 한다. 남자든 여자든 자신만이 이 세상에서 큰 몫을 챙긴 것처럼 누군가의 팔에 매달려 으스대며 걷는다. 이런 섬광은 붙잡아두어야 한다. 우리는 삶 속에서 그 어떤 것도 계속되기를 바랄 수 없지 않은가. 나는 잔과 통화했다. 잔의 연애사건에 적신호가 켜진 모양이다. 액자 제조공이 점점 덜 적극적이 되고 점점 더 문란해진다. 어머니가 세상을 떠났을 때 잔은 그 불행을 활용해 그 관계에 감상적인 면을 도입하고자 했다. 상대는 상당히 무관심한 모습을 보이더니 이후 며칠 동안 강도가 센 문자들을 그녀에게 잔뜩 보내왔다. 그는 잔을 섹스파티에 데리고 가서 다른 남자들과 어울리게 하려고 했다. 그녀가 저항하자 그는 공격적이 된다. 잔은 반쯤 우는 목소리로 거의 매일 전화를 걸어와 내게 말한다. 그 사람이 내 머릿속에 몇 가지 이미지를 심어놨어. 지금 보러가고 싶어. 하지만 나는 그 사람 상대가 못 돼. 난 상처입기 쉬운 여자잖아. 나는 혼자야. 내게는 난간이 없어. 위험한 곡예를 하려면 난간이 필요한데, 내겐 난간이 없어서 미끄러지면 영영 위로 올라갈 수가 없단 말이야.

장리노는 자기 아파트 문을 다시 열었다. 그는 점퍼를 벗어 현관에 건다. 리디는 여전히 책상 앞에 앉아 컴퓨터 화면을 들여다보고 있다. 장리노가 거실로 돌아간다. 리디는 나비 모양의 자개 안경을 코끝에 걸친 채 고개를 돌리지 않는다. 그는 뭔가 커다란 변화가 일어났다는 것을 그녀에게 알려주고 결정적인 몇 마디를 하고 싶었을 것이다. 하지만 몸에는 기운이 없고 머릿속은 흐릿하다. 아무 생각도 떠오르지 않는다. 유리로 된 식기대 위에 동물원에서 가져온 송아지 인형과 스파이더 맨 인형이 놓여 있다. 레미는 발코니에서 비눗방울 놀이를 하는 것을 무척 좋아했다. 바람이 불 때면 그 애는 비눗방울들이 실내를 돌아 구석의 작은 방 앞을 지나가는 것을 보기 위해 집안을 내달리곤 했다. 동물원에서 돌아와 저녁 식사를 하기 전에 그 애는 난간 아래 식물들 사이에 웅크리고 앉아 베란다 난간 사이로 얼굴을 내밀었다. 그건 비눗방울 만들기의 전문가가 동원함직한 자세였다. 그 애는 엄청나게 큰 방울, 아주 작은 일련의 방울, '아기를 밴 방울', 괴상한 모양의 방울들을 만들 줄 알았다. 단지 안에 든 비눗물이 금방 떨어졌다. 장리노는 빈 단지를 미르 베셀 주방세제와 물이 담긴 그릇으로 바꿔주었는데, 비누 양이 너무 많았던 모양이었다. 방울들이 무거워서 위로 떠오르질 않았고 피부를 따끔거리게 했다.

그러자 레미는 단지에 든 비눗물을 지나가는 사람들 위로 쏟아버렸다. 사람들이 욕을 하자, 레미는 웃으면서 몸을 숨겼다. 장리노 역시 웃었다. 리디가 레미에게 그 나이에 어째서 그런 짓을 하느냐고 하면서 서둘러 창문을 닫았다. 레미는 장리노가 만들어온 비눗물이 피부와 눈을 따갑게 해서 버렸다고 대답했다. 리디가 장리노를 질책했다. 아이는 아무 감정도 드러내지 않은 채 사태가 가라앉기를 기다렸다. 장리노는 그 버릇없는 태도를 다시 떠올린다. 당시 그는 아이가 거북해서 그렇게 행동했으리라고, 어른들이 말다툼하는 것을 보고 아이들이 흔히 그렇듯 당혹감을 느꼈으리라고 생각했다. 하지만 어쩌면 그보다 심각한 것이었는지도 모른다. 혹시 무관심이나 경멸에서 나온 행동이었을까? 리디의 말이 그를 기운 빠지게 한다. 리디의 머리카락은 전등갓과 같은 빛깔이다. 그는 그녀에게 점쟁이 같은 면이 있다는 걸 깨닫는다. 그녀는 지나치게 꼿꼿하게 앉아 있다. 허리의 움푹 들어간 곳에서부터 견갑골에 이르는 부분에서 적개심이 뿜어져 나오는 것 같다. 장리노는 페르넷브랑카(*쓴 맛의 이탈리아산 리큐어)를 한 잔 따라 거실 한가운데 서서 마신다. 스탠드를 집어 들어 리디의 머리를 후려치면 어떨까 하는 생각이 한 순간 그의 머릿속을 스친다. 그녀는 옆에 놓인 수첩에 무어라 적는다. 장리노는 그게 무엇인지 보기 위해 다가간다. 그녀는 농장 동물 보호 사이트에 접속해 있다. 오리들이 겪는 고통에 대한 글이 화면에 떠 있다. 그가 갑자기 노트북의 뚜껑을 덮으며 말한다. 당신의 동물 농장은 우리를 지겹게 해. 나는 이 모든 게 넌덜머리가 나. 그녀가 노트북의 뚜껑을 들어 올리려 하자 그는 그녀의 손을 위에서 누른다. 그녀가 경멸의 비웃음을 지으며 말한다. 당신이 이런 데 관심이 없다는 건 나도 알아.

"그래, 전혀 관심 없어. 나는 닭과 오리와 돼지 그리고 이런 일에 관심을 갖는 사람들에게 관심이 없어. 나는 당신이 좋아하는 유기농 닭고기를 맛있게 먹고 싶어. 왜냐하면 다른 것보다 더 나으니까. 하지만 그것 말고는 상관 안 해. 그 닭이 불행했었는지 어땠는지 상관 안 한다고. 우리가 그걸 어떻게 알겠어. 그 닭이 충분히 빛을 보았는지, 티티새처럼 나무 가지 위에 올라앉았는지 아니면 먼지 속에서 몸을 이리저리 굴렸는지에 대해서는 전혀 관심이 없어. 나는 닭에게 의식이 있다고 생각하지 않아. 닭은 사육되고 도살되고 먹히게 만들어졌어. 이제 가서 자." 장리노가 말했다.

그녀는 저항하려 했지만, 그는 그녀가 앉아 있는 탁자 앞에 가서 선다. 그는 뚱뚱하지도 키가 크지도 않지만 그녀보다 힘이 세다. 그녀가 마침내 저항을 포기한다. 의자를 뒤로 밀며

방을 향해 걸어가면서 그녀가 말한다. 이게 당신의 진짜 얼굴이지.

"이게 내 진짜 얼굴이야! 그래, 그래, 이거라고! 당신이 그걸 발견하다니 다행이군! 당신은 부드러우면서도 가시 돋친 목소리로 그 빵 안에 든 닭고기가 어떻게 길러진 것인지 물었지. 그곳이 중국 식당이고 그게 쥐고기일 수도 있다는 듯, 어떻게 길러진 것인지 확신할 수 없는 닭고기는 더이상 먹지 않는다고 말했지. 그런 당신 행동이 잘도 내 위신을 세워주겠군 그래. 그냥 잠자코 그걸 먹지 않을 수도 있었잖아. 아니지, 당신은 그 주제를 화제로 삼아야 했어. 그 기회를 잡아서 사람들에게 당신의 하찮은 도덕 강의를 하고, 모두에게 당신의 고상한 행동에 대해 알려야 했던 거지."

그는 그녀를 방까지 따라갔다. 그녀는 그를 못 들어오게 하려 했지만 불가능했다. 그녀는 침대에 앉아 머리카락에서 핀을 떼어내기 시작했다. 그녀는 조심스럽게 핀을 빼서 상자 속에 가지런히 정돈했다. 다른 욕심 같은 것은 있을 수 없다는 듯한 행동이었다.

장리노가 말을 계속했다. "나는 끝도 없는 제약들이 신물이나. 그 척하는 편집증이 신경에 거슬린다고. 벌벌 떨면서 사는 것 좀 그만하자고. 먹고 싶으면 나는 매일같이 닭고기를 포식

할 거야. 곡식과 채소만 먹는 당신 같은 사람들이 있지. 그런 사람들이 점점 더 많아지고 있어. 그럼 당신은 채소를 먹어. 더이상 똥도 누지 말라고."

"내 방에서 나가."

"이건 내 방이기도 해."

"당신은 완전히 취했어."

"내가 이해할 수 없는 건 연민에 왜 차등을 두냐는 거야. 연민을 느끼는 건 좋아. 동물들에게 만큼 사람들에게도 연민을 가져보라고. 세상은 무시무시해. 코앞에서 사람들이 죽는데 닭과 오리만 걱정하다니. 연민에도 한계는 있어. 당신은 모든 것에 대해 연민을 가질 순 없어. 그럴 수 있다면 피에르 신부 같은 사람이겠지. 그러나 그 사람도 얼간이였어. 부랑자들에게는 연민을 갖고 유대인들에게는 침을 뱉었지. 그조차도 그렇게 가슴이 넓지는 않았다고."

"동물과 우리가 구별되는 게 뭔지 알아? 우리와 동물이 다른 점이 뭔지 아느냐고? 바로 그거라고!" 리디가 소리 쳤다.

그녀가 손가락을 부딪쳐 딱 소리를 냈다.

"매일같이 그 차이가 줄어들고 있어. 당신의 과학자 친구들한테 물어봐."

"우린 당신의 이론을 알고 있어."

"이건 내 이론이 아니야!"

"해봐, 당신의 그 정떨어진다는 태도를 취해보라고. 입술에 주름을 잡아. 어서, 하르퓌아(*그리스 신화에서 폭풍과 죽음을 다스리는 새의 몸에 여자 얼굴을 한 괴물)처럼 인상을 써보라고. 그래보라니까."

"이 방에서 나가, 장리노."

"난 이 방에 있을 권리가 있어."

"난 혼자 있고 싶어."

"그럼 다른 방으로 가."

"저 고양이한테 방에서 나가라고 해."

"싫어, 저 녀석 역시 여기 있을 권리가 있어."

"저 고양이는 내 방엔 들어와선 안 돼!"

"저 녀석을 좀 받아줘. 녀석은 외롭고 슬프다고."

"그 얘기는 이미 끝낸 걸로 아는데."

"불쌍한 녀석. 당신은 동물 복지에 그렇게 민감하면서 어째서 저 녀석에게는 연민을 갖지 않는 거야?"

"푸오리 에두아르도(에두아르도, 나가)!"

"저 녀석에게 그렇게 소리 지를 필요는 없잖아."

"저 멍청한 녀석 좀 내보내!"

고양이는 거만한 태도로 리디를 바라보며 전혀 움직이지 않는다. 리디는 고양이 다리를 붙잡아 거칠게 밀친다. 하이힐의 뾰족한 굽이 에두아르도의 옆구리를 찌른다. 고양이가 몹시 아픈 듯 비명을 지른다. 장리노 자신의 말에 따르면, 그 비명소리에 리디 역시 흠칫 놀란 듯하지만, 이미 엎질러진 물이다. 리디가 고양이를 향해 몸을 기울이는 순간, 장리노는 핀을 모두 뺀 리디의 머리카락을 움켜쥐고 고개를 뒤로 꺾는다. 리디는 몸을 돌려 그의 손아귀에서 빠져나가려 애쓴다. 하지만 그는 더이상 자신이 무엇을 하고 있는지 알지 못한다. 리디의 머리타래를 두 손으로 쥐고 반대방향으로 흔든다. 그녀가 겁에 질린다. 그녀의 얼굴이 보기 싫게 일그러진다. 뒤틀린 입에서 알아들을 수 없는 소리가 흘러나온다. 극도로 날카로운 그 소리가 그의 신경을 긁는다. 장리노는 그 소리를 듣고 싶지 않다. 그녀의 목에서 더이상 소리가 나오지 않기를 바란다. 그는 목을 조른다. 리디는 몸부림치며 저항한다. 그는 술을 너무 마셨다. 그는 제정신이 아니다. 뭐가 뭔지 모르겠다. 그는 양쪽 엄지손가락에 힘을 주며 그녀의 목을 조른다. 그녀가 순해지기를, 그에게 굴복하기를 원한다. 그는 손의 힘을 풀지 않는다, 리디의 몸이 더이상 움직이지 않을 때까지.

무슨 일이 일어났는지 깨닫기까지는 시간이 걸린다. 처음에는 리디의 평소 성격으로 미루어 그녀가 죽은 체하고 있다고 생각한다. 그녀가 꺽꺽 숨넘어가는 소리를 내면서 죽은 체한 적이 이번이 처음은 아니잖은가. 그는 그녀의 몸을 부드럽게 흔들어본다. 그녀의 이름을 불러본다. 바보 같은 짓 그만하라고 말한다. 그는 잠깐 동안 숨을 죽이고 아무런 소리도 움직임도 내지 않는다. 자신이 방에서 나갔다고 리디가 믿게 하기 위해서다. 이 게임의 규칙을 알고 있는 에두아르도 역시 자신이 할 바를 안다는 듯이 꼼짝도 하지 않는다. 그래도 리디는 뻣뻣해진 몸을 풀지 않는다. 그를 불안하게 하는 건 그녀의 두 눈이다. 그녀는 두 눈을 크게 뜨고 있다. 눈을 깜빡이지 않고 멍한 눈길을 이렇게 오랫동안 유지할 수는 없다. 그녀가 죽었을지도 모른다는 생각이 그의 뇌리를 스친다. 리디가 어쩌면 죽었을지도 모른다. 그는 리디의 콧구멍에 손가락을 갖다 댄다. 호흡이 느껴지지 않는다. 열기도, 숨결도 없다. 하지만 그가 그렇게 힘을 많이 준 것도 아니잖은가. 그는 리디의 얼굴에 귀를 갖다 댄다. 아무 소리도 들리지 않는다. 리디의 한쪽 뺨을 꼬집어본다. 한쪽 손을 들어본다. 그러는 그의 손길에 공포와 주저가 어려 있다. 눈물이 솟구친다. 그는 쓰러지듯 주저앉는다.

그가 나에게 말했다. 나는 리디의 몸 위에 고꾸라져서 울었어요. 그의 입가가 다시 강하게 경련하고 있었다. 아랫입술로 '위u' 발음을 내기 위해 치열 전체가 앞으로 내밀어졌다. 아직 캄캄한 한밤중이라는 것을 나는 창문을 보고 알 수 있었다. 그들의 집 주방 창문으로 탁 트인 하늘이 보였다. 나는 리디가 그 하늘 어딘가를 떠돌고 있지 않을까(창문을 통해 우리를 보고 있는 게 아닐까) 하고 생각했다. 죽은 이들이 우리를 보고 있다는 이 오래된 강박관념이 이따금 내게 되살아난다. 우리 고모는 세상을 떠난 후 다시 돌아와 거실의 샹들리에를 깨뜨렸다. 우리는 샹들리에를 깬 사람이 고모라는 것을 알고 있었다. 왜냐하면 아버지와 고모는 두 사람 중 먼저 세상을 떠난 사람이 상대의 집으로 가서 무엇 무엇을 깨뜨리기로, 그럼으로써 자신이 저 세상에서 살아 있다는 것을 증명하기로 약속했던 것이다. 생전에 미슐린 고모는 고개를 들어 위를 쳐다보며 이렇게 말했었다. 저 튤립 모양 갓으로 몸단장이나 해야겠다. 고모의 장례식 날 샹들리에의 반투명 전구 하나가 아무 이유 없이 탁자 위로 떨어져 깨졌다. 맙소사, 이거 미슐린 고모 짓이잖아! 그런데 고모는 지금 어디 있는 거지? 잔과 나는 질문을 던졌다. 그들은 저기 있어. 모든 걸 다 보고 있단다. 어머니가 대답했다. 그 후 우리는 조금이라도 적절치 않은 행동을 할 때면 미슐린 고모가 보고 있을지도 모른다는 생각을 하지 않을 수 없었다. 내가 은밀한 행동을 할 때마다 고모가 지켜보고 있는 것이다! 중학교 때 한 여자 친구와 나는 숲속으로 가서 서로의 몸을 만졌다. 그때 나는 고모가 깜짝 놀라서 우리를 지켜보고 있다고 생각했다. 그 어떤 숲도 미슐린 고모의 눈길로부터 나를 보호해주지 못했다. 나는 아버지 역시 어딘가를 떠돌고 있을 거라고 생각했다. 하지만 이미 성인이 되었으므로 그런 것은 더이상 나를 거북하게 만들지 않았다. 말년에 아버지는 성정이 누그러졌다. 아버지 안에 끝내지 못한 무엇인가가 있었다. 아버지가 세상을 떠난 직후 나는 생물학 박사 학위를 받았다. 내가 박사가 된 것을 아버지가 볼 거라는 생각에 나는 기뻤다. 심지어는 아버지가 볼 수 있도록 손으로 쓴 원고를 번쩍 쳐들기까지 했다. 내가 물었다. 장리노, 당신은 리디의 시신을 어떻게 하려는 거예요?

"리디의 사무실로 가지고 가려고요."

"여기서 먼가요?"

"장로스탕 가예요. 차로 2분 걸립니다."

"리디의 심리치료실 말인가요?"

"그래요. 이곳으로 오기 전에 그녀는 거기서 살았어요."

침묵.

"거기 도착해서는 어떻게 하려고요?"

"거기 승강기가 있어요."

"그녀의 시신을 승강기에 태우려고요?"

"예."

"혼자서요?"

"사무실은 2층이에요. 내가 걸어서 올라가도 시간을 맞출 수 있어요."

"그녀가 자기 사무실에서 목이 졸린 걸로 하려고요?"

"길에서 누군가 그녀를 뒤쫓아왔을 수도 있으니까요…."

침묵. 그는 아무렇게나 팔을 몇 차례 휘두르며 말을 이었다.

"리디가 한밤중에 자기 사무실로 갔다고요? 파티에 다녀와서요?"

"우리는 서로 욕을 해대며 싸웠어요. 그리고 그녀가 집에서 나간 거죠. 전에도 그런 적이 있어요."

"그녀가 거기로 자러 갔나요?"

"예, 하지만 실제로는 다시 돌아왔었어요."

말이 우리를 압박했다. 그는 제대로 생각해보지도 않고 되는 대로 말하고 있었다. 내 어머니는 침대에서 갑자기 축 늘어지며 숨을 거두었는데, 그 모습은 총에 맞은 새처럼 보였다. 새들에 대해서는 그 어떤 변신도 생각할 수가 없다. 새들에 대해 우리는 궁극적인 윤회 같은 것을 상상하지 않는다. 공空을 받아들인다. 나는 자리에서 일어나 창가로 가서 되유랄루에트의 밤 풍경을 내다보았다. 별다른 것이 없었다. 가로등, 지붕들, 건물의 그림자, 절반쯤 잎이 떨어진 나무들. 순식간에 쓸려갈 수 있는 특별할 것 없는 배경. 나는 우리를 버려두고 자고 있는 피에르를 생각했다. 나는 몸을 돌리고 말했다. 그럼 할까요?

"뭘 하자는 겁니까?"

"리디를 그녀의 사무실로 옮기는 거 아닌가요?"

"난 이 일에 당신을 끌어들이고 싶지 않습니다."

"우리 그녀를 아래로 내려요. 그녀를 차에 싣는 것만 도와주고 저는 들어올게요."

"안 돼요."

"말씨름할 시간이 없어요. 지금 하든가 아니면 말든가예요."

"당신은 승강기만 맡아주면 됩니다."

"당신 혼자 그녀를 차에 실을 수 없어요. 여행가방은 있어요?"

그가 자리에서 일어섰다. 나는 그를 따라 작은 방으로 들어갔다. 레미가 오면 자는 방인 듯했다. 우리 집에서는 엠마뉘엘이 쓰던 방이었다. 그가 천장 등을 켜자 푸르스름한 빛이 퍼져 나왔다. 침대는 온갖 종류의 장난감으로 덮여 있었다. 장리노는 벽장에서 표면이 딱딱한 여행가방을 꺼냈다. 삼소나이트 모조품이었다. 내가 물었다. 좀 더 큰 건 없어요?

"없는데요."

"그녀는 절대 그 안에 안 들어가요."

"이 가방 보기보다 큽니다."

"열어보세요."

그는 가방을 방바닥에 눕혀놓고 그것을 열었다. 나는 그 안으로 들어가서 앉아 보려고 했지만 몸을 접을 수조차 없었다.

"당신은 리디보다 훨씬 큽니다."

"갖고 있는 여행가방이 이것뿐이에요?"

"내 생각에 리디는 이 안에 들어갑니다."

"천만에요!…"

나는 그 가방을 집어 들었고, 우리는 그들의 침실로 갔다. 리디는 아까와 똑같은 모습으로 숄을 두른 채 누워 있었다. 우리는 다시 가방을 열고 그녀가 그 안에 들어갈 수 있을지 가늠해보았다. 나는 빨간 방수천으로 된 대형 여행가방이 우리 집 지하 창고에 있다는 사실을 기억해냈다. 나한테 적당한 가방이 하나 있어요. 내가 말했다.

장리노는 얼빠진 듯한 태도로 고개를 흔들었다. 나는 그런 그가 약간 신경에 거슬렸다. 도대체 이렇게 적극성을 보이지 않다니.

"내가 가서 그걸 가져올까요?"

"그런 제안을 받아들일 순 없습니다."

"문제는 그 가방이 지하실에 있다는 거예요. 지하실 열쇠는 우리 집에 있고요."

"안 돼요, 엘리자베스. 그렇다면 이 계획을 포기해야 해요."

"한번 해볼게요. 피에르가 자고 있다면 괜찮을 거예요."

나는 계단을 통해 우리 집으로 내려갔다. 현관문을 조심스럽게 열었다. 불을 켜지 않고 피에르가 아직 자고 있는지 확인하려고 침실로 가보았다. 그는 코를 골면서 자고 있었다. 현관에서 열쇠가 들어 있는 서랍을 열고 그 안을 뒤졌다. 지하실 열쇠는 그곳에 없었다. 나는 당황하지 않고 기억을 더듬었다. 그날 낮 걸상을 가지러 창고에 갔던 것이 생각났다. 그때 주머니가 있는 카디건을 입고 있었다. 그 카디건은 방에 있었다. 나는 다시 방으로 가서 의자에 걸쳐져 있는 카디건을 집어 들었다, 주머니 속의 열쇠를 떨어뜨리지 않도록 조심하면서. 층계를 단숨에 내려갔다. 지하실의 우리 집 창고는 복도 끝에 있었다. 그곳에 이르는 바닥은 흙투성이였다. 털 달린 실내화를 신고 그 위를 걷다니 말도 안 되는 일이었다. 나는 까치발을 하고 걸었다. 나는 여행가방 안에 담겨 있는 다른 여행가방과 배낭들을 꺼냈다. 다시 복도로 돌아왔을 때, 타이머가 달린 전등은 꺼져 있었다. 나는 스위치를 누르지 않았다. 아무것도 보이지 않는 캄캄한 어둠 속에서 가파른 층계를 올랐다. 건물 현관으로 통하는 문을 살짝 열어보았다. 아무도 없었고 불도 꺼져 있었다. 승강기가 그 층에 있었으므로 나는 승강기를 타고 장리노의 집으로 올라갔다. 아파트 문은 열려 있었다. 모든 일이 전문가다운 속도로 이루어졌다. 나는 침착하게 그 일을 해낸 것에 뿌듯함을 느꼈다.

빨간 여행가방이 리디 침대의 발치에 놓이고 뚜껑이 열렸다. 장리노는 이미 자기네 가방을 치웠다. 빨간 가방이 훨씬 컸고 표면도 더 신축성이 있었다. 장리노의 계획을 실행에 옮길 수 있을 것 같았다. 침대 협탁 위에서 장식용 초가 타고 있었다. 내가 내려가 있을 때 그가 켠 모양이었다. 우리는 둘 다 말없이 서 있었다. 장리노는 아까처럼 두 팔을 축 늘어뜨리고 턱을 앞으로 내밀고 있었다. 우리가 지금 뭘 기다리는 거죠?! 잠시 후 그가 말했다. 당신은 천주교인입니까, 엘리자베스?

"저는 종교가 없어요."

그가 자기 손바닥을 펼쳤다. 거기에는 황금빛 성모 메달이 달린 목걸이가 쥐어져 있었다.

"이걸 리디에게 걸어주고 싶어요."

"그러세요."

"그런데 잠금쇠를 열 수가 없어요."

"이리 줘보세요."

체인의 사슬이 얇고 가는 연결 장식 주위에 얽혀 있었다.

"풀려면 시간이 많이 걸리겠어요." 내가 말했다.

그는 내 손에서 목걸이를 채가더니 어색한 손놀림으로 얽힌 것을 풀기 시작했다.

"그럴 시간이 없어요."

그는 내 말이 들리지 않는 듯했다. 그는 입술을 악물고 두 팔을 게의 큰 다리처럼 잔뜩 긴장시킨 채 안경 낀 눈을 손에 갖다 대고 매듭을 풀고 있었다.

"도대체 지금 뭐하는 거예요, 장리노?"

그는 제 정신이 아닌 것 같았다. 나는 그의 손바닥을 펴게 하려다가 결국 그의 손을 살짝 때렸다.

"뭔가를 하고 싶어서 그럽니다!"

"뭘 하고 싶은데요?"

"일종의 의식 같은 거요…."

"의식으로 어떤 걸 하고 싶은 건대요? 초를 켜놓았더군요. 잘하셨어요."

"'셰마'의 첫 부분을 암송했어요."

"그게 뭐죠?"

"유대교의 기도예요."

"그렇군요."

"하지만 리디는 천주교인이었어요."

"처음 듣는 얘기네요."

"그녀는 다른 종교도 갖고 있었지만, 줄곧 천주교인으로 남아 있었어요."

"성호를 그으세요!"

"난 성호를 그을 줄 몰라요."

"그럼 이제 리디를 가방에 넣읍시다, 장리노!"

"그래요, 내가 바보 같은 소리를 하고 있군요."

나는 리디의 발쪽에 있었다. 장리노가 리디의 어깨 아래로 팔을 집어넣었다. 그가 말했다. 옆으로 눕힌 다음 끌어당겨야 해요. 나는 그가 다시 기술적인 부분에 신경을 쓰는 것이 다행스럽게 여겨졌다. 나는 죽은 사람의 몸을 다루어본 적이 없었다. 그녀는 뻣뻣했고, 살갗에 손이 닿자 미지근한 기운이 느껴졌다. 우리는 별 문제없이 그녀를 옆으로 눕힐 수 있었다. 그녀는 마치 우리와 장난이라도 치는 것처럼 몸을 굴려 반쯤 배를 깔고 길게 누웠다. 그녀를 가방에 넣기 전에 먼저 웅크리는 자세를 만들어야 했다. 나는 장리노가 그 일을 혼자 하고 싶어 한다고 느꼈다. 그는 바닥에 놓인 가방 주위를 빙 돌아와 치마를 입은 리디의 두 허벅지를 들어 올려 두 무릎을 앞으로 접게 했다. 그런 다음 허리를 잡아 상체 역시 구부리게 만들었다. 그는 시신의 상체를 둥글게 마는 것으로 그 일을 마쳤다. 그 모든 일이 빠르고 세심하게 이루어졌다. 리디는 세모꼴 숄을 두른 채 촌색시처럼 평온한 얼굴로 순순히 몸을 내맡겼다. 침대 위 그녀의 모습은 태아 자세로 자고 있는 어린 소녀 같았다. 나는 장리노가 그녀의 몸을 가방 속에 물건처럼 집어넣는 걸 주저하는 것을 느꼈다. 그녀의 몸을 붙잡으면 가방 속으로 급하게 떨어지는 것을 막을 수 있으리라는 생각에 나는 그를 도와주었다. 그녀의 몸이 가방 속에 아무렇게나 담겼다. 헝클어진 것을 정돈하고 가방 밖으로 나온 것을 집어넣어야 했다. 차분하고 소녀 같은 인상은 사라져버렸다. 리디는 짓눌리고 뒤틀려 있었다. 곱슬곱슬한 그녀의 머리카락이 붉은 가방을 배경으로 머플러 밖으로 기묘한 다발을 이루며 나와 있었다. 우리는 그녀의 신발을 벗겨 가방의 남은 틈에 밀어 넣어야 했다. 나는 장리노가 고통스러워하는 것을 보았다. 지퍼를 잠그는 일을 내가 하기로 했다. 하지만 지퍼를 잠그기 위해서는 가방 뚜껑을 덮은 다음 그 위를 누르고 체중을 실어 앉아야 했다. 내가 그 위에 앉았다. 엉덩이 밑으로 리디의 몸이 부드럽게 저항하는 것이 느껴졌다. 내가 말했다. 날 좀 도와주세요. 장리노가 반대쪽 지퍼 끝을 찾아 잡아당겼다.

"이런 끔찍한 짓을 하다니."

"리디는 죽었어요, 장리노. 아무것도 느끼지 못해요."

지퍼는 잠기지 않았다. 가방 한쪽이 입을 벌리고 열려 있었다. 장리노 역시 가방 위에 앉았다. 나는 내 체중으로 힘을 더주기 위해 몸을 일으켰다가 다시 앉았고, 장리노 역시 그렇게 했다. 그 결과 우리는 지퍼를 몇 센티미터 정도 더 잠글 수 있었다. 결국 나는 가방 위에 길게 누웠고, 장리노는 반대 방향으로 누웠다. 우리 둘은 제과용 밀대가 반죽 위를 구르듯이 가방의 튀어나온 부분 위에서 몸을 굴렸다. 지퍼가 끝까지 닫혔을 때 우리는 기진맥진해 있었다. 장리노가 내 앞에서 몸을 일으켰다. 그는 자신의 머리카락을 열 차례 계속해서 다듬고 매만졌다. 이제 가방과 외투를 챙겨야 해요, 그가 다시 안경을 쓰면서 말했다. 나는 그를 따라 거실로 갔다. 책상 바로 옆 바닥에 리디의 가방이 활짝 열린 채 놓여 있었다. 나는 컴퓨터 옆의 메모장에 눈길을 던졌다. '궤양, 식인풍습'이라는 단어에 이어 25000이라는 숫자가, 이어 화살표와 다음과 같은 구절에 밑줄이 쳐 있었다. '어떤 새의 삶과 죽음. 프랑켄슈타인식 취급. 그들의 유전자에 각인된 고통.' 만년필이 비스듬하게 놓여 있었고, 사프란 빛 갓이 달린 스탠드에 불이 들어와 있었다. 내가 리디의 필적을 본 것은 그것이 처음이었다. 잊지 않으려고 적어둔, 살짝 비스듬하게 쓰인 그 글씨는 어떤 물리적 실존의 순간보다 리디의 존재를 더 절실하게 느끼게 했다. 메모하는 동작, 단어 자체 그리고 왜 썼는지 알 수 없다는 사실이. 더 신비스러운 것은 '새'라는 단어였다. 가금류에 새라는 단어를 쓰다니. 장리노는 쭈그리고 앉아 가방 안을 살펴보았다. 그는 탁자 위의 휴대전화를 집어 들어 가방 안에 넣었다. 에두아르도가 다가오더니 역시 장리노를 바라보았다. 끔찍한 불안이 나를 휩쌌다. 우리가 도대체 무슨 짓을 하고 있는 것인지 더이상 알 수 없었다. 불과 몇 시간 전 한 손에 의자를 쥔 채 병아리를 갈아 죽이는 데 반대하는 청원서에 서명하던 내 모습이 떠올랐다. 그때 리디 쿰비네는 서랍을 열어 나에게 줄 것들을 찾았다. 삶에서 죽음으로 이행하는 그 짧은 여정이 나에게 현기증을 불러일으켰다. 부질없는 일. 장리노는 벽장을 열고 나도 잘 아는 리디의 녹색 외투를 꺼냈다. 길이가 긴 그 러시아풍 코트는 허리부분에서 몸에 짝 붙고 아래로 갈수록 벌어지는 스타일이었다. 그 외투를 입고 반장화를 신고 주차장을 빠른 걸음으로 걸어가는 리디의 모습을 창문을 통해 종종 보았다. 매해 겨울이 오면 허리가 꼭 맞는 여자용 외투들이 다시 등장했고, 그것은 이곳 되유랄루에트에서의 시간의 흐름, 그 한 부분을 이루었다. 맥시가 유행하던 시기에 나는 발목까지 내려오는 외투를 입고 다녔는데, 그 긴 옷자락을 제대로 감당할 수가 없었다. 어느 날 갈르리 라파예트 백화점 에스컬레이터에서 외투 아랫자락이 움직이는 계단 사이에 끼고 말았다. 에스컬레이터가 즉각 움직임을 멈추었다. 나는 계단 사이에 낀 외투 때문에 그 자리에서 움직이지 못한 채 사람들이 나를 구하러 오기를 기다렸다. 옷자락을 잡아당겨 뽑아낸다는 생각 같은 것은 결코 하지 못했다. 장리노가 다시 방으로 들어갔다. 뭔가 잠기는 소리에 이어 복도 위를 굴러오는 소리가 들려왔다. 내 빨간 여행가방이 문간에 모습을 나타냈다. 내 용물로 잔뜩 부풀어 오른, 괴물 같은, 부피가 최대한으로 늘려진 그것이.

에티엔에게 그의 눈 상태를 물으면 그는 대답한다. 모든 게 통제 가능해. 그건 그가 경찰청장이었던 그의 아버지에게 배운 표현이다. 나는 언제나 그가 그건 통제 가능해, 라고 말하는 것을 들었다. 심지어 제대로 돌아가는 게 아무것도 없을 때에도. 그의 시력은 전혀 통제 가능하지 않다. 왜냐하면 그는 건식 황반변성, 다시 말해서 예후가 나쁜 황반변성에 걸렸던 것이다. 습식 황반변성과는 달리 건식에는 주사가 전혀 효과가 없다. 우리는 에티엔에게 그의 눈에 대해 자주 묻지 않는다. 우리는 그의 눈을 화제로 삼고 싶지 않다. 하지만 한편으로는 걱정하지 않을 수 없다. 배려와 간섭 사이의 미묘한 균형이랄까. 그런데 지난 주말 사건이 벌어졌다. 집에 있던 에티엔은 자신이 안경이나 회중전등 없이도 직관에 의지해 난방기의 온도조절장치를 조절할 수 있다고 생각했다. 메를르가 돌아왔을 때 실내는 찜통이었다. '모든 것이 통제 가능하다'라는 말에는 상대의 우려를 단숨에 불식시킨다는 미덕이 있다. 그 말은 실제 상황에 관한 것도, 그 말을 한 사람의 마음 상태를 말해주는 것도 아니다. 그저 상당히 실용적인, 실존적 긴장의 표현일 뿐이다. 익살스럽기도 하다. 몸은 자신이 원하는 것을 하고, 세포는 제멋대로 행동한다. 요컨대 심각할 게 뭐란 말인가? 최근 에티엔 부부의 맏아들이 고등학교에 다닐 때 있었던 일화 하나가 화제에 올랐다. 메를르와 에티엔은 교장으로부터 소환장을 받았다. 그들의 아들 폴 디네스망이 아우슈비츠에 갔을 때 몹시 부적절한 행동을 했다는 것이었다. 에티엔은 자리에 앉아서 근엄한 태도로 아들을 맞으며 말했다. 아우슈비츠에서 네가 아주 나쁜 짓을 했다던데 사실이냐? 우리는 그 이야기를 하면서 또 웃음을 터뜨린다. 그 일에 대해 좀 더 광범위하게 알아본 에티엔은 크라코브에서 출발해 비르키나우까지 가는 버스 안에서 폴이 흥미로운 행동을 했음을 알게 되었다. 급우들 사이에서 추모나 묵상에 반대하는 분위기를 조성했다는 것이다. 나는 묵상이라는 말을 들으면 거부감이 든다. 원칙이라는 말도. 세계가 형언할 수 없는 혼돈을 향해 돌진하기 시작한 후 이런 말은 커다란 유행이 되었다. 정치인들과 시민들은(역시 천재적으로 공허한 단어다) 묵상을 하면서 시간을 보낸다. 나는 사람들이 적의 머리를 곡괭이 끝에 찍어 가져오던 예전이 더 좋다. 덕성조차 진지하지 않다. 오늘 아침, 파스퇴르 연구소로 출근하기에 앞서 나는 양로원으로 전화를 걸어 장리노 고모의 소식을 물었다. 대화를 끝내고 나는 생각한다. 넌 정말이지 세심한 사람이야. 넌 다른 사람들을 걱정하지. 다음 순간 생각한다. 이렇게 기본 중의 기본인 일 하나를 해놓고 스스로에 대해 뿌듯해하다니 좀 한심한걸. 그러다가 즉각 다시 생각한다. 이건 좋은 거야. 넌 스스로에 대해 경계를 게을리하지 않고 있어. 브라보. 언제나 크게 만족해하는 이가 승리하는 법이다. 드네가 어릴 때의 일이다. 생조제프 데

에피네트 성당에서 고백성사를 마치고 나오던 그는 안뜰에서 걸음을 멈추고는 가슴 가득 공기를 들이마시며 중얼거렸다. 죄사함을 받은 지금 나는 성자와도 같아. 다음 순간 그는 층계를 내려오며 중얼거렸다. 맙소사, 오만의 죄를 지었군. 이런저런 의미에서 미덕은 지속되기 어렵다. 미덕은 우리가 의식하지 않는 동안에만 유효할 뿐이다. 드네가 그립다. 30년 전에 죽은 남자를 갑자기 그리워하다니. 그 동안의 내 삶이나 직업, 남편, 아이, 내가 사는 곳, 내가 보았던 장소, 내 머릿속의 시간에 대해 아무것도 모르는 사람. 당시에는 상상할 수 없었던, 그 이후 벌어진 다른 많은 것들에 대해 모르는 사람. 그가 오면 나는 그와 더불어 깔깔대며 웃을 수 있으리라. 모든 것에 관해서. 하늘 어딘가에 드네라는 작은 별이 있을까? 이따금 그런 별을 언뜻 본 것 같기도 하다. 조제프 드네는 나보다 네 살 많았다. 키가 크고 근육질의 몸매에 무정부주의자였고 알코올 중독자였다. 그의 아버지는 요리사였는데, 열네 살 때에는 콜마르 역에서 접시닦이로 일했다. 드네가 그 얘기를 즐겨 반복했으므로 나는 아직도 그 사실을 기억하고 있다. 조제프는 자기 아버지를 사랑하고 존경했지만, 자기 어머니에 대해서는 그렇지 않았다. 그의 말에 따르면 그녀는 끔찍한 속물에다 구두쇠였다. 그들은 르장드르 가의 침실 세 개짜리 집에서

살았다. 욕실은 주방을 겸했으므로 그들은 욕조에 널빤지를
덮어놓고 작업대로 사용했다. 지붕 밑에 있던 작은 거실이 기
억난다. 그 뒷쪽에 언제나 닫혀 있고 황금빛 철책으로 분리된,
역시 아주 작은 그의 부모님 방이 있었고, 술병은 그 방의 옷
장 속에 있었다. 밧줄 모양의 쇠시리로 마감된 철책 위에는 빈
공간이 있었다. 드네는 교묘하게 몸을 비틀어 그 사이를 지나
위스키를 훔쳐 마셨다. 그는 형벌부대(*중범죄자들만을 모아 창
설한 비인도적 부대로 목숨을 담보로 해서 성공가능성이 희박한 임
무를 주고 성공하면 죄를 사면해준다) 병사로 독일에서 2년간 복
무했다. 그런 다음 박애 정신에서 그를 줄곧 고용해준 가톨릭
성향의 단체 '팍스 쿼텟'에서 기타를 연주하면서 근근이 먹고
살았다. 그는 모험을 신앙 삼아고 등산을, 마추픽추를 꿈꾸었
다. 우리는 대중 주점인 퍼브 미켈에서 칼스버그를 마시고 이
따금 밤중에 바닷가에 다녀왔을 뿐 아무데도 가지 않았다. 그
는 과민했고 성격에 문제가 있었다. 우리 모두는 그보다 어렸
으므로 아무도 그에 맞서지 않았다. 나는 아직도 그의 책들을
갖고 있다. 보리스 비앙·장 주네·디노 부가티. 드네는 그들
을 몹시 좋아했다. 나는 언제나 그 책들을 우리가 함께 만든
작은 콜렉션인 사진집들 옆에 따로 보관했다. 로버트 프랭크
·앙드레 케테즈·카르티에 브레송·개리 위노그랜드·위지·

사빈 바이스·다이앤 아버스(이 책들은 우리가 페레르 도서관에서 훔친 것이다. 드네는 미군의 잉여군수물자 속에서 찾아낸 커다란 안주머니가 달린 사냥용 재킷을 입고 다녔다). 개리 위노그랜드의 몇몇 사진들 속에는 컬 클립을 하고 머플러를 두르고 거리로 나온 여자들이 나온다. 그런 차림은 그들에게 아가씨 같은, 아무러면 어때, 하는 경쾌함을 안겨준다. 정말이지 섹시하다. 나도 한때 그렇게 했다. 나는 언제나 머리카락을 꾸미는 데 관심이 있었다. 우리는 세상이나 인류 같은 큰 개념을 생각할 수 없다. 우리가 접촉한 것들에 대해서만 명확한 개념을 가질 수 있을 뿐이다. 모든 커다란 사건들은 마치 연극처럼 사고와 정신에 자양을 제공한다. 하지만 삶을 살아내게 하는 건 커다란 사건이나 대단한 개념이 아니라 아주 평범한 것들이다. 나는 정말이지 내 손에 닿는 것들만을, 내 손으로 만질 수 있는 것들만을 내 안에 갖고 있었다. 모든 것이 통제 가능하다.

장리노?… 사람은 보이지 않고 여행 가방이 저절로 현관까지 굴러왔다. 정적. 나는 그를 찾으러 갔다. 장리노는 복도에서 있었다. 방에서 나오는 빛 때문에 그림자놀이라도 하고 있는 것 같았다. 괜찮아요?

"엘리자베스."

"깜짝 놀랐잖아요."

"혹시 나에게 무슨 일이 생긴다면, 당신은 우리 집에 다시 올라오지 않은 겁니다. 당신은 아무것도 모른다고요."

"알았어요."

"그리고 저 여행 가방은 내 겁니다."

"알았어요."

그는 예의 그 자라 점퍼와 경마장용 모자를 쓰고 있었다. 그는 리디의 가방과 외투를 여행 가방 위에 내려놓았다.

"지갑은 놈이 가져갔을 거예요…."

"그래요, 지갑을 치울게요… 아, 잠깐만…."

그는 다시 방으로 가더니 양가죽 스웨이드로 된 장갑 한 켤레를 들고 나왔다.

"갑시다."

우리는 그의 집을 나왔다. 장리노가 가방을 끌었다. 우리는 층계참 위에 잠시 가만히 서서 무슨 소리가 들리지 않는지 확인했다. 내가 승강기의 버튼을 눌렀다. 승강기는 여전히 그 층에 정지해 있었다. 우리는 여행가방을 안으로 밀어 넣었다. 장리노가 층계로 통하는 문을 열었다. 조용했다. 우리는 나지막한 소리로 의논을 했다. 현관에서 만나는 시간을 맞추기 위해 내가 좀 기다렸다가 승강기로 내려가기로 했다. 그는 타이머가 달린 전등 스위치를 켠 다음 계단을 내려가기 시작했다. 나는 승강기 안으로 들어가 문을 열어놓은 채 기다렸다. 승강기 안은 무척 좁아서 가방과 내가 들어서자 거의 빈 공간이 없었다. 초록색 외투가 바닥으로 떨어졌다. 나는 그것을 집어 여행가방 손잡이에 끼웠다. 여행가방 손잡이를 핸드백 손잡이 사이에 끼우려 했지만 잘 되지 않았다. 이윽고 승강기의 문이 닫히자 나는 1층을 눌렀다. 내 두 발과 격자무늬의 파자마 바지와 인조 모피가 달린 실내화를 내려다보았다. 나는 혼자서 시신을 가지고 다섯 개 층을 내려왔다. 겁에 질리지도 않고. 정말이지 대담하지 않은가. 나는 그런 내가 마음에 들었다. 나는 중얼거렸다. 프랑스대외안보총국(DGSE)의 행동부나 '그림자 군단'(*레지스탕스·스파이·공작원 등처럼 음지에서만 활동하는 부대. 장피에르 멜빌이 감독한 동명의 영화가 있다)에 들어가도 되겠는걸. 널 다시 봐야겠어, 엘리자베스. 승강기가 1층에 도착했다. 장리노가 이미 와 있었다. 숨을 헐떡이며 집중한 태도로. 그 역시 대단했다. 그가 여행가방을 잡았다. 외투가 다시 바닥에 떨어졌고 내가 그것을 집었다. 가방의 바퀴가 바닥의 타일 위를 굴러가며 요란한 소리를 냈다. 차는 가까이에 주차되어 있었다. 나는 그들의 차가 돌로 된 턱 바로 뒤에 주차되어 있는 것을 보았다. 나는 덤불을 돌아 거기에 이르는 거리를 어림했다. 내가 문의 버튼을 눌렀고, 장리노가 문을 열었다. 그는 문이 열린 틈으로 여행가방을 통과시켰다. 건물 뒤에서 자동차가 출발하는 소리가 들려왔다. 그때였다. 밖에서 작은 소리가 들려왔다. 축축한 신발창으로 젖은 땅 위를 딛는 소리였다. 이윽고 오른쪽으로 3층에 사는 젊은 여자의 모습이 나타났다. 파티에서 돌아오는 듯한 그녀는 바람을 피하기 위해 고개를 숙이고 있었다. 장리노는 뒤로 물러서며 그녀가 지나갈 수 있도록 했다. 여자가 우리에게 안녕하세요 하고 인사했고, 우리도 안녕하세요 하고 대답했다. 그녀는 기다리고 있는 승강기 안으로 급히 들어갔다.

그 여자가 무엇을 보았을까? 모든 것을 다 보았을 터였다. 털실내화에 헬로 키티 파자마를 입고 외투와 가방을 든 5층의 키 큰 여자가, 펠트 모자에 장갑 낀 손으로 빨간색 대형 가방을 끌고 있는 6층 남자와 함께 있는 것을 보았을 터였다. 새벽세 시에 어디론가 가려는 품새로. 그만하면 모든 것이다. 그여자와 엇갈리는 순간, 장리노는 마치 아무렇지도 않은 듯이, 그 평범한 엇갈림이 자신의 행동에 그 어떤 문제도 일으키지않는다는 듯이 행동하고자 했다. 여자가 지나가도록 길을 비켜준 다음 그는 다시 출입구를 향해 여행가방을 밀었다. 그가 밖으로 5미터쯤 나왔을 때 나는 그를 붙잡았다. 그 여자가 우리를 봤어요!

"그 여자가 무엇을 봤다는 겁니까?"

"우리를요. 여행 가방과 함께요!"

"여행가방을 갖고 건물 밖으로 나오는 건 금지된 일이 아닙니다."

다시 비가 내리기 시작한다. 을씨년스러운 가랑비다.

"오늘밤에는 그래선 안 되죠. 오늘밤만큼은 당신은 집에서 나와서는 안 된다고요!"

나는 내 말이 그의 신경에 거슬린다는 것을 느낀다. 그가 여행가방을 갑자기 다시 굴리려 하지만 내가 그를 붙잡는다.

"누가 그 여자를 심문한단 말입니까?"

"경찰이요!"

"어째서 경찰이 그 여자에게 와서 그런 걸 묻겠습니까?"

나는 외투를 가방 손잡이에 다시 묶고는 여행가방을 끌어당긴다. 장리노가 막아선다.

"수사를 할 테니까요! 그들이 와서 이웃들을 탐문할 거예요."

"당신 집으로 돌아가요, 엘리자베스. 나 혼자 할 수 있어요."

"그 여자가 나도 봤어요! 우리 계획이 수포로 돌아갔다고요!"

"그럼 어떻게 해야 한단 말입니까?!"

그는 얼이 빠진 것 같다.

"안으로 다시 들어가요."

"그 나쁜 계집애가 모든 걸 엉망으로 만들었다는 건가요?!"

그가 고함을 지른다. 그는 제정신이 아니다.

"가서 그 여자를 죽여 버리겠어요!"

"장리노, 다시 들어가요…."

그가 손의 힘을 푼다. 나는 신축성이 있는 손잡이를 잡아 여행가방을 끈다. 외투가 미끄러져 떨어진다. 여행가방이 떨어진 외투 위를 굴러 내 걸음의 속도를 늦추지만 나를 비틀거리게 하지는 못한다. 이 빌어먹을 긴 외투는 2분마다 바닥에 떨어지는군! 현관으로 돌아온다. 외투는 엉망이 되어버렸다. 모든 것이 젖었다. 손에 아무것도 들지 않은 장리노는 사냥꾼으로 변신이라도 한 것 같다. 그는 납작해진 담뱃갑을 점퍼에서 꺼내 담배에 불을 붙인다. 그가 말한다. 그 빌어먹을 여자는 도대체 뭘 하다가 이렇게 늦게야 들어오는 겁니까?

"우리는 여기 서 있어선 안 돼요."

"층계로 가서 생각 좀 해봅시다."

나는 여행가방을 구석으로 끌어당겨 비상용 계단으로 통하는 문쪽 모서리에 붙여놓았다.

"층계로 와요, 장리노."

나는 가죽점퍼 위로 그의 팔을 잡아 층계 쪽으로 밀었다. 그는 로봇처럼 뻣뻣한 다리로 두세 걸음 걸었다. 나는 아래쪽 계단에 앉았다. 고집을 피우는 레미 앞에서 장리노가 주저앉았던 바로 그곳이었다. 장리노는 여행가방에서 눈길을 떼지 않은 채 입술을 움직여 담배 연기를 깊이 들이마셨다. 잠시 후그는 비틀거리며 가방으로 다가갔다. 그는 양가죽 장갑을 낀손으로 그 위를 어루만졌다. 마치 침묵 속에서 시라도 읊는 듯이 왼쪽에서 오른쪽으로 여러 차례 계속해서. 이윽고 그는 신음을 내지르며 그 앞에 주저앉았다. 두 팔을 벌려 가방을 양쪽에서 붙잡고 뺨은 가방에 갖다 댄 채. 그는 반쯤은 허공에다대고 뒤틀린 입맞춤을 했다. 그와 나는 문턱을 사이에 두고 있었다. 그 제한된 공간에서 그런 모습은 엄청난 존재감을 갖고 있었다. 나락으로의 추락과 하늘의 무심함. 어째서 그 여자를붙잡을 손길 하나 없었을까? 하늘이 손가락 하나만 까딱했다면 그 여자가 파티에서 나오는 시각, 차에서 내리는 시각을 다르게 할 수 있지 않았을까? 세상에서 가장 부드러운 남자 장리노와, 파티복을 입은 채 작게 몸을 웅크리고 있는 리디 귐비네를 차가운 현관에 버리는 대신 말이다. 삶이 질서정연한 체계에 따라 움직인다고 생각하는 이들은 운이 좋은 사람들이다.

나는 추웠다. 나는 초록색 외투를 덮개 삼아 다리에 덮었다. 장리노는 여행가방을 쥐고 있던 손을 풀었다. 그는 쭈그리고 앉아 고개를 숙이고 두 손을 목덜미에 올린 채 바닥에서 움직이지 않았다. 나는 잠시 기다렸다가 그에게 갔다. 그의 어깨를 얼싸안으며 그를 일으켜 세웠다. 타일 바닥에 떨어져 있던 안경과 모자를 집어 들었다. 우리는 층계를 향해 걸어가서는, 조금 전 내가 있던 곳에 앉았다. 장리노는 앉자마자 다시 몸을 일으켜 가방을 옮겼다. 가방은 문을 통과해 층계 아래 공간에 자리를 잡았다. 그와 나와 가방, 셋이 몸을 맞대고 앉아 있었다. 나는 외투를 덮개 삼아 그와 나 위에 덮었다. 그러자 어릴 때 우리가 만들던 작은 집이 머릿속에 떠올랐다. 사람은 모든 것을 자기중심으로 생각한다. 천장·벽·물건·몸 들을. 공간은 가능한 한 비좁게 만들어야 한다. 그러면 밖에서 폭풍우가 몰아친다 해도 상관없다. 우리는 가느다란 틈을 통해서만 외부 세상을 볼 뿐이니까.

그는 소변을 보고 싶어 했다. 그것이 그가 침묵을 깨고 말한 첫마디였다. 화장실에 가야겠어요.

"밖에 가서 보세요."

그는 움직이지 않았다.

"난 술을 너무 많이 마셨어요. 인간으로서 해서는 안 될 짓을 했어요."

"어서 가요, 장리노, 여긴 내가 있을 게요."

타이머 달린 전등이 꺼졌다. 우리는 잠시 어둠 속에 있었다. 내가 다시 전등을 켰다. 나는 이런 희미한 빛 속에서 현관을 자세히 본 적이 없었다. 환기구의 창살, 더러운 굽도리 널. 비참한 연옥의 모습이랄까. 빌 브라이슨의 책 속에 나오는 어떤 현관이 떠올랐다. '역사상 그 어떤 방도 현관만큼 하급으로 떨어지진 않는다.' 장리노는 바깥 어딘가로 나갔고, 그 동안 나는 여행가방과 함께 있었다. 나는 리디의 외투를 입었다. 외투는 너무 꼭 끼었고 소매 끝이 팔뚝에 왔으며 단추를 잠글 수가 없었다. 외투 색깔이 바닥에 깔린 러그의 색깔과 비슷했다. 나는 이제 어떻게 해야 할지를 생각했다. 위로 올라가 아무 일도 없었던 것처럼 리디를 다시 침대 위에 눕힌 다음 나는 여행가방을 갖고 우리 집으로 가고, 그 동안 장리노는 경찰에 전화를 한다. 그럴 필요가 없었다. 3층의 여자가 우리가 함께 있는 것을 보았으므로. 그 여자가 여행가방 안에 무엇이 들어 있는지 모른다고 해도, 장리노는 자기 아내를 목 졸라 죽인 다음 자기 집에서 나왔고 내가 그 일에 연루되었다는 사실을 바꿀 수는 없었다. 나는 지금까지 있었던 일을 다시 한 번 생각해보았다. 장리노가 우리 집으로 내려왔다. 그는 우리에게 그 재난에 대해 알렸다. 피에르와 나는 그의 집으로 올라가 리디가 죽은 것을 보았다. 피에르는 나에게 집으로 돌아가자고, 사건에 개입하지 말라고 경고했다. 장리노는 자기 아내를 죽였어. 우리는 그 일과 아무런 관련도 없어. 경찰에 자수해야 할 사람은 바로 그 사람이야. 그런 다음 피에르는 잠이 들었다. 나는 다시 장리노의 집으로 올라갔다. 이 대목에서 내가 다시 올라가지 않았다면? 올라가는 대신에 걱정(혹은 호기심)에서 창문을 내다보고 현관문의 외시경을 통해 무슨 움직임이라도 없는지 살폈다면? 현관문의 외시경에 눈을 갖다 대고 보았다니, 어째서? 장리노 마노스크리비가 미치광이처럼 행동할까봐 두려워서? 아니. 그래서가 아니다. 그저 내가 창문 앞에 가만히 서서 밖을 내다보는 것에 만족하는 형이 아니기 때문에 그렇게 한 것뿐이다. 바깥에서 벌어지는 일이 궁금할 때면 나는 때때로 현관문 외시경을 통해 밖을 내다본다. 그러다가 이렇게 된다…. 즉, 나는 현관문 외시경을 통해 승강기의 버튼이 깜박거리는 것을 보고 문을 열었다. 층계에서 요란한 소리가 들려왔다. 나는 그게 장리노라고 생각하고 그의 이름을 불렀다. 열쇠를 손에 쥐고 단숨에 계단을 내려갔다. 내가 1층에 도착한 순간 그는 빨간색 대형 여행가방을 끌고 출입구로 향하고 있었다…. 나는 그에게 그런 어리석은 짓을 하지 말라고 애원했다. 그때 3층에 사는 이웃이 현관으로 들어왔다…. 어쨌든 나는 실내화에 파자마 차림이었다. 습도 높은 밤에 밖에 나갈 준비가 된 여자의 모습이 전혀 아니었다…. 이건 좀 말이 되었다. 그런대로 설득력이 있었다. 이 말은 피에르에게도 설득력이 있을 터였다. 아니다. 그는 그 여행가방이 우리 것이라는 사실을 알고 있다. 그는 그 가방을 너무나도 잘 알고 있다. 어느 정도는 그의 것이라고도 할 수 있다. 피에르에게 그 빨간 여행가방이 연루된 것을 어떻게 설명할까? 그 안에 무엇이 들었는지 이야기하지 않고 말이다. 내가 그 가방을 마노스크 리비 부부에게 빌려주었다고 하면 어떨까? 다음번 여행갈 때 쓰라고, 혹은 물건을 나르라고? 그래, 좋은 생각이다. 심리치료실로 물건을 옮기는 데 쓰라고 리디에게 빌려주었다고 하면 되겠다. 그에게 알려지도 않고? 당연하다. 나는 가방 정도를 빌려주면서 남편의 허락을 구하는 여자가 아니다. 아니면 더 나은 설명으로… 더 나은 설명으로 이건 어떨까. 우리는 아무것도 알지 못했다. 장리노는 우리집에 내려온 적이 없고, 우리는 그의 집에 올라간 적이 없다. 나는 파티를 했고, 쓰레기를 버리기 위해 내려왔는데 이게 누군가? 쓰레기를 버리고 다시 현관을 가로지르는 순간, 장리노 마노스크리비를 만난 것이다! 그는 내가 리디에게 빌려준 빨간색 커다란 여행가방을 끌고 있다…. 그 가방에 무엇이 들었는지에 대해 내가 의혹을 품지 않았느냐고? 그렇다. 장리노는 내일 아침을 위해 그 가방을 자동차 트렁크에 넣어두어야 한다고 내게 말한다. 3층 여자가 파티에서 돌아온다. 그녀는 막 현관을 나서려는 우리를 본다…. 아니, 나는 현관 밖으로 나가지 않는다. 우연히 거기 있게 된 나는 현관문까지 친구를 배웅한다. 이 설명은 바보 같다. 어떤 설명이 좋겠는지 빨리 피에르와 의논해야 한다. 그편이 우리에게 좋다는 것을 그는 이해할 것이다.

장리노가 돌아왔다. 건물의 문소리가 들려왔다. 나는 다가오는 사람이 그라는 것을 발소리로 알 수 있었다. 그는 내 옆구석 자리에 다시 앉았다. 머리카락 없는 민머리가 젖어 있었다. 모자를 두고 갔던 것이다. 비가 많이 내리는 것 같았다. 뭉친 머리카락이 그의 이마로 흘러내려 비쭉 뻗쳐 있었다. 그가 말했다. 이제 어떻게 해야 하죠?

"다시 올라갈 수도 있어요…."

어떤 시점에서 내가 그를 버릴 거라는 사실을 어떻게 그에게 말한단 말인가?

"하지만 그건 아무 소용도 없어요. 우리 두 사람이 함께 이 현관에 왜 있었는지 설명해야 할 테니까요."

그는 더이상 장갑을 끼고 있지 않았다(장갑은 구겨진 두 귀처럼 가죽점퍼의 옆 주머니 밖으로 빠져나와 있었다). 계단 위에서 그는 몸을 굽히고 여행가방의 붉은 천 위에 손가락 하나로 모호한 곡선을 그렸다. 주름진 두 뺨이 번들거렸다. 나는 그것이 빗물이라고 생각했지만 사실 그는 울고 있었다. 장리노가 어린아이였을 때 그의 아버지는 이따금 저녁식사 후에 성서를 집어 들고 시편 한 구절을 소리 내어 읽곤 했다. 책갈피 끈은 늘 같은 자리에 끼워져 있었다. 갈피 끈을 옮긴다는 생각이 머릿속에 떠오르지 않았으므로 그는 언제나 같은 구절을 낭독했다. 바빌론 유수에 관한 구절이었다. '바빌론 강가에 앉아 우리는 시온을 생각하며 울었노라.' 장리노는 그 책을, 그 금빛 도는 갈색을, 풀어져 헤진 얇고 가는 끈을, 특히 표지 그림을 기억하고 있었다. 나른한 물가, 나뭇가지에는 수금이 걸려 있고 반쯤 헐벗은 사람들이 무기력한 모습으로 앉아 있는 그림이었다. 그의 말에 따르면, 그 그림은 문제의 성경 구절과 아무런 관련이 없었다. 아버지가 그 구절을 낭독할 때면,

장리노에게는 강물이 요란하게 흘러가는 소리가 들리고 패배의 하늘 아래서 죽은 나무들이 흔들리고 부딪치는 것이 보이는 것 같았다. 앉아서 운다는 것은 그에게 있어서 혼자 웅크린 채 기다리는 자세를 의미했다. 그는 그 어떤 종교적인 교육도 받지 않았다. 마노스크리비 가족은 그의 외가와 함께 몇몇 축일을 지켰지만, 그것은 무엇보다도 채소로 속을 채운 잉어 요리를 포식하기 위해서였다. 장리노는 아버지가 낭독하는 성경 구절을 전혀 이해하지 못했지만(장리노의 말에 따르면 그의 아버지 역시 그 내용을 이해하지 못했다), 과거로 거슬러가는 그 구절들을 듣는 것을 좋아했다. 그 구절을 들으면 몸은 비록 파르망티에 대로에 면한 뜰 한구석에 있지만 인류 역사에 참여하고 있는 듯한 느낌이 들었고, 스스로를 방랑자나 무국적자와 동일시할 수 있었다. 그 여자가 실제로 무엇을 보았을까? 나는 그 장면을 다시 떠올려보았다. 유리가 끼워진 문 옆 장리노 뒤에 서서 가방과 외투를 들고 있는 내 모습을 떠올려보았다. 가방과 외투를 들고 있지 않았던가! 이 구역 사람들이라면 모두 리디의 것인 줄 아는 긴 초록색 외투와 가방을 들고 있었던 것이다…. 쓰레기를 버리러 내려왔다는 설명은 잊어버려야 했다. 이전 이야기로 되돌아가야 했다. 그랬다, 나는 리디의 가방과 외투를 들고 있었다. 장리노가 미친 짓을 저지르는 것을 막기 위해 그의 손에서 그것들을 빼앗았던 것이다. 내가 나직하게 말했다. 장리노, 우리는 경찰에 전화를 해야 해요.

"그래요."

"내가 여기 있는 것을 정당화할 수 있는 설명이 하나 있어요…."

"그래요…."

나는 이야기를 시작했다. 리디에게 여행가방을 빌려준 것, 그가 당황해서 우리 집에 내려온 것, 우리가 그의 집에 가서 리디의 죽음을 확인한 것, 내가 우리 집에서 창밖을 내다본 후 현관문 외시경을 통해 밖을 살핀 것, 건물 현관에서 그를 만류한 것에 대해서. 그는 아무런 반응도 보이지 않았다. 될 대로 되라는 듯한 태도였다. 그가 나를 이 사건으로부터 빼내는 것에 관심이 없다는 사실에 나는 짜증이 났다. 그는 자기 아내를 죽였고, 나는 그를 돕기 위해 최선을 다했다. 이제 그 일이 실패로 돌아가자 그는 될 대로 되라는 식이었다. 나는 그의 몸을 흔들었다. 내 말 듣고 있어요, 장리노? 이제 이건 더이상 당신만의 문제가 아니에요, 이건 내 문제이기도 해요. 우리가 이 사건에 대해 같은 설명을 하는 게 중요해요."

"그렇소, 그게 중요하오…."

그는 점퍼 윗주머니를 뒤진다. 거기에서 알록달록한 알루미늄 포장지를 돌돌 말아놓은 것과 티켓을 꺼낸다. 화살표가 그려진 투명한 네모 스티커도 있다. 그는 그것을 다른 것들과 함께 바닥에 버린다.

"내가 지금 말한 걸 기억할 수 있겠어요? 건물 현관으로 내려온 내가 그 물건들을 갖고 있는 당신을 보고 뭐라고 했죠?"

"당신은 내게서 리디의 가방과 외투를 빼앗았소…."

"그리고요?…"

"그리고 말했소, 당신은 미쳤다고…."

"아니에요, 나는 그렇게 바로 당신에게 미쳤다고 하지 않아요. 먼저 이렇게 말하죠. 당신 지금 뭘 하고 있어요? 가방 안에는 뭐가 들어 있죠?!"

그는 바닥을, 떨어진 종잇조각들을 바라본다.

"그래요…."

"내 말 듣고 있어요, 장리노?"

"당신은 말했어요, 가방 안에 무엇이 있느냐고…."

"그리고 이어 이렇게 말하죠. 당신은 미쳤어요. 이러지 마세요!"

"그래요, 그래요. 물론입니다, 엘리자베스. 나는 당신이 이 일과 전혀 무관하다고 할 겁니다. 전혀…."

그가 고개를 흔든다. 입술이 다시 규칙적으로 떨리기 시작한다. 나는 모든 것이 불안하기만 하다.

"휴대전화 갖고 있어요?"

"아뇨."

나는 리디의 가방을 열어 휴대전화를 꺼낸다.

"이걸 쓸 수 있어요…."

"어디에 말입니까?"

"경찰에 전화하는 데요."

장리노는 휴대전화를 바라본다. 깃털로 마감된, 보석 박힌 노란 커버가 씌워진 안드로이드 폰을. 나는 즉각 조금 전의 거친 태도를 후회한다. 모든 것이 궤도를 벗어나 버렸다. 피에르의 의견을 들을 수 있으면 좋으련만. 집에서 나오지 말았어야 했는데. 장리노는 정신이 딴 데 가 있는 것 같다. 말없이 앉아 있던 그가 꺼져가는 목소리로 말한다. 모기 실험실은 영영 못 보겠군요.

"언젠가는 볼 수 있어요."

"언제요?"

"당신이 돌아오면요."

그가 어깨를 으쓱해 보였다. 나는 그를 파스퇴르 연구소에 데리고 가서 박물관을 견학시켜주겠다고, 특히 곤충관을 보여주겠다고 약속했었다. 장리노는 지식이 익는 매혹적인 공간을 보고 싶어 했다. 생명이 스스로 사는 기술을 터득하는 그런 곳에 가고 싶어 했다. 궐리 가전제품 회사에서 일하는 그는 줄줄이 늘어선 차갑고 부피 큰 제품들 사이에서 활력을 잃고 있었다. 세탁기·렌지 후드·요리용 화덕·냉장고 같은 것들은 그에게 아무것도 떠올려주지 않았다. 그는 살아 있는 것, 위험한 것들의 세계 속으로 들어갈 수 있기를 꿈꾸었다. 나는 그에게 곤충관에 대해 말해주었다. 그곳은 지하실에 있는 몇 개의 방으로 이루어진 한증막 같은 곳이었다. 수백 개의 애벌레들이 하얀 수반 속에서, 온 세상의 각종 모기들이 얇은 망사 매듭으로 마감된 상자 속에서 살고 있었다. 반은 실험실이고 반은 세탁실 같은 그곳에는 매일같이 잡동사니들이 북적거리고 베일을 박기 위한 재봉틀이 있다. 나는 그에게 우리가 애벌레에게 고양이 사료를 준다고, 다 자란 수컷 애벌레들은 단 과자가 아니면 먹지 않고 사람을 물지도 않는 반면, 암컷 애벌레들은 우리가 넣어준 가엾은 생쥐를 매일같이 물어 그 피로 배를 불린다고 설명했다. 그때 장리노는 소리쳤었다. 리디에게는 절대 그런 말 하지 마세요! 나는 그 생쥐는 마취되어 있어서 고통을 느끼지 못한다고 말했지만 장리노는 내 말에 귀를 기울이려 하지 않았다. 사실 장리노는 모기들의 소굴을 방문할 수 있는 특권을 다른 누구와 나누고 싶어 하지 않았다.

"진즉 그곳에 갔어야 했어요."

"앞으로 가면 되죠."

"당신이 파스퇴르에 더이상 근무하지 않을 수도 있잖아요."

"난 그곳을 언제든 방문할 수 있어요."

"우리가 더이상 이 세상에 없을 수도 있잖아요."

"자, 그만해요. 우리 여기서 밤을 보낼 수는 없어요. 경찰서 전화번호가 몇 번이죠? 17인가요?"

나는 리디의 휴대전화를 다시 손에 쥐었다. 나는 긴급전화 화면을 띄웠다. 그 순간 장리노가 소리쳤다. 에두아르도! 올 것이 왔다. 더이상 에두아르도 문제를 피할 수 없었다.

"에두아르도는 누군가에게 맡길 거예요…."

"누구에게요? 동물애호협회에요? 안 돼요, 안 돼요, 안 돼요. 그런 일은 있을 수 없어요! 게다가 그 녀석은 아프다고요."

"우리가 맡을 게요."

"당신은 에두아르도를 좋아하지 않잖아요!"

"우리가 녀석을 돌봐줄 게요. 그리고 우리와 함께 행복하지 않다면, 녀석을 좋아할 만한 사람에게 맡길 게요."

"당신은 그를 돌볼 줄도 모르잖아요!"

나는 쥐고 있던 휴대전화를 여행가방 위에 던졌다. 그런 다음 자리에서 일어나 외투를 벗기 시작했다.

"지금 뭐하는 겁니까?"

"당신을 두고 가려고요."

그가 자리에서 일어났다.

"녀석을 당신 집에 가져다 둡시다."

그의 두 뺨이 붉어지고 노란 안경테 너머에서 두 눈이 휘둥그레졌다. 나는 그와 입씨름을 해봐야 아무 도움도 되지 않는다는 것을 깨달았다. 그럼 어서 움직여요, 내가 말했다. 우리는 여행가방이 다른 사람 눈에 띄지 않도록(새벽 세 시에 누구 눈에 띈단 말인가?) 층계 문을 닫은 다음 계단을 성큼성큼 걸어 올라갔다. 집에 도착한 장리노는 작은 방으로 뛰어 들어가더니 천으로 된 여행배낭을 들고 나왔다. 우리는 주방으로 갔다. 그는 배낭 속에 고양이 사료를 한 봉 넣으며 에두아르도에게 설사를 일으키지 않는 사료라고 말했다. 그의 말에 따르면, 에두아르도는 최소한 위험 상태는 벗어났다, 이틀 정도만 잘 돌봐주면 효모균이나 항결석 연질 캡슐은 먹이지 않아도 될 것이다, 하지만 '르비고르 200'은 계속 먹여야 한다는 것이었다. 그는 수의사의 연락처와 처방전을 배낭에 넣었다. 그러고는 벽장에서 분무식 '펠리웨이'를 꺼내 배낭에 넣은 다음 나와 함께 거실로 가면서 말했다. 고양이 페로몬을 복제한 제품이에요. 새로운 환경에서 고양이에게 안정감을 느끼게 해준답니다. 나는 그의 말을 반 정도 밖에는 이해할 수 없었다. 그는 거실 안을 왔다 갔다 하더니 인조 표범 가죽으로 만든 꼬리 달린 긴 막대와 깃털을 찾아냈다. 에두아르도는 이 낚싯대를 무척 좋아한답니다. 그는 그 모든 것을 배낭 속에 넣으며 말했다. 녀석이 사냥꾼 역할을 하죠. 하루에 최소 세 차례 에두아르도와 놀아줘야 해요. 그가 다시 주방으로 가면서 말했다. 배변용 모래를 갖고 갈 수 있겠어요? 나는 그릇을 받아들었다. 장리노가 돌아다니는 에두아르도의 다리를 붙잡았다. 그때 내 눈길이 탁자 위에 멎었다. 내가 말했다. 잠깐만요! 재떨이에 내가 피운 담배꽁초가 있어요! 제대로 피우지도 않고 꺼버린 긴 담배 꽁초였다. 내가 결정적인 실수를 놓치지 않을 수 있었던 것은 〈피고를 들여보내시오〉(*범죄 사건을 다룬 텔레비전 프로그램) 같은 것을 많이 본 덕택이었다. 나는 담배꽁초를 외투 주머니에 넣으면서 또 다른 흔적을 남기지 않았는지 주위를 둘러보았다. 에두아르도가 날카로운 이를 드러내며 야옹 하고 울었다. 우리는 충계를 통해 아래층으로 내려왔다. 그가 앞섰고 내가 뒤를 따랐다. 내가 우리 집 문을 열었다. 아무 소리도 들리지 않았다. 나는 배변용 모래를 주방에 내려놓고 복도에서 방으로 통하는 문을 닫았다. 장리노는 에두아르도와 여행배낭을 현관에 내려놓았다. 그는 벽면의 전기 소켓을 발견하자 그 위에 즉시 펠리웨이를 분사했다. 꼭 끼는 점퍼를 입은 채 그는 엉금엉금 기어서 두 손으로 고양이의 주둥이를 잡고는 털 속에 코를 부비며 무어라 속삭였다. 피에르가 당장이라도 나올지도 모른다는 생각에 겁에 질려 나는 그를 재촉했다. 나는 한 순간 양말을 바꿔 신을까 생각했다가 멍청한 짓이라고 판단하고 그 생각을 떨쳐버렸다. 우리 집을 나서기 전 장리노는 배낭에서 자기 것인 듯한 티셔츠 한 장을 꺼내 둘둘 말아 에두아르도 앞에 내려놓았다.

우리는 다시 층계로 갔다. 그는 계단 하나하나를 몽유병자처럼 힘없이 내려갔다. 완전히 맥이 빠진 모습이었다. 1층으로 내려간 우리는 조금 전 그 자리에 앉았다. 나는 다시 리디의 휴대전화를 찾아 쥐고 그 상황에서 중요한 것이 무엇인지 더이상 알 수 없었음에도 그에게 말했다. 장리노, 할일을 해야해요. 배터리가 거의 떨어져가요.

"내가 가방을 갖고 어디로 가야 하죠?"

"아무데도 안 가요! 당신은 아무데도 가지 않아요. 당신은 자신이 왜 그녀를 가방 속에 넣었는지도 몰라요. 당신은 뭔가에 쓴 거예요."

"뭔가에 씌었다고요…."

나는 17을 누른 다음 그에게 휴대전화를 내밀었다. 녹음된 목소리가 들려왔다. 기동 경찰대입니다. 이어 듣는 이를 불안하게 하는 작은 음성이 이어졌다. 이윽고 신호가 가는 소리가 들려왔다. 허공 속에 벨소리가 울려 퍼졌다. 장리노가 전화를 끊었다.

"전화를 받지 않아요."

"그럴 리가 없어요. 다시 걸어보세요."

"내가 뭐라고 해요?… 내가 아내를 죽였어요, 라고 해요?"

"밑도 끝도 없이 아내를 죽였다고 하면 안 돼죠."

"그럼 뭐라고 해요?"

"생각 좀 해보세요. 그러니까 이렇게요, 내가 전화를 건 이유는 어리석은 짓을 저질러서입니다…."

그가 다시 전화를 건다. 다시 같은 말이 들려온다. 이 통화 내용은 녹음됩니다. 거짓 신고는 처벌받습니다. 이어 즉각 여자 목소리가 들려온다. 경찰 기동대입니다. 말씀하십시오. 장리노는 겁에 질린 얼굴로 나를 바라본다. 나는 그에게 마음을 가라앉히라고 손짓한다. 몸을 완전히 웅크리고 고개를 무릎까지 떨어뜨린 채 장리노가 말한다. 제가 전화를 건 이유는 어리석은 짓을 저질렀기 때문입니다….

"어떤 어리석은 짓을 말인가요?" 목소리가 묻는다.

"살인을 저질렀습니다…."

"지금 계시는 지역이 어딘지요?"

"되유랄루에트입니다."

"지금 계신 곳의 주소를 아십니까?"

장리노가 낮은 목소리로 대답한다. 여자가 그에게 거리 이름을 반복하게 한다. 여자는 그 주소가 그의 집 주소가 맞는지 묻는다. 친절하고 차분한 것 같다.

"당신은 지금 거리에 나와 계십니까, 아니면 건물 안에 계십니까?"

목소리 너머로 자판을 두드리는 소리가 들린다.

"저는 지금 현관에 있습니다."

"선생님 댁이 있는 건물의 현관 말인가요?"

"그렇습니다."

"현관 비밀번호가 있습니까?"

"있는데 기억이 나지 않습니다…."

"지금 혼자신가요?"

장리노는 몸을 일으킨다. 겁에 질려 있다. 나는 그에게 나에 대해 말하라고 손짓한다.

"아닙니다….."

"누구와 함께 계십니까?"

나는 소리 없이 그에게 말해준다. 이웃과 있습니다.

"이웃과 있습니다."

"한 사람과요?"

"그렇습니다."

"선생님, 무슨 일이 일어난 거죠?"

"저는 제 아내를 죽였습니다….."

"예…?"

그가 내게로 몸을 돌린다. 나는 숨을 몰아쉬는 것밖에 아무
것도 할 수 없다.

"그녀는 어디 있습니까, 당신의 아내 말입니다. 그녀는 지
금 선생님과 같이 있습니까?"

그는 대답을 하려 애쓰지만 그의 입에서는 아무 소리도 나
오지 않는다. 아랫입술이 경련하기 시작한다. 마치 개구리의
턱 아랫부분처럼.

"성함이 어떻게 되십니까?"

"장리노 마노스크리비입니다."

"장… 리노?"

"예…."

"무기를 소지하고 계십니까, 장리노?"

"아니오, 아니오, 아닙니다."

"당신의 이웃도 무기를 갖고 있지 않나요?"

"그렇습니다."

"알코올이나 마약을 복용하셨습니까?"

"아닙니다…."

나는 그에게 친구들과 술을 약간 마셨다는 사실을 몸짓으로 상기시킨다.

"술은 좀 마셨습니다…."

"정신과적인 문제로 약을 드시고 계십니까?"

대화가 끊어졌다. 배터리가 떨어진 것이다. 장리노는 먹통이 된 화면을 바라보았다. 그는 커버를 덮은 다음 노란 플라스틱 커버 위에 보석이 달린 사슬을 가지런히 정리하고 깃털의 위치를 바로잡았다. 나는 한쪽 팔을 그의 어깨에 둘렀다. 장리노는 모자를 다시 썼다. 우리는 역 한 귀퉁이에서 기차를 기다리는 사람들 같았다. 지나치게 폭 좁은 긴 코트에 인조 모피로 된 실내화 차림으로 여행가방을 들고서. 우리는 환승객이었다, 어딘지 알 수 없는 곳으로 갈 준비를 마친. 장리노가 말한다. 이 여자는 친절했소, 전화 받은 여자 말이오. 내가 대답한다. 그래요, 친절하더군요. 그러더니 그가 다시 말한다. 내가 없으면 우리 고모는 어떻게 될까요? 고모에겐 나밖에 없는데요.

의지할 사람이 아무도 없다. 〈미국인들〉의 주인공들은 의지할 사람이 아무도 없는 것 같다. 그것이 그들의 구성 요소다. 그들은 길가에, 벤치 끝에, 방 가장자리에 있다. 뭔가를 찾으러 나왔지만 찾을 수 없을 것이다. 이따금 일시적인 빛을 받고 그들의 모습이 빛난다. 여호아의 증인에겐 아무도 없다. 그는 잡지로 가득 찬 가방을 들고 거리를 걷는다. 그 서류가방은 그에게 성인 남자의 모습을 부여하고 목적지의 역할을 한다. 자신에게 아무도 없다는 생각과 더불어 자란 사람은 지난 일을 돌이키는 데 어려움을 겪는다. 누군가 당신의 손을 잡고 당신의 어깨에 팔을 둘러도 그게 진짜처럼 여겨지지 않는다. 장리노가 파르망티에 대로에 살 때 그의 부모는 일요일과 공휴일이면 그를 운동장으로 내보냈다. 그는 이리저리 돌아다녔다. 인도 위에 웅크리고 앉아 풀들이 자라난 곳에 고랑을 팠다. 시계수리공이 버린 작은 부속들을 갖고 놀았다. 친구는 없었다. 아무도 갖지 못하는 사람은 자기 자신조차도 갖지 못하는 것이다. 당신을 사랑하는 누군가는 당신에게 존재 증명서를(혹은 신용 증명서를) 발부하는 셈이다. 혼자라고 느끼면 우리는 사람들의 웃음거리로만 존재할 뿐이다. 12살 무렵 나는 사랑이 나에게 잃어버린 정체성을 돌려주기를 기다리고 있었다(제우스가 나와 내 짝을 둘로 나누기 전에 갖고 있던 정체성 말이다). 하지만 그런 기적이 과연 일어날지 불확실했으므로 나는 명성과 명예에도 미래를 걸었다. 과학 분야에 자리를 잡았으므로 나는 연구자로서 다음과 같은 미래를 꿈꾸었다. 내 팀이 간질 치료에 있어서 혁명적인 치료법을 발견해 나는 노벨상에 버금가는 세계적인 훈장을 받는다. 동생 잔이 내 매니저다. 잔은 로사와 함께 확장형 침대에 앉아 내가 수상 소감을 말하는 것을 들으며 간간이 박수를 쳤다. 로사는 간질을 앓던 고등학교 친구 테레즈 파르망톨로 역할을 하는 인형이었다. 이어 테레즈 파르망톨로가 나와서 감사를 표했다(역시 내가 그 역할을 했다). 때때로 나는 우리가 있다고 믿고 있는 이 모든 것이 일련의 모방이나 투사에서 온 것이 아닌지 자문한다. 연구자가 되는 대신 보다 안정감을 주는 그 무엇 속으로 도피했어도 나는 계층 상승을 할 수 있었을 거라고, 내 출신 조건에서 벗어날 수 있었을 거라는 말을 종종 듣는다. 그건 어리석은 소리다. 나는 불확실성에서 구조되었을 뿐. 그저 누군가와 이야기를 하고 싶어 경찰 기동대에 전화하는 이들이 있다. 그들에겐 아무도 없기 때문이라고 제복을 입은 경관이 바로 그렇게 내게 말했다. 그게 '17' 전화 용건의 대부분을 차지한다. 일주일에 여러 차례 전화를 걸어오는 여자도 있다. 전화를 끊기 전에 그녀가 말한다. 팀원들께 인사 전해주세요. 조제프 드네는 기타로 나에게 울적한 곡을 연주해주었다. 그는 위그 오프레의 〈셀린〉을, 비틀즈의 〈엘리노어 릿비〉를 가사의 내용도 제대로 모른 채 가느다란 목소리와 엉망인 억양으로 불렀다. '올 더 론리 피플… 웨어 두 데이 올 빌롱(모든 외로운 사람들, 그들은 모두 어디에 속하는지)….' 당시 나는 집 없는 그 사람들과 같은 존재였다. 팀원 모두에게 인사 전해주세요. 자신이 팀원 중의 한 사람인 것처럼 여자는 그렇게 말했다.

장리노가 다시 말한다. 우리가 모기를 보러 갈 때 레미를 데려갈 수도 있었는데, 안타깝네요. 그는 담뱃갑을 꺼내 담배 한 대를 천천히 입으로 가져간다. 그는 작고 약하다. 긴 코는 바닥을 향하고 노란 안경은 모자와 어울리지 않는다. 그것을 웃음거리로 삼을 수도 있을 것 같다. 담배 연기가 여행가방을 따라 올라와 우리를 둘러싼다. 장리노의 얽은 피부를 둘러싸고, 생각을 둘러싼다. 세상이 거대한 안개 같은 물질이 된다. 밖에서 사람들의 목소리와 유리창을 두드리는 소리가 들려왔다. 내가 일어났다. 비상용 층계와 현관 사이의 문턱을 넘었다. 사람들이 와 있었다. 출입문 너머에 세 사람이 서 있었다. 저들이 온 것 같군요. 그렇게 말하고 나는 나가서 문을 열었다. 장리노처럼 좀 건조한 차림을 한 남자 셋이 들어왔다. 경찰. 장리노가 구석에 모습을 나타내자마자 그들은 질문을 던지기 시작했다. 장리노는 모자를 벗어 한손에 들고 팔을 어색하게 굽히고 있었다. 당신이 마노스크리비 씬가요? 경찰 중 하나가 물었다.

"그렇습니다…."

"경찰 기동대에 전화를 하신 게 당신인가요?"

"그렇습니다…."

정복을 입은 경찰들이 이어서 도착했다. 여경찰 하나와 남자 경찰 두 사람으로 제모를 쓰고 있었다.

"아내를 죽인 사람이 당신입니까? 당신 아내는 어디에 있습니까?"

"여행 가방 속에 있습니다…."

장리노가 층계 쪽을 가리키자 경찰 몇 명이 그곳으로 가서 여행 가방을 바라보았다.

"움직이지 마십시오. 저희의 지시에 따르십시오. 부인도요."

그들은 우리에게 수갑을 채웠다. 여자 경찰이 내 몸 전체를 더듬었고, 리디의 외투 주머니를 뒤졌다. 지폐 몇 장과 손수건, 내가 장리노의 집에서 피운 담배꽁초가 나왔다. 맙소사.

괜찮을 거야, 심각한 거 아냐, 내가 생각했다. 경찰이 오기를 기다리면서 1층에서 피웠다고 하면 되지. 제복 경찰이 내게 말했다. 이리로 오시죠, 부인. 이야기를 좀 하십시다. 그가 내 팔을 잡아 나를 건물 밖으로 데려간다. 내가 물었다. 어디로 가는 건가요?

"차 안으로요."

"옷 좀 갈아입을 수 있을까요?"

"지금으로서는 그러실 필요 없습니다, 부인."

여경찰이 무전기에 대고 말하기 시작했다. 다음과 같은 내용이었다. "현관으로 다시 들어왔다. 용의자가 우리에게 자기 아내를 죽였다고 확인했다. 그의 아내의 시신은 여행 가방 속에 있다고 한다. 그와 함께 한 사람이 더 있고 두 사람에게 검문을 실시했다. 두 사람을 데리고 본부로 돌아간다. 사법경찰관이 한 사람 현장에 필요하다." 내가 물었다. 우리를 어디로 데려가나요?

"경찰서로 갑니다."

"함께 그곳에 가나요?" 내가 장리노를 가리키며 물었다.

경찰은 대답 없이 나를 잡아끌었다.

"저는 실내화를 신고 있는데요!"

"실내화는 괜찮습니다. 거기에 당신이 빼낼 끈 같은 것만

203

달려 있지 않다면요."

장리노의 모습은 사람들에 둘러싸여 거의 보이지 않았다.

"경찰서에 가서 저 사람과 함께 있게 되나요?"

"자, 자, 이제 나가야 합니다."

"저 사람과 곧 다시 만나게 되나요?"

"저는 모릅니다, 부인."

그는 점점 더 참을성이 없어졌다. 나는 소리를 질렀다. 나
자신도 알지 못했던, 평소와는 다른 노력 끝에 나온 날카롭고
찢어지는 듯한 목소리였다. 목이 아팠다. 장리노, 조금 후에
봐요! 경찰이 나를 돌려세우더니 내 왼쪽 겨드랑이에 한쪽 손
을 밀어 넣고 다른 한손으로는 어깨를 잡아 나를 밖으로 밀었
다. 구석에 모인 사람들에게서 손짓 같은 것을 본 것 같았다.
장리노의 얼굴이 언뜻 스친 것 같았다. 나아가 내 이름이 불리
는 것을 들은 것 같았지만 아무것도 확신할 수 없었다. 나는
경찰의 부축을 받으며 고개를 떨어뜨리고 축축한 주차장 위
를 걸었다. 내 몸에 너무 큰 격자무늬 파자마 바지가 흘러내렸
지만 끌어올릴 수가 없었다. 경찰차는 길 건너편에 세워져 있
었다. 경찰은 나를 오른쪽 뒷문으로 타게 했다. 그는 반대편
문을 열고 들어와 앉았다. 펜과 수첩을 꺼내 내 이름과 주소 ·
생년월일과 태어난 곳을 묻고는, 천천히 정확하게 기입했다.

검은 바탕에 하얀 그 종이 위쪽 3분의 1 지점에 열쇠 그림과 함께 'ETS 브뤼에, 열쇠공이자 유리공'이라는 글귀가 인쇄되어 있었다. 내가 물었다. 제 남편에게는 누가 연락하나요?

"당신을 보호 유치한 다음 당신의 권리를 알려드릴 겁니다."

나는 그게 무슨 뜻인지 제대로 이해할 수 없었다. 그 말이 피에르와 무슨 상관이 있는지 역시 알 수 없었다. 하지만 그 말을 이해하려 애쓰기에는 너무 피곤했다.

"열쇠 회사와 경찰이 한 팀인가요?"

"사람들이 우리에게 광고용으로 공짜 수첩을 줍니다."

"아, 그렇군요⋯."

"사실 우리는 승인된 업체들과 일합니다. 그렇다고 사람들이 우리에게 이런 걸 주는 걸 막을 수는 없죠."

"유리공이 당신들에게 무슨 소용이 있나요?"

"아무 소용도 없습니다. 이 업체에서 그런 일도 한다는 것 뿐이지요. 그들은 우리에게 펜과 달력도 줍니다⋯. 그 달력들은 아주 멋지답니다. 그들은 메모장도 만들기 때문에 그런 노하우가 있는 겁니다. 아주 영리하죠!"

그는 가슴팍의 주머니를 뒤지더니 다른 로고가 들어간, 하얀 바탕에 빨간색과 파란색 표시가 되어 있는 빅Bic 볼펜을 꺼냈다.

"경쟁사의 펜입니다…. 이걸 드리지는 않을 겁니다. 드려도 소용이 없거든요. 왜냐하면 경찰서에 가면 당신이 갖고 계신 걸 모두 내놓아야 할 테니까요."

"그들은 판로를 열고 싶은 모양이죠?"

"흠, 제가 어떻게 알겠습니까. 어쨌든 그럼으로써 제품을 광고합니다. 자, 여기 또 다른 종류가 있습니다…. 목적은 광고를 하는 겁니다…. 우리와 사업을 해보려는 거죠. 우리가 몰도바 공화국의 경찰만큼이나 자금력이 있으니까요."

나는 그 청년의 평정심이, 내 상황에 대한 그의 무심함이 마음에 들었다. 수염 없는 피부에 머리를 짧게 깎은 엠마뉘엘 나이의 포동포동한 청년이었다. 맑고 커다란 두 눈이 조금 충혈되어 있었다. 그는 나에게 잘해주었다. 나는 그의 어깨에 머리를 기대고 싶은 생각까지 들었다. 차창을 통해 나는 건물 입구를 살펴보려 애썼다. 하지만 각도가 좋지 않았고 가로등이 방해가 되었다. 나는 시선을 들어 우리 집 쪽을 바라보았다. 마노스크리비의 집에는 여전히 불이 켜져 있었다. 우리 집에는 불이 모두 꺼져 있었지만, 반대쪽에 면한 방이 어떤지는 알 수 없었다. 나는 집안 어딘가에 있을 고양이를 생각했고, 궤위에 줄지어 올려놓은 불필요한 유리잔들을 어디에 정리하면 좋을지를 자문했다. 유리잔에 대해 내가 벌인 미친 짓을 어떻게 설명해야 할까? 의자가 모자라지 않을 것이라고 자신을 진정시킨 다음 나는 되유랄루에트 거리를 돌아다녀야 했다. 버스를 타고 할인점까지 가서 둥근 잔 다섯 세트를 사왔는데, 그중 두 세트는 부르고뉴 포도주용으로 잔이 좀 더 컸다. 또 가늘고 긴 대가 달린 샴페인 잔 두 세트도 샀다. 대가 긴 우아한 잔들이 이미 있었는데도 말이다. 우스꽝스러운 식탁보 위에 놓인 잔들, 마치 우리가 격식을 매우 따지는 엄격한 사람들과 자주 어울리기라도 하는 것처럼, 다용도로 거슬리지 않게 쓸 수 있는 그 잔들, 내 소시민적 속성 때문에 사들이지 않을 수 없었던 잔들, 세척기에 들어있는 것들을 계산에 넣지 않더라도 이미 어느 벽장에도 자리가 없어 들어가지 못하는 그 잔들이 내게 밀어닥쳐서는 무시무시한 이미지로 응결되어 불안의 공을 만들기에 이르렀다. 어른거리는 주차장을 바라보며 나는 생각했다. 이건 노인들을 공격하는 불안과 예상의 착란 증세야. 문제가 있다고 가정하고 미리부터 스트레스를 받는 거지. 우리 어머니는 버스 정류장 200미터 전에 버스표를 꺼냈다. 그 표를 어머니는 모직 장갑 속에 넣고 걸었다. 상점에서 줄을 설 때도 어머니는 미리 잔돈을 꺼내놓았다. 그런 일이 나에게도 일어날 수 있다. 일어날 수 있는 모든 일에 대비하고 조심해야 한다. 어머니가 아셰르(아니에르에서 그곳까지는 직행이 있다)에 있는 사촌언니의 집에 며칠 다녀오기로 했을 때였다. 여행가방이 일주일 전에 바닥에 내려졌고 그 안에 물건들이 채워졌다. 나 역시 그렇게 하는데, 다만 그 간격이 아주 조금 더 합리적일 뿐이다. 두 대의 자동차가 거의 동시에 도착했다. 자동차에서 사람들이 나왔다. 건물의 현관문 주위에 한 무리의 사람들이 모여서 있다. 내가 물었다. 저들은 누구죠?

"PTS와 검찰에서 나온 사람들입니다."

"PTS라뇨?"

"과학 수사대 말입니다."

모여 있던 무리가 뿔뿔이 흩어졌다. 정복을 입은 경찰 둘이 우리 쪽으로 다가왔다. 나머지 사람들은 건물 안으로 들어갔다. 진과 점퍼 차림의 사내들이 건물 안으로 들어가자마자 밖으로 나오더니 표지 없는 경찰차 쪽으로 서둘러 걸어갔다. 자라 점퍼와 주름진 바지를 입고 있는, 다른 사람들보다 키가 작은 장리노의 모습이 언뜻 눈에 들어왔다. 차문이 닫히는 소리가 나더니 자동차는 라이트를 켜고 굉음을 울리며 자리를 떴다.

모였다가 흩어진다. 우리는 그렇게 사람들의 삶을 볼 수 있다. 우리 역시 경찰 기동대 차를 타고 출발했다. 회전경보등과 요란한 사이렌소리와 더불어 우리를 실은 자동차가 지나가는 모습이 쇼윈도에 비쳤다. 행선지도 모른 채 차에 실려 가는 자신의 모습을 보는 것에는, 자신이 탄 열차가 다른 열차 속으로 들어가기라도 하는 것 같은 초현실적인 느낌이 있다. 경찰서에 도착하자 사람들이 나를 중2층으로 안내했다. 철제 벤치에 앉히더니 거기에 수갑을 고정시켰다. 나는 손이 하나밖에 없는 듯한 느낌이 들었다. 그것도 묶인 채로. 나는 그 상태로 잠시 기다렸다. 이윽고 사람들이 나를 사무실로 데려가서는 묵비권을 행사할 권리, 의사와 변호사를 만날 권리, 가족에게 알릴 권리가 있다고 말해주었다. 나는 피에르에게 전화를 걸어달라고 요청했다. 내게는 변호사가 없으며 그 문제에 대해 알아서 해도 좋다고 말했다. 어떤 여자가 내 몸을 다시 수색하고 내 입안을 면봉으로 거칠게 닦아냈다. 복도에서 그녀는 유치장(맙소사, 유치장이라니!)에 들어가기 전에 화장실에 가고 싶은지 물었다. 아주 기본적인 터키식 변기였다. 몇 시간 전만 해도 넌 찰랑거리는 드레스를 입고 오렌지 케이크를 자르고 있었지, 하고 나는 생각했다. 나는 구석에 자그마한 긴 의자가 놓인 삭막한 유치장으로 들어갔다. 장판이 깔린 바닥에는 매트리스가 놓여 있었고 그 위에 오렌지색 모직 모포가 개어져 있었다. 여자는 나에게 변호사가 올 때까지 잠시 휴식을 취해도 좋다고 말했다. 변호사는 일곱 시에 오기로 되어 있었다. 그녀는 요란스러운 소리를 내며 문의 잠금장치와 자물쇠를 다시 잠갔다. 문을 포함한 복도에 면한 벽 전체가 유리로 되어 있었고 쇠창살이 설치되어 있었다. 나는 긴 의자 위에 앉았다. 장리노는 어디쯤 있을까? 그리고 가방 속에 들어 있는 가엾은 리디는…. 경사지게 묶은 숄과 헝클어진 머리카락, 구겨진 스커트. 눈 깜작할 사이에 쓸모없어진 그 모든 장식들. 무덤 속에서 대롱거리는 빨간색 '지지 둘' 하이힐 두 짝. 한 달 전 피에르의 동료 하나가 세상을 떠났다. 에티엔이 그 사실을 피에르에게 알리려고 전화를 했는데 그 전화를 내가 받았다. 그가 나에게 물었다. 혹시 막스 보트자리위라는 사람 아십니까? 전혀 모르겠는데요. 그 사람이 방금 죽었어요. 전철에서 감전사했답니다. 그렇게 죽는 것도 좋겠네. 내가 말했다. 아, 그런가요, 당신은 그렇게 죽고 싶나 보죠, 그런가요? 예. 당신은 그러니까 〈라퐁텐 우화〉에서처럼 가족을 불러모아놓고 죽음이 다가오는 것을 보고 느끼는 게 싫은 건가요? 그래요. 나는 사태가 점차 악화되는 게 두려워요. 전화기 저편에서 에티엔이 잠시 침묵했다. 이윽고 그가 말했다. 그럼에도 가족들에게 둘러싸여 죽는 게 더 낫답니다. 아니 어쩌면 요컨대 그렇지 않을

수도 있지만요. 나는 오렌지색 모포를 무릎위에 덮었다. 촉감
이 꺼끌꺼끌했다. 나는 그 거친 촉감을 막아보려고 외투 자락
을 여몄다.

'정말이지'… 내가 변호사를 만난 작은방은 모든 것이 우중
충하다. 바닥의 타일·벽·탁자·의자들 모든 것이. 의자 두 개
는 바닥에 고정되어 있고 탁자도 그렇다. 창문은 없다. 음울한
빛. 그 전에 나는 오렌지 주스 한 팩과 딱딱한 비스킷 하나를
먹을 수 있었다. 변호사의 이름은 질 테르뇌. 희끗희끗한 긴
머리카락을 뒤로 넘겨 빗고, 콧수염과 턱수염이 잘 손질되어
있었다. 날이 밝자마자 머리를 세팅하던 우리 어머니의 관점
에서 보자면 자신을 잘 가꾸는 사람이었다. 나는 키티 파자마
와 실내화 차림도 좀 부끄러웠지만 무엇보다 얼굴이 뜨거웠
던 건 내 팔을 반밖에 덮지 못한 리디의 외투였다. 그는 서류
가방을 열고 거기에서 메모장과 펜을 꺼냈다. 그가 말했다. 좋
습니다… 부인, 당신이 왜 지금 여기에 계신지 아십니까? 내
가 아무리 피곤에 지쳐 있었지만, 내가 왜 거기 있는지 모를
수는 없었다. 나는 그에게 사건을 설명했다. 요컨대 나는 이
사건에 대한 최소한의 공식적인 설명을 하고 싶었다.

"당신과 그 남자의 관계는 정확히 어떤 건가요, 부인?"

"그 사람은 친구예요."

"부인, 이게 범죄 사건이라는 건 아실 겁니다. 철저한 조사가 이루어질 겁니다. 부인의 생활에 대해서도요. 그 단계에서 사태를 숨길 수 있으리라는 생각은 하지 마십시오. 조만간 백일하에 드러날 테니까요."

"그 사람은 친구예요."

"친구라고요."

"그 사람은 제 이웃이고 그래서 친구가 되었어요."

"뭔가 의심 가는 게 있었나요?"

"그게 무슨 말씀이죠?"

"당신이 현관문 외시경으로 밖을 내다보았을 때 말입니다."

"제 남편이 그에게 경찰에 전화를 걸라고 했을 때, 그가 주저하는 걸 느꼈어요⋯."

"당신은 그가 경찰에 전화를 걸리라고 확신할 수 없었군요⋯."

"그래요⋯. 그가 정말 경찰에 전화를 걸지 확신할 수 없었어요⋯. 그래서 승강기가 내려오는 것을 보고는⋯ 그 전까지는 아무것도 보지 못했고 아무 소리도 듣지 못했어요. 왜냐하면 저는 창밖을 내다보고 있었거든요."

"당신은 잠옷을 입고 계셨나요?"

"예."

"그럼 당신 남편은요? 그는 당신이 내려가는 소리를 듣지
못했을까요?"

"내 남편은 자고 있었어요."

"그는 지금도 자고 있나요?"

"모르겠어요. 그이에게 사태를 알려달라고 요청했어요."

"당신 남편은 이 남자와 당신의 관계가 어떤 성격의 것인지
의심하고 있나요?"

"아뇨, 아뇨, 그렇지 않아요."

"우리에겐 시간이 별로 없습니다, 부인. 반시간 후면 당신
은 이 대담을 끝내고 경찰의 심문을 받아야 합니다. 물론 당신
의 이웃과도 대면해야 하고요. 그분 성함이⋯."

"마노스크리비 씨예요."

"마노스크리비 씨와 말입니다. 물론 두 분의 진술이 상충하
지 않기를 바라야죠⋯. 그가 부인 말과 다른 이야기를 할 거라
고 생각하십니까?"

"아뇨⋯. 그럴 이유가 전혀 없어요."

"좋습니다. 제가 변호사로서 할 수 있는 충고는, 차후에 자
신이 한 말로 꼬투리를 잡히지 않기 위해서는 가능한 한 말을
적게 하시라는 겁니다. 어쨌든 당신이 사건에 대해 한 이야기

는 타당한 것 같고, 발언을 하시는 게 도움이 될 것도 같습니다. 다시 말해 세부적인 이야기를 하는 것 말입니다. 하지만 부인, 당신이 경찰 심문에서 하게 될 이야기는 최초 진술로서 줄곧 당신의 발목을 잡게 되리라는 사실을 아셨으면 합니다."

"이건 사실이에요…. 다만 당신에게 이야기하지 않는 것이 하나 있어요…. 그렇다고 바뀌는 것은 없을 테지만 저는 모든 걸 다 말하고 싶어요…. 사실 두 가지예요. 제가 1층에 내려와서 건물 현관에서 경찰에 전화를 걸라고 그를 설득하고 있는데 이웃집 여자가 지나갔어요…."

"당신이 아는 여자입니까?"

"예, 그저 인사 정도만 하고 지내는 젊은 여자예요. 그녀는…."

"그녀는 새벽 세 시에 당신네를 보고 놀라지 않던가요?"

"우리에게 안녕하세요, 라고 인사를 했어요. 파티에서 돌아오는 것 같더군요…."

"그 건물 사람들이 당신네 두 사람의 우정에 관해 알고 있습니까?"

"분명하게 말씀 드릴 수가 없네요…. 예, 그럴 거예요."

"그녀가 놀라움을 표시하던가요?"

"아뇨, 아뇨, 전혀 그렇지 않았어요."

"흔히 있을 수 있는 상황이군요…."

"흔하죠. 그녀가 길게 말하고 싶어 하지 않는다는 느낌이 들었어요. 그녀는 재빨리 승강기를 탔어요. 우리가 마주친 시간은 2초 정도였을 거예요. 우리는 그냥 엇갈렸어요…. 그리고 다른 하나는요, 경찰에 전화를 걸기 전에 장리노 마노스크리비는 자기 고양이를 안전한 곳에 맡기고 싶어 했어요. 그래서 우리는 다시 올라가 고양이를 우리 집에 데려다 놨어요. 그의 고양이는 지금 우리 집에 있어요."

"어쨌든 당신은 그 남자의 삶에 많은 주의를 기울이시는군요…."

"예."

"그리고 당신은 그게 그저 우정일 뿐이라고 말하고 계시는 거고요."

"예,"

"당신이 묘사한 관계가 아닌 다른 성격의 관계일 수 있는 흔적을 남겼다는 생각은 하지 않으십니까?"

"그렇게 생각하지 않아요.

"예를 들어 두 분은 메일을 교환하지 않으셨습니까? 두 분의 메일함이 조사될 겁니다."

"한 번도 메일을 교환한 적이 없어요."

"그럼 그는요, 그가 당신에게 특별한 감정을 느낀다고 생각지 않으십니까…. 당신은 두 사람이 같은 느낌일 거라고 생각하십니까?"

"그건 제가 알 수 없습니다만, 그는 한 번도 그런 감정을 표시한 적이 없어요…."

"이 관계가 사랑의 관계라는 결론을 끌어낼 그 어떤 구체적인 요소도 없다는 거군요…."

"그렇습니다."

"예를 들어서 당신의 남편은 이 관계를 한 번도 질투한 적이 없습니까?"

"없습니다."

"당신은 이 남자를 범죄 행위가 될 수 있는 방식으로 도울 이유가 전혀 없습니까?"

"전혀 없습니다."

"당신은 이런 질문을 받을 수 있습니다. 당신은 그 친구가 자기 아내를 죽였다는 것을 압니다…. 그가 도와달라고 요청했다면 당신은 어느 정도까지 할 수 있을까요?"

"그는 나에게 자신을 도와달라고 한 적이 없습니다."

"만약 그가 요청했다면요…."

"…그를 어떻게 도울 거냐고요?"

"아뇨, 부인. 그 질문에 당신은 이렇게 대답해야 합니다. 내가 그를 돕지 않았다는 증거가 있습니다. 나는 그를 격려해 경찰에 전화를 걸게 했습니다. 자, 누가 경찰에 전화를 걸었습니까? 그 사람입니까 아니면 당신입니까?"

"우리 둘이에요."

"당신들 둘이라는 건 무슨 뜻입니까? 전화기를 누가 갖고 있었습니까?"

"그가 가지고 있었어요. 내가 17을 눌렀고, 그에게 전화기를 넘겨주었죠."

"아! 당신이 17을 눌렀군요."

"그렇습니다."

"그 이웃여자를 만나지 않았더라도 당신은 17을 눌렀을까요?"

"…예, 물론이죠."

"이 대목에서는 망설이지 말아야 합니다, 부인."

"예, 물론이죠."

"이건 중요합니다."

"예, 예."

"그러니까 당신은 그가 도망치는 중이란 걸 아셨겠군요…."

"아뇨, 저는 그런 사실을 몰랐습니다."

"그런데도 아래로 내려오신 건…."

"승강기가 깜빡거리는 것을 보고 저는 그 사람을 불렀어요. 불렀는데 대답이 없었어요. 승강기가 막 내려간 걸 보면 제가 부르는 소리를 들었을 텐데 말이에요. 저는 층계로 통하는 문을 열었어요. 누군가 계단을 내려가는 소리가 들리더군요. 나는 그가 승강기 대신 층계를 이용한다는 사실을 알아요. 층계를 내려갔다면 틀림없이 그 사람이에요. 나는 뭔가 괴상한 일이 벌어지고 있다고 생각했어요. 나는 층계를 내려가 현관으로 통하는 문을 열었어요. 빨간색 대형 여행가방이 승강기에서 나오더군요. 그때서야 무슨 일이 일어나고 있는지 알았죠…. 그 거대하게 부풀어 오른 여행가방을 보고 말이에요…. 하지만 아래로 내려갈 때에는 무슨 일이 나를 기다리고 있는지 몰랐어요…."

"어쨌든 경찰이 왔을 거라고 생각은 안 하셨나 봅니다."

"했어요…. 승강기 안에 다른 사람이 타고 있었을 수도 있으니까요."

"그 대목에서 당신은 즉각 외쳤죠. 멈추라고요!"

"예, 아니, 저는 이렇게 말했어요. 당신 도대체 뭘 하는 거예요? 가방 안에 들은 건 뭐죠?"

"당신은 그를 보자마자, 그러니까 이웃 여자와 엇갈리기 전에 도망치지 말라고 그를 설득했다는 거죠."

"제가 제일 처음 한 일은 그에게서 가방을 뺏은 거예요. 그는 가방을 들고 있었고, 여행가방 위에는 외투가 놓여 있었어요. 나는 가방과 외투를 집어 들고 말했죠. 도대체 뭐하는 거예요. 당시 미쳤어요! 그 다음에 이웃 여자가 들어왔어요…. 그 이웃 여자가 일을 쉽게 만들어줬어요…."

"그가 당신에게 여행가방 안에 든 게 자기 아내라고 말했나요?"

"아뇨… 잘 기억나진 않지만… 암묵적으로 그렇게 생각한 것 같아요."

"그리고 당신은 그를 설득하는 데 어려움이 없었고요…."

"설득하는 데 어려움이 없었다, 흠… 그래요… 그를 설득하는 건 어렵지 않았어요."

"하지만 당신이 아니었다면 그는 도망쳤겠군요."

"그렇게 말할 순 없어요."

"그의 결정에 그 이웃집 여자가 결정적인 영향을 미쳤을까요? 만약 그 이웃집 여자를 만나지 않았다면, 당신이 그를 설득하지 못했을 수도 있을까요?"

"저로서는 대답할 수가 없어요."

"당신도 모른다고요?"

"그래요."

"그를 안 지 얼마나 되었습니까?"

"삼 년이에요."

"우정을 나누는 사이로요?"

"우정이요."

"친밀한 사이인가요? 속내이야기도 하는?"

"아뇨… 우린 서로 존대어를 씁니다."

"그가 자신의 아내와의 어려움을 당신과 함께 나누었습니까?"

"아뇨, 그에겐 그런 어려움 같은 건 없었어요. 요컨대 제 생각에는 그래요. 그는 저에게 그런 이야기를 한 적이 없어요."

"당신과 그의 아내와의 관계는 어땠습니까?"

"아주 우호적이었어요. 그녀는 내 파티에 왔었어요. 파티는 아주 즐거웠고요."

"당신은 그녀를 좋아했나요?"

"예…."

"두 사람 중 한 사람과 친구 관계인데 부부를 함께 만나면 어떤가요? 그런 게 전혀 없었을까요, 그러니까… 당신네 두 사람의 관계 때문에 그의 아내가 질투하는 일이 있었다고 생각지 않으십니까?"

"그날 파티에서 몇 가지 사건이 있었어요. 이 사건과는 아무 관련도 없지만….'

"아무 관련이 없다고요?"

"전혀 없어요."

"당신이 그 부부를 초대한 건 이번이 처음입니까?"

"예….'

"그러면 그 남자와 당신 간의 특이한 관계는 내밀한 속내이야기를 하는 사이는 아니군요."

"그래요."

"그렇다면 그 관계는 어떤 겁니까?"

"우리는 속내이야기를 하지만 그 이야기는 과거의 사건에 관한 거예요… 어린 시절이요. 서로의 어린 시절, 전반적인 삶에 대한 이야기를 했어요. 하지만 각자의 부부관계에 대해서는 이야기하지 않았어요. 그 사람과 나는 내 남편과 함께 만난 적이 있어요. 리디는 재즈 클럽에서 노래를 불렀죠. 그건 그녀의 취미였어요. 그리고 장리노는 그녀의 노래를 들려주기 위해 우리를 데려갔어요. 우리 모두는 그걸 좋은 추억으로 갖고 있어요."

"그러니까 감출 것이 전혀 없는 관계군요… 부인, 거듭 강조하는 걸 용서하십시오. 사람들은 당신이 묘사하는 것과는 다른 관계를 밝혀낼 겁니다. 지금 같은 경우 그건 부담이 될 거고요."

"우리의 관계는 선명해요."

"부인의 남편도 심문을 받을 겁니다. 그가 당신이 그 남자와 가진 관계의 본질을 선명하게 해줄까요?"

"물론이죠."

"확신하시는군요. 당신 남편이 질투할 수도 있다는 가능성을 완전히 배제하시는 겁니까? 여자와 남자 사이에 어떻게 우정이…."

"그래요, 질투 따윈 없어요."

"이런 질문을 하는 걸 용서하십시오, 부인. 당신은 감옥에 간 경험이 있습니까?"

"없어요."

"그럼 당신 남편은요."

"역시 없어요."

"그런 당신 이웃 남자는요?"

"없어요. 제가 아는 한은요."

"확신하십니까?"

"남편과 제 경우에는 확신해요."

"그리고 당신은 그 남자를 완전히 신뢰하십니까?"

"예."

"그가 살인을 했다는 것을 알았을 때 당신은 어떤 느낌이 들었습니까? 당신은 그 사람이 걱정되어서 겁에 질렸나요? 그 사람이 걱정되어서 불안했나요?"

"그래요."

"그런데 당신은 그가 살인을 한 이유, 그가 당신에게 댄 이유가 법정에서 받아들여질 수 있다고 보시는군요…. 그가 자수하는 편이 그를 위해 더 낫다고 생각하셨죠?"

"그래요. 제 생각에는 뭔가 어이없는 일이 벌어진 것 같아요. 어쩌면 우리의 파티 때문인지도 몰라요. 모두들 좀 많이 마셨거든요…. 저는 이 일이 끔찍한 사고라고 생각해요. 잠깐 정신이 나간 거죠. 그 사람은 자기 아내를 죽일 의도가 전혀 없었어요."

"그렇다면 그가 스스로를 설명하는 게 훨씬 낫겠군요."

"물론이죠."

"자신이 도망치는 것을 도왔다고 그가 당신을 비난할 거라는 생각을 해보신 적이 있나요? 혹은 자기 아내의 시신을 숨기는 것을 도왔다고 말입니다."

"아뇨."

"부인, 두 사람이 함께 있는 것이 목격된 이상, 부인이 그

옷을 입고 있는 이상 사람들은 당신이 그를 도우려 했다고 생각할 수 있습니다. 바로 그런 의혹을 불식시켜야 합니다. 그가 당신이 그를 도와 범죄를 은닉하려 했다고 당신에게 불리한 말을 하지 않을까요?"

"그러지 않을 거예요."

"당신들 두 사람을 목격한 이웃집 여자가 당신에게 불리한 증언을 할 가능성이 있을까요?"

"이웃집 여자는 자신이 본 것 외에는 할 말이 없을 거예요. 다시 한 번 분명히 말할게요. 그 여자는 우리 두 사람이 현관에 있는 것을 봤어요. 그 사람은 문 옆에 있었고, 저는 외투와 가방을 들고 그 뒤에 서 있었어요."

"이야기를 했나요?"

"아뇨. 우리는 그 여자의 발소리를 들었어요. 우리는 이야기를 하고 있지 않았거든요. 사실 정직하게 말하자면 그 여자를 보고 우리는 겁에 질렸어요. 어쨌든 여행가방 안에 시체가 들어 있었으므로 저는 겁에 질렸어요."

"그게 당신이 말할 수 있는 내용이군요."

"저는 그 사람을 위해서, 그리고 사실 저 자신을 위해서도 겁에 질렸어요. 저는 어쨌든 제가⋯ 제가 있어서는 안 될 상황에 있다는 것을 의식하고 있었거든요. 게다가 그 여행가방은 우리 거예요."

"그 여행 가방이 당신 거라고요?"

"예. 제가 며칠 전에 리디에게 빌려줬어요. 그녀가 자기 사무실로 짐을 나르고 싶어 했거든요."

"그들에겐 여행가방이 없나요, 당신의 이웃 말입니다."

"그녀는 부피가 큰 쿠션과 린넨 제품을 옮기고 싶어 했어요. 가방이 크면 왔다 갔다 하는 것을 피할 수 있었을 테니까요."

"당신의 이웃은 그 가방이 빌려온 것임을 알고 있었나요?"

"그건 잘 모르겠어요. 그는 그 가방이 자기 집에 있는 걸 봤을 거예요."

"좋습니다. 당신이 잠시 후 경찰에게 말하는 것은 전부 기록될 것이고 당신의 미래에 영향을 끼치게 되리라는 사실을 환기시켜드리고 싶습니다. 모든 것이 당신의 정직성과 설득력에 달려 있습니다. 당신의 이야기는 논리가 있어요. 진실의 무게가 있습니다. 하지만 모든 관점에서 조사가 이루어질 것이고, 사람들이 당신의 거처를 수색하고 당신 남편에게 질문을 하리라는 것을 염두에 두셨으면 합니다⋯. 당신의 직업은 무엇입니까, 부인?"

"파스퇴르 연구소에서 특허 엔지니어로 일하고 있습니다."

"당신 파티에 참석한 사람들이 뭔가 증언할 게 있을까요? 그 부부가 겪는 어려움 같은 건 어떨까요? 그들 역시 분명히 질문을 받을 겁니다."

"잘 모르겠어요…. 제가 몇 가지를 목격한 게 있지만, 그걸 언급해야 할지 어떨지 잘 모르겠어요…. 잘 모르겠어요, 그가 그런 뜻에서…."

"조심하십시오, 부인. 당신이 그 사람을 보호하기 위해 뭔가를 이야기하지 않으려 한다거나 협조하지 않으려 한다는 느낌을 주게 되면, 당신도 사건에 연루되는 겁니다…."

"그러니까 어느 순간, 대화가 어떤 주제에 이르렀는데 그 주제가 리디에게 무척 중요한 것이었어요. 변호사님, 제 말은 사소한 것처럼 보일 수도 있지만요. 화제가 유기농 닭에 관한 것으로 옮겨갔어요. 그 사람이 자기 아내를 놀렸어요, 그녀가 식당에서 종업원에게 요리에 쓰인 닭이 홰를 쳤는지, 요컨대 정상적인 환경에서 성장했는지 뭐 그런 것들을 물어본 모양이에요…. 그는 그 주제로 좌중을 웃기고 싶었던 것 같아요. 그 사건 이후 두 사람 사이에 냉기가 도는 것 같았어요."

"당신은 갈등이 거기서 싹텄다고 생각하시는군요."

"그럴 수도 있을 듯해요…. 집으로 돌아오자 그녀는 그가 사람들 앞에서 자신에게 모욕을 주었다고 그를 비난했대요.

말다툼이 점점 심해졌는데 어느 순간, 저로서는 어떻게 설명해야 할지 모르겠어요. 그 사람이 저보다 더 잘할 거예요. 어느 순간 그녀가 고양이에게 발길질을 했대요…. 그가 그녀를 붙잡아 목을 조르기….”

“그 여자가 동물의 복지를 옹호한다는 이유로 그들이 말다툼을 했다는 거죠. 그런데 그런 여자가 고양이에게 발길질을 하고 그 때문에 그 사람이 그녀를 죽이다니요.”

“제 생각에 이 일에서 동물은 아무 상관도 없는 것 같아요. 제 말은요, 두 사람은 근본적으로 반대 의견을 갖고 있지 않아요…. 커플이 서로 싸울 때 견해가 다르다는 건 종종 좋은 구실이 되죠…. 저는 그녀가 고양이를 해치려 했다고는 생각지 않아요. 그리고 그는 그녀에게 본때를 보여주려고 한 거지 죽이려 한 게 아니에요. 그녀는 아마 심장 발작으로 죽었을 거예요. 이건 범죄가 아니에요, 그 사람은 무척 부드러운 남자에요.”

“당신이 그를 변호하는 것은 상황에 전혀 도움이 되지 않습니다, 부인.”

“난 이 이야기를 변호사님께 하고 있는 거예요.”

“좋습니다. 하지만 그 사람의 입장을 대변하실 필요는 없습니다. 당신은 이웃 남자와 인간적인 관계를 맺었고 그것은 우정으로 발전했습니다. 당신은 그를 도와 그가 자신의 책임으로부터 도망치지 않도록 하셨습니다. 왜냐하면 그가 도망치면 상황이 더 나빠질 거라고 생각하셨으니까요. 이상입니다. 부인 자신이 시신 은닉과 공모 혐의를 받고 있다는 것을 잘 아셔야 합니다."

"최악의 경우 저는 어떻게 될까요?"

"당신은 전과가 없습니다. 직업이 있고요. 모든 것은 그 사람이 어떻게 이야기할지에 달려 있습니다. 당신 남편에게 연락이 갔을까요?"

"원칙적으로는 그랬을 거예요."

"당신 남편은 무슨 이야기를 할까요? 당신과 남편이 그의 집으로 올라갔을 때, 어째서 즉각 경찰에게 전화를 걸도록 그를 몰아붙이지 않았습니까?"

"우리는 그렇게 했어요. 요컨대 제 남편이 그에게 강하게 말했어요."

"그런데 당신들은 그가 전화를 하지 않았음에도 그냥 아래로 내려왔다는 겁니까?"

"그가 혼자 있고 싶다고, 잠깐 시간이 필요하다고 했어요. 그 말을 들은 내 남편이 갑자기 우리가 할 수 있는 일이 전혀 없다, 우리는 우리의 의무를 다했다, 경찰에 알리는 건 우리가 할 일이 아니라고 하더군요. 그래서 우리는 우리집으로 내려왔어요."

"요컨대 왜 마노스크리비 씨는 아내를 죽인 다음 당신네 집으로 왔을까요?"

"제 생각에 그는 혼자 있을 수가 없었던 것 같아요…."

"당신의 직장 동료들은 그의 존재를 알고 있습니까?"

"아뇨."

"파티에서 당신은 무슨 오해를 살 만한 행동을…."

"아뇨."

"이웃집 여자가 애매한 태도를 취할 가능성이 있을까요? 그녀가 당신네 두 사람을 보았을 때 당신들은 서로 떨어져 있었나요?"

"예. 요컨대 상식적인 거리를 유지하고 있었어요."

"…경찰은 이런 것을 의심할 수 있습니다. 그 이웃집 여자를 만났기 때문에 당신네 두 사람이 경찰에 알릴 수밖에 없었던 게 아닐까 하는 겁니다. 그러면 경찰에 알린 것은 당신네 의도가 아닌 게 됩니다. 당신은 그런 의혹을 어떻게 불식하시겠습니까?"

"실내화에 파자마 차림의 제가 달리 뭘 할 수 있었겠어요?"

"당신들이 아래층으로 내려왔을 때와 경찰에 신고한 시각 사이에는 상당한 간격이 있지 않습니까?"

"반시간쯤일 거예요…. 그보다 짧을 수도 있고요. 그 사람을 설득하고 고양이를 우리 집에 데려다 놓는 데 시간이 걸렸지요."

"어쨌든 그가 자수 권유를 받아들이지 않을 수 없었던 것은 이웃집 여자를 만났기 때문이군요."

"그렇지 않다고 말할 수가 없네요."

"당신은 그의 집에 자주 가셨습니까?"

"거의 간 적이 없어요. 아마 한 번뿐일 거예요. 오늘이요. 그리고 어제 리디와 함께 의자를 가지러 갔었어요. 그녀가 저에게 파티에 쓸 의자를 빌려주었거든요."

"좋습니다. 이제 심문을 받으러 가실 겁니다. 심문이 그렇게 쉽지 않을 수도 있습니다. 사람들이 당신의 신경을 날카롭게 만들고 두 사람이 동시에 당신에게 질문할 수도 있습니다. 왜냐하면 범죄 행위에 대해서는 아니지만 차후에 공모 행위가 있었는지 의심할 수 있거든요. 당신이 시신을 숨기려고 했는가 하는 것 등등이요. 그러니 그 부분에 대해 조심하십시오. 당신의 진술은 타당성이 있습니다. 제 생각에 당신을 24시간 이상 붙잡아둘 수는 없을 것 같습니다. 마노스크리비 씨의 진술이 당신이 한 말과 일치하고, 당신 남편이 그와 상반되는 진술을 하지 않는다면, 당신은 오늘 밤 댁에 가실 수 있을 겁니다."

나는 땅거미가 내릴 무렵 풀려났다. 피에르가 나를 데리러 왔다. 그날 오후 우리는 심문을 받았다. 나는 긴 코트를 반납했다. 나는 자유였다. 장리노는 모든 것을 자기 혼자 했다고 설득력있게 확언했다. 이제 그는 검은 구멍 속으로 빨려들어 가버렸다. 피에르는 화가 난 얼굴을 하고 있었다. 내 원기를 돋워주는 대신에 말이다. 그는 피곤하고 서글픈 모습이었다. 그는 자신은 이런 사건을 좋아하지 않는다고 말했다. 누군들 이런 사건을 좋아할 수 있겠느냐고 내가 응수했다. 그는 나에게 정말로 내가 어떤 일을 했는지 물었다.

"경찰에 말한 대로야. 그런 상황에서 당신이 잠이 들었다는 걸 아무도 이해하지 못하더라고." 내가 말했다.

"난 너무 마셨어. 만취상태였다고."

"욕실에서 있었던 일은 이야기하지 않았지?"

"당신 정말 나를 바보로 아는군."

"나를 돕는답시고 당신이 그 얘기를 할까봐 두려웠어…."

"당신이 그 사람을 도와줬어?"

"아냐!"

"여행가방에 대해 설명해봐. 그 문제를 나에게 제대로 설명해 보라고."

"내가 그 가방을 리디에게 빌려줬었어. 자기 사무실로 물건을 옮기는 데 사용하라고 말이야."

"언제?"

"글쎄. 며칠 전일 거야."

"그러니까 그 사람이 자기 집에 있는 그 가방을 보고 이런 생각을 했다는 거야? 이런, 크기가 좋은걸, 저기에 리디를 넣어야겠다."

"그걸 내가 어떻게 알아."

"그건 내 델시 가방이란 말이야, 제기랄!"

"미안해…."

"그리고 고양이에 대한 처리도 참 잘도 했더군. 난 하마터면 다칠 뻔했어. 지난밤에 시체가 둘 생길 뻔했다고."

경찰로부터 전화를 받기 조금 전 잠에서 깬 그는 나를 찾아 아파트 안을 돌아다니다가 현관 앞에서 뭔가 물컹한 것을 밟았다. 가구 밑에서 나온 에두아르도의 꼬리였다. 고양이는 날카로운 비명을 질렀다. 겁에 질린 피에르가 전등 스위치를 켰다. 고양이는 몸은 가구 아래 감추고 주둥이는 바닥에 붙이고 있었다. 고양이 역시 겁에 질려 그를 쏘아보더라는 것이다. 주차장에 이르렀을 때, 나는 고개를 들어 아파트 건물을 바라보았다. 우리 집이 있는 층, 그리고 그 위층을. 나는 생각했다. 저 위에는 더이상 사람이 살지 않는구나. 미모사 줄기가 부드럽게 흔들리고 있었다. 내가 말했다. 이제 식물들은 누가 돌보지?

"무슨 식물?"

"리디가 기르던 식물들 말이야."

"아무도 없지. 그 아파트에는 봉인이 붙었어."

나는 낙담했다. 내가 어제 이런저런 화분에 담겨 있는 것을 본, 미모사·크로커스·꽃눈·새로 움트는 그 모든 생명. 나는 리디의 모습을 눈앞에 떠올렸다. 그녀는 자그마한 자신의 뜰에서 몸을 굽히고 나에게 줄 오묘한 흰색의 크로커스를 손에 쥐고 있었다. 우리는 차에서 내렸다. 마노스크리베네의 라구나가 여전히 그 자리에 세워져 있었다. 건물 현관에는 아무도 없었다. 예전처럼 비인간적이었다. 우리는 승강기를 탔다. 우리 집은 아주 깨끗했다. 피에르가 주방을 치워놓고, 고양이의 배설용 모래를 적당한 곳에 두었다. 두 사람을 위한 식탁이 준비되어 있었다. 이런 친절은 내가 기대하지 않았던 것이었다. 결국 내 눈에서 눈물이 쏟아졌다.

이어 몇 차례의 심문을 더 받았는지 더이상 모르겠다. 경찰서의 조사관, 강력반의 조사관, 별도의 조사관(그의 직함은 좀 우스꽝스러운 것이었는데 잊어버렸다. 나는 그가 나에 대해 조사를 하는 것인지 장리노에 대해 조사를 하는 것인지 헷갈릴 정도였다), 예심 판사. 사건이 어떻게 진행되었는지에 대해 비슷비슷한 질문이 줄곧 주어졌다. 약간의 변화가 있기도 했다. 목 졸린 여자를 돕는 대신 범인일 수도 있는 사람에게 코냑을 준 이유가 무엇입니까? 시신에 손을 대신 적이 있습니까? (다행히 나는 리디에게 머플러를 둘러주었고, 피에르가 맥을 짚어보는 동안 그녀의 두 다리를 잡고 있었다.) 나는 예심 판사의 이런 질문이 아주 마음에 들었다. 이웃집 부인이 죽은 것을 본 직후 부인의 남편은 다른 일을 한 것도 아니고 어떻게 가서 잘 수가 있었을까요? 그리고 물론 변호사가 했던 다음과 같은 질문이 온갖 형태로 되풀이되었다. 제삼자가 개입하지 않았다면 당신은 어떻게 하셨을까요? 다만 모든 이들이 나에게 구역질이 날 정도까지 캐물었던 부분, 변호사 질 테르뇌가 건드리지 않았던 부분은 바로 내 삶에 관한 것이었다. 퓌토 렝게즈 출신의 이 엘리자베스 조즈라는 여자는 어떤 사람인가? 경찰 용어로 그것을 신원 조사라고 부르는 것 같다. 당신이 조심스럽게 묻어놓은 모든 것을 되살려야 한다. 당신이 지워버린 모든 것을 적절한 특징을 부여하며 다시 써야 한다. 어린 시절·부모·청춘

·공부·당신이 택한 좋은 길과 나쁜 길. 사람들은 우스울 정도로 열심히 내 삶에 대해 조사했다. 그게 내가 받은 인상이다. 가짜 자료를 만들어내기 위해 기울이는 우스꽝스러운 열성. 그들이 서류 속에 포함시킬 작은 사회학적 사실 꾸러미는 아무 것도 말해주지 않을 것이다. 정의가 자기 일을 할 것이다. 그렇긴 해도 그 작업은 내게 몇 가지 이미지들을 되살려주었다. 내가 어디쯤에 지니고 있는지 몰랐던 이미지들을. 디에프의 카페, 축제를 위해 장식해놓은, 작동을 멈춘 육중한 기계 같은 것들이 안개 속에서 깨어났다. 내 안에 그런 것들이 아직도 남아있다는 것을 나는 모르고 있었다. 우리는 풍경 밖에 누가 있는지 모른다. 풍경이 주역이다. 진정으로 살아남는 것은 바로 풍경이다. 하늘을 가르는 전망이 방에서 가장 중요한 것과 같은 이유이다. 드네는 나에게 이른바 거리 사진에서 풍경이 어떻게 인물을 비추는지를 가르쳐주었다. 또한 반대로 어떻게 인물이 풍경의 일부가 되는지를. 내가 장리노에게서 언제나 좋았던 점은 그가 아무 변명도 하지 않은 채 자신 안에 풍경을 갖고 있는 방식이었던 것 같다.

다음날 나는 마치 모든 것이 정상인 것처럼 파스퇴르 연구소로 출근했다. 식당에서 다니엘과 점심을 먹었다. 통화에서 우리가 서로 이야기할 것이 있다는 말을 주고받은 후였다. 우리는 창가의 자리를 발견하고 쟁반을 내려놓았다. 내가 말했다. 누구부터 말할까?

"너부터 해."

"내 말 들으면 실망하지 않을 거야."

그녀가 귀를 쫑긋 세웠다.

"토요일 저녁 파티에 왔던 부부 기억나? 오렌지색 갈기 머리를 한 여자와 그녀의 남편 말이야."

"응, 네 이웃이잖아."

"우리 이웃이지. 그 남자가 그날 밤 그녀의 목을 졸랐어."

"여자가 죽었어?!"

"물론이지."

깜짝 놀라는 것도 아무나 취할 수 있는 태도는 아니다. 내 친구 다니엘은 놀라는 대신 눈을 빛냈다.

"그럴 수가?!"

그녀는 나와 장리노의 관계에 대해 전혀 모르고 있었다. 나는 그녀에게 그날 밤 벌어진 일(정확히 말하자면 공식적인 설명)을 들려주었다. 잘 정리된 보고서였다. 그녀의 경박한 호기심에 고무된 나는 모든 효과를 염두에 두고 이야기를 했다. 벨소리·고양이·여행가방·건물의 현관·경찰·유치장…. 간간이 다니엘이 정말 괴상하군 하는 식의 추임새를 넣었다. 그녀는 흥분해 있었다.

"그래서 그 고양이를 어떻게 할 건대?"

"잘 모르겠어. 나는 그 고양이와 아무런 유대감도 없어."

"그 고양이를 우리 어머니께 드리면 어떨까?"

"네 모친께?..."

"어머니는 쉬시Sucy에 사시는데 집이 1층이야. 집 앞에 작은 풀숲이 있는 땅이 있지. 고양이가 무척 좋아할 거야."

"하지만 네 모친은?"

"그 고양이가 가면 어머니는 장피에르에게서 좀 벗어날 거야. 어머니는 고양이를 몹시 좋아해. 이미 한 마리 키우고 계셔."

"어머니께 말씀드려 봐…."

"오늘 저녁에 어머니께 전화할게."

"그럼 네 얘기는, 어떻게 됐어?… 그 동안… 마티외 크로스랑?"

나는 마티외 크로스라는 이름을 끝까지 발음하지 못했다. 갑작스러운 울적함이 내 어깨를 내리눌렀던 것이다. 레몬 타르트를 먹기 시작하면서 우리는 정신 나간 이웃집 남자 이야기에서 잠재적인 연인에 대한 이야기로, 험담에서 험담으로 옮겨갔다. 장리노여, 미안하다. 하지만 다니엘은 영리하다. 별거 아닌 연애담을 과장하고 아무것도 아닌 단어나 사소한 세부에 의미를 부여하는 보통 여자들처럼 자신의 토요일 밤을 자세하게 설명하는 대신, 그녀는 그날의 일을 객관적으로 평가하는 데 집중했다. 그래서 무궁무진한 이야깃감과 즐거움을 만들어낼 수 있었을 그 사건은 거의 서글프기까지 한 작은 일화가 되고 말았다. 그녀는 자기 차로 마티외 크로스의 차를 따라갔다. 그의 집 앞에 이중주차를 했다. 그는 처음에는 사려 깊게도(그녀가 상중임을 고려한 것 같다고 했다) 자기 집으로 올라가자는 제안을 하지 않았다. 이런 배려에 감동한 그녀는 앞좌석에서 몇 차례 불편한 포옹이 이루어지자 차를 제대로 주차시켰다. 그는 자기 집에 열여섯 살짜리 아들이 주말을 보내기 위해 와 있다고 털어놓았다. 아이는 외출중이었지만 언제든 돌아올 수 있었다. 시간이 흐르면서 그들은 차츰 발각되기를 두려워하는 도둑이 된 것 같은 느낌이 들었다. 새벽 네 시경 아이가 집에 오자 그곳을 떠나온 그녀는 다소 충격을 받은 상태로 자기 집으로 돌아왔다. 그가 마음에 들어? 내가 물었다.

"모르겠어."

"솔직히 말해."

"난 그 사람이 좋아."

나는 그녀에게 그녀와 마티외, 그리고 파티에 온 모든 사람들이 강력반의 심문을 받을 거라고 알려주었다. 그녀는 그 일에 전혀 불편해하지 않았다.

　우리가 그 소식을 전했을 때 전혀 놀라지 않은 사람은 조르주 베르보뿐이었다. 그 여자가 자초한 일이야, 하고 그가 말했다. 클로데트 엘 우아르디는 평소의 삼가는 태도에서 벗어나 그 마노스크리비 부부에게서는 뭔가 껄끄러운 것이 느껴졌었다고 말했다. 장리노가 현관에 들어서자마자 이해할 수 없는 농담으로 그 자신을 소개했을 때 자신은 이미 실상을 짐작했다는 것이다. 나중에 질 테요디아즈가 미미에게 짓궂게 굴었을 때 장리노가 재미있어하는 것을 보았을 때도 당혹스러웠고, 날개를 퍼덕거리는 닭 흉내를 내는 그를 보고는 아연실색했다고. 이야기의 내용도 그렇지만 몸짓이 특히 저속했다는 것이다. 그렇게까지 불행한 일로 이어질 줄은 몰랐지만, 그녀는 장리노의 광대 같은 몸짓에서 광기가 떠도는 것을 느꼈다고 했다. 그녀가 전화를 통해 평이한 목소리로 말한 이 모든 이야기들은 나로 하여금 나 자신이 클로데트 같은 사람이 아니라 장리노 같은 사람 쪽에 훨씬 더 가깝다는 사실을 느끼게 했다. 지금까지는 과학적인 내향성의 형태로 치부되어온 그녀의 뻣뻣함이 갑자기 천박한 영합을 드러내는 것처럼 보였다. 내 동생 잔이 큰 키에 삐쩍 마른 몸매가 되어 자신의 천직을 잃기 전에 대해 말하자면, 그 애는 춤을 추었다. 나는 부모님과 함께 연말의 갈라 파티에서 춤을 추는 그 애를 보러 갔다. 그 애가 극장 무대에서 독무를 추자, 모두들 박수를 쳤다. 이어 청소년 회관 프로그램의 일환으로 칵테일파티가 열렸다. 우리 부모님은, 자신들에게 치사를 늘어놓는 다른 부모들과 어울렸다. 아버지는 그런 자리가 익숙하지 않았다. 그는 그런 열세를 허풍 섞인 재담으로 상쇄할 수 있을 거라고 생각했다. 사람들이 호의 어린 미소를 지었다. 나는 아버지의 재담이 상황에 어울리지 않는다는 것, 그럼에도 아버지가 그 사실을 깨닫지 못한 채 흥분해 있다는 것을 느꼈다. 이윽고 아버지는 붉은 콧구멍을 부풀리며 이렇게 농담을 했다. 이 정도 실력이라면 조만간 거리 공연을 해도 되겠다고. 하지만 사람들은 자리를 떴고 그 자리에 남은 것은 우리 네 식구뿐이었다. 또 한 번은 나의 고등학교 음악 선생님이 미셸 폴라레프를 만나기 위해 올랭피아 극장에 갔을 때였다. 아버지는 내 친구인 여자애 둘과 그 애들의 어머니를 태우고 퓌토에서부터 차를 운전해 그곳에 갔다. 우리가 평소에 쓰던 자동차인 사니쇼프 4L에 앉아 아버지가 말했다. 어쨌든 설명이 필요해, 어째서 공립학교에서 학생을 동원해 여자역을 하는 이런 동성애자의 공연에 박수를 치게 하는 건지 말이야! 우리 집에 놀러온 사춘기에 들어선 내 친구들 중 하나와 부딪치면 아버지는 그 애의 엉덩이를 더듬거나 한쪽 젖가슴을 꼬집으며 외쳤다. 이런, 점점 커지는구나. 넌 이제 다 자란 처녀가 되는 거야, 맞지 카롤린! 내 친구는 발작적으로 웃어댔고, 나는 이렇게 항의하곤 했다. 아빠, 제발 좀! 아버지는 배꼽이 빠져라 웃어댔다. 뭐, 난 상품검사를 좀 하는 거뿐이야. 이건 나쁜 게 아니란다! 요즘 같았다면 아버지는 그 길로 감옥에 갔을 것이다. 우리 아버지는 종종 나를 수치스럽게 했지만 나는 결코 아버지로부터 벗어날 수 없었다. 중성적인 성정을 지닌 남자는 결코 내 관심을 끌지 못했다. 다니엘, 그리고 나중에 엠마뉘엘과 베르나르에게 말한 것을 제외하면 피에르와 나는 이 사건의 정확한 실상을 아무에게도 말하지 않았다. 내가 사건에 연루된 것에 대해서는 물론 경찰서에까지 간 것에 대해서도 아무에게도 이야기하지 않았다. 잔에게조차도. 어쨌든 잔은 자신의 에로틱한 열정 때문에 제정신이 아니었다. 리디를 두고 '가엾은 여자'라고 말한 사람은 카트린 뮈생뿐이었다. 다른 사람들은 그 사건을 무시무시한 것으로 간주했고, 세부나 동기에 대해 호기심을 드러냈다. 이런 이야기를 하면서 내가 어떤 희열을 느꼈다는 사실을 고백해야겠다. 깜짝 놀랄 만한 흥미로운 소식을 전하는 것 자체는 반감을 가질 일이 아니다. 하지만 거기까지다. 어째서 수화기를 내려놓자마자 다른 수다로 직행한단 말인가. 인간관계 속에는 순수함이 없다. '가엾은 여자.' 나는 그 단어가 적절한지 자문한다. 우리가 우리의 기준을 적용할 수 있는 대상은 살아 있는 존재들뿐이다. 죽은 이를 동정하는 것은 불합리하다. 하지만 운명을 한탄할 수는 있다. 고통 그리고 아마도 무의미가 뒤섞인 그것을. 그렇다. 이런 의미에서 '가엾은 여자'라는 표현은 적절하다. 나는 우리 아버지에게, 어머니에게, 조제프 드네에게, 서배너의 남녀에게, 거대한 벽 앞에 서 있던 '여호아의 증인'에게, 흑백으로 인쇄된 내 책들로부터 사라져버린 몇몇 사람들에게 '가엾은 사람들'이라는 표현을 쓸 수 있다. 그 삶이 줄곧 장밋빛이 아니었다는 사실을 짐작할 수 있는, 산 미켈레 묘지의 조화 한가운데에 누워 있는 왕들에게, 과거의 이름 모를 수많은 이들에게, 어처구니없는 죽음으로 신문에 보도되는 그 모든 이들에게 그 표현을 쓸 수 있다. 블라디미르 얀케레비치(*1903~1985. 프랑스의 철학자이자 음악학자)가 자신의 아버지에 대해 말한 구절이 떠오른다. '그가 운명의 창공 속에서 한 이 산책은 어떤 의미가 있을까?…' 리디 귐비네를 가엾은 여자라고 말해야 할까? 리디 귐비네는 자신의 다채로운 세계 속에서 인생의 부침 위를 떠돌았다. 내가 기억하는 그녀는 움직이는 모습뿐이다. 그녀가 게오르그 그로츠(*1893~1959. 독일의 화가)가 그린 작고 흐느적거리는 여자 같은 모습으로 옷자락을 펄럭이며 주차장을 가로지르는 모습, 혹은 머리카락을 흩뜨린 채 가슴골을 가볍게 두드리는 모습이 떠오른다. 자신의 팸플릿에 그녀는 이렇게 써놓았다, 목소리와 리듬이 단어나 의미보다 더 중요하다고. 리디 큄비네는 노래를 불렀고, 옳다고 믿는 것을 위해 싸웠고 자신의 추로 사람들을 진단했다. 그녀는 자기 방식대로 허무를 감추었다.

다니엘의 어머니는 에두아르도를 맡아 기르는 데 동의했다. 나와 다니엘은 그녀 집으로 고양이를 데려다주기로 했다. 그 동안 나는 걱정하던 한 가지 일을 해결했다. 우리 건물의 전면을 주의 깊게 관찰한 끝에 나는 7층의 아파라시오 씨 집으로 올라갔다. 그는 체신부에 다니다가 은퇴한 사람으로 극히 말이 없었다. 지나면서 보니 마노스크리비 부부의 집 문에는 밀랍 봉인과, 범법행위 난에 '고의적 살인'이라고 쓰인 노란 종이가 붙어 있었다. 아파리시오 씨는 대머리였는데, 두상 뒤쪽의 머리카락을 모아 작게 묶고 있었다. 그런 현대적인 취향을 보고 나는 용기를 냈다. 나는 그의 집에서 스프레이건이 끝에 달린 살수용 호스를 사용하자는 나의 계획을 그에게 털어놓았다. 그런 식으로 그의 집 발코니에서 마노스크리비 집의 발코니에 물을 주는 것이다. 내가 말했다. 당신에게 그 일을 해달라는 것이 아닙니다, 아파리시오 씨. 허락하신다면 이른 아침이나 저녁에 제가 와서 하겠습니다. 내 장광설을 들은 그는 잠시 후 나에게 집으로 들어오라고 했다. 우리는 거실로 갔고 그가 창문을 열었다. 우리는 난간 너머로 몸을 기울여 아래를 내려다보았다. 내가 말했다. 이 식물들이 얼마나 예쁜지 보이시지요. 그런데 미모사조차 내리는 비를 맞을 수 없답니다. 그의 베란다에는 자전거 한 대와 탁자 하나 그리고 연장들이 있었다. 식물로는 흙이 담긴 듯한 두세 개의 화분과 오래된 고사리 하나가 있을 뿐이었다. 살수용 호스를 어디에다 연결할까요? 그가 물었다. 주방에다요. 내가 대답했다.

"15미터는 필요하겠군요."

"예, 물론이죠! 고맙습니다, 아파리시오 씨!"

그는 나에게 커피 대접 같은 것은 결코 하지 않았고, 우리의 대화는 말하자면 날씨 문제에 한정되어 있었다. 나는 그런 그가 더더욱 고마웠다. 우선 그 비극적인 사건에 대해(또한 강력반에서 이웃들에 대한 조사를 실시한 것에 대해) 한마디도 언급하지 않아서, 그리고 자신이 나를 대신해 물을 뿌리겠다고 나서지 않아서였다. 나는 어디에나 잘 맞는 마구리와 원격 샤워 방식으로 조절 가능한 분무기가 달린 신축성 있는 좋은 호스를 샀다. 내가 그의 집에 도착하기 전에 아파리시오는 그것을 손수 개수대의 수도꼭지에 고정시켜둔다. 그는 나와의 약속 시간에 구애받지 않고 자신이 편한 시간에 그 일을 한다. 그는 내가 그 일에 맹목적 애정을 갖고 있음을 느끼고 줄곧 그것을 존중해주었다. 거처를 옮긴 후 에두아르도는 한동안 적대적인 침울함에 사로잡혔다. 이 가구에서 저 가구로 배회하고 가구 아래에 숨어 있거나 어둑한 구석에 틀어박혔다. 그래도 사료를 먹는 것을 거부하지는 않았다. 피에르는 마지막 남은 '르비고르 200'을 갈아 으깬 참치 속에 섞어 먹이는 데 성공했다. 쉬시로 가기 전날 집으로 돌아온 나는 이런 장면을 목격했다. 누군가 화장실 안쪽에서 낚싯대를 움직이고 있었고, 복도에서는 에두아르도가 표범 꼬리가 이리저리 움직이는 것을 눈으로 천천히 좇고 있었다. 고양이는 나를 보고는 도망쳤다. 그동안 피에르는 바지를 내리고 변기에 앉아 자석 체스판을 무릎 위에 올려놓고 체스 공부를 하면서 한 손으로는 줄곧 낚싯대를 흔들었다. 되유랄루에트에는 고양이와 개를 파는 '라미나그로비스'(*프랑수아 라블레의 〈팡타그뤼엘〉에 나오는 노시인) 같은 인물이 있다. 에두아르도를 다니엘의 어머니 집으로 데려가기 위해 나는 견고한 플라스틱으로 된 이동용 케이지를 하나 장만했다. 고양이가 더 편안할 수 있도록 중간 크기의 것을 39유로에 샀다. 현관에 모든 것이 준비되었다. 티셔츠를 포함해 온갖 자질구레한 것들이 들어 있는 장리노의 천 배낭, 배변용 모래가 담긴 대야, 근사한 새 케이지가 창살이 열려져 주민이 들어오기만을 기다리고 있었다. 이동용 케이지를 보자마자 에두아르도는 극도로 싫은 티를 냈다. 그는 도망치고 싶어 했지만, 피에르가 고양이를 붙잡으며 내게 소리쳤다. 문을 모두 닫아! 피에르는 고양이를 케이지 문 앞에 앉히고 움직이지 못하게 하려 애썼다. 케이지 안으로 집어넣으려 하자, 고양이는 앞발을 치켜들고 뻗대면서 저항했다. 그러다가 마루판 위로 조금 미끄러졌고, 그와 동시에 우리도 뒤로 물러났다. 우리는 고양이에게 말을 건네며 얼렀다. 큰 맘 먹고 이탈리아어로 몇 마디 하기까지 했다. 에두아르도는 온갖 방법을 동원해 몸을 빼려 했다. 몸을 꼬고 피에르의 팔을 물었다. 피에르가 나에게 욕을 퍼부었다. 그는 고양이를 잡은 손에 잠시 힘을 뺐다가 다시 시작해야 했다. 우리는 케이지 안에 장난감들을 놓아두고 펠리웨이를 뿌리고 사료를 놓아두었다. 고양이는 그 모든 것을 거들떠보지 않았다. 고단한 20분간의 투쟁 끝에 피에르는 철책이 위로 가도록 케이지를 뒤집어놓는다는 생각을 해냈다. 기진맥진한 채 엉금엉금 기어서 에두아르도를 잡아 거꾸로 뒤집어서는 머리를 먼저 입구에 넣었다. 초현실적인 한 순간이 지나고 나는 고양이의 머리와 다리가 케이지 안에 들어가 있는 것을 보았다. 피에르가 케이지를 잡고 있었다. 그가 나에게 말했다. 밀어 넣어, 밀어 넣으라고! 나는 두 눈을 질끈 감고 고양이를 힘껏 케이지 안으로 밀었다. 그런 다음 즉각 철책을 닫았다. 케이지 안에는 으깨진 사료가 온통 흩어져 있었다. 에두아르도는 울부짖었지만 그는 이미 케이지 안에 들어간 후였다.

장리노의 고모는 내가 누군지 알아보지 못했다. 그녀는 창문 없는 보조 식당에서 보행기를 옆에 두고 혼자 앉아 있었다. 턱받이를 두른 채 으깬 감자와 생선이 놓인 접시를 앞에 두고서. 나는 오후 여섯 시에 저녁 식탁 앞에 앉은 그녀를 맞닥뜨리게 되리라고는 예상하지 못했다. 그런 무시무시한 일정표에 초연하려면 나로서는 많은 노력이 필요하다. 내게 그것은 사람들로부터 벗어날 수 있는 한 가지 방법이다. 이 시각에 저녁식사를 할 것을 강요당하는 것은 사람들이 침대에 묶어두고 싶어 하는 힘없는 이들뿐이다(병원에 입원한 환자들은 이 시각에 이미 잠자리에 든다). 나는 그녀에게 내가 누구인지를 밝히고 장리노와 함께 온 적이 있다고 말했다. 그녀는 나를 꼼꼼히 뜯어보았다. 노인의 시선에는 때때로 차가운 권위 같은 게 있다. 그녀의 이름은 베닐데였다. 나는 접수계에서 그녀의 이름이 베닐데 포지오라는 것을 알아냈지만 그 이름을 제대로 발음할 수가 없었다. 접수계에서 담당자는 나에게 말했다. 아, 돌로미테 산에서 오신 부인 말이군요! 나는 이탈리아 소설가 디노 부자티를 통해 돌로미테 산을 알고 있었다. 드네는 《유리 산》(*디노 부자티가 1932년부터 1971년까지 이탈리아의 여러 신문에 기고한 글을 묶은 책. 알피니스트들의 초상, 스키에 관한 고찰, 돌로미테 산에 대한 시적이고 감동적인 글을 만날 수 있다)을, 알피니스트들의 초상을, 자연의 손상에 관한 안타까움을 다룬 글을 읽었다. 그가 더이상 가지 않는 산에 관한 글을. 말하자면 그것은 드네의 베갯머리 책이었다. 그는 나에게 그 책의 여러 장을 소리 내어 읽어주었다. 몇몇 부분은 압권이었다. 에베레스트 정복의 순간에 관해 쓰인 글이 생각난다. '가장 높은 탑 꼭대기에 있는 튼튼한 옛 성 안에는 아직 아무도 들어가 본 적이 없는 작은 방 하나가 남아 있었다. 우리는 마침내 그 문을 열었다. 인간은 그 안으로 들어갔고 보았다. 더이상 어떤 신비도 없다.' 돌로미테 산에서 온 부인은 마디가 굵은, 길고 두툼한 손을 갖고 있다. 손가락들이 서로 붙기라도 한 것처럼 한꺼번에 움직인다. 그녀는 생선 껍질을 포크로 벗기려 애썼다. 그 생선은 이미 껍질이 벗겨져 있었는데도. 나는 혹시 내가 방해가 되는 건 아닌지 물었다. 혹시 혼자 편안하게 식사를 하고 싶으신가요? 그녀는 감자를 납작하게 두드려대더니 그것을 입으로 가져갔다. 체머리 흔드는 건 지난번보다 나아진 것 같았다. 그녀는 음식을 씹으며 나를 관찰했다. 목에 두른 턱받이가 그녀의 입술까지 올라와 있었다. 미용사가 임의로 그녀의 머리를 접시꽃 모양으로 자르고 컬을 넣은 것 같았다. 그 양로원에 미용사가 있는 것이 분명했다. 나는 내가 그곳에서 뭘 하고 있는지 더이상 알 수 없었다. 내가 누구인지조차 모르는 낯선 여자를 방문하는 이런 정신 나간 짓이 무슨 도움이 된단 말인가? 그녀는 주머니가 달린 두툼한 스웨터를 입고 있었는데, 주머니 하나를 만지작거리더니 거기에서 끝을 끈으로 조이게 되어 있는 작은 비닐 주머니를 꺼내 내게 내밀었다. 그녀는 나에게 그 냄새를 맡아보라고 낯선 언어로 말했다. 거기에서는 커민 냄새가 났다. 이거 커민인가요? 내가 물었다. 시, 쿠미노(맞아요, 커민이에요). 그녀는 내가 더 냄새를 맡기를 원했다. 나는 커민을 몹시 좋아한다고 말했다. 코리안더도. 그녀는 내가 주머니를 열기를 원했다. 매듭이 상당히 꼭 매어져 있어서 뻣뻣해진 그녀의 손가락으로는 열 수가 없었던 것이다. 내가 주머니를 열자, 그녀는 자신의 손바닥 안쪽에 커민을 조금 쏟으라는 몸짓을 했다. 그녀는 손을 떨면서 한 꼬집이면 된다고 손짓했다. 자기 손 안의 씨앗들을 나로 하여금 다시 냄새 맡게 하더니 웃음을 터뜨리며 그것을 생선 위에 쏟았다. 나 역시 웃었다. 그녀는 무어라 이야기를 했다. 나는 그 내용을 완전히 알아들을 수는 없었지만, 그 주머니를 준 사람이 리디라는 것을 알 수 있었다. 나는 장리노의 고모와 리디를 연결 지어 생각한 적이 한 번도 없었다. 얼마나 어리석었던가. 리디는 장리노의 아내였는데, 어떻게 그녀가 장리노의 고모를 몰랐을 수 있겠는가? 장리노의 고모는 쟁반에 놓여 있던 레몬 요구르트를 숟가락과 함께 내 앞에 놓았다. 복도에서 사람들의 목소리, 문이 여닫히는 소리, 뭔가 굴러가는 소리가 들려왔다. 어째서 저녁에 그런 소리들이 들리는지 알 수 없었다. 아무 데로도 튀어오를 수 없는 닫힌 소리들. 장리노와 함께 방문했을 때, 그녀가 자기 집으로 돌아와 도처에 올라앉았던 닭들에 대해 이야기하던 것이 생각났다. 이번에 장리노의 고모는 닭에 대해서도, 종에 대해서도 이야기하지 않았다. 그녀는 크게 부풀어 오르고 작게 움츠러드는 커다란 그림자들로부터 까마득히 떨어져 있는, 산 속의 삶과는 전혀 다른 습관을 들였다. 목재 난간과 매끄러운 벽에 적응했고 시간이 어딘가로 스러지는 것을 저항 없이 바라보았다.

부자티는 산의 부동성 속에서 그 고매한 속성을 보았다. '내가 보기에 이성理性이란 인간이 절대적인 고요의 상태를 향하는 것을 뜻한다'라고 그는 쓴다. 에티엔 디네스망은 지난날 자기 아버지와 함께 걸었던 오솔길을 자기 아이들과 함께 걸었다. 그들은 똑같은 암벽 아래에서 피크닉을 했고, 똑같은 봉우리가 연속되는 것을 눈을 들어 바라보았다. 아버지는 사라졌고, 모든 것이 투명한 한기 속에 자리를 잡았다. 매년 여름 터지는 웃음 한가운데에서 그는 자신이 중요하지 않은 존재임을 느꼈다. 그는 마침내 쓰라린 회한 없이 그렇게 느낄 수 있었다. 친애하는 장리노, 사물의 운명에 관한 내 작품을 읽기 전에 당신은 알아야 한다. 다니엘(당신은 그녀를 만난 적이 있다. 자기 시아버지의 장례식을 끝내고 바로 파티에 온 문서 관리원 말이다)의 어머니 집에서 에두아르도가 호감 가는 고양이가 되어간다는 사실을. 이 표현은 사람들 말을 인용한 것이다. 동물들이 자기 본성을 바꾸는가? 그보다는 상중喪中인 두 존재가 그런 식으로 서로를 돕는 거라고 생각하련다. 나는 당신이 그 점을 걱정하고 있다는 것, 사람들이 당신에게 고양이를 다른 집으로 옮겼다는 사실을 알려주었다는 걸 알고 있다. 최근 소식에 의하면 그 고양이는, 자기 집 문턱 아래서 펼쳐지는 삶을 바라보는 남프랑스의 노인들처럼 1층 창턱에서 시간을 보낸다고 한다. 고양이는, 진짜 새들과 진짜 쥐들이 마음 놓고 장난을 치는 한 뙈기 땅을 내려다본다. 그의 새 주인 다니엘 어머니의 걱정과는 반대로 고양이는 그 창턱을 떠나지 않는다. 그 사실을 자랑스러워 할 것까진 없어도 어쨌든 그 문제에 대해 마음을 놓으시라. 우리 어머니는 지난달 세상을 떠났다. 나는 어머니 집의 상자 안에서 내가 5학년 때 만든 호두까기를 발견했다. 어느 해 일 년 동안 여학생들은 실험적으로 남자 고교의 철물과 목공 작업실 이용을 허락받았다. 철을 재료로 선택한 사람은 아무도 없었다. 우리 몇몇은 바느질을 피하기 위해 나무로 뭔가를 만들기로 했다. 담당 교사는 가발을 쓴 중국인으로 약간 머리가 돈 사람이었다. 우리는 연장을 질서정연하게 정리할 시간을 갖기 위해 15분 전에 수업을 마쳤다. 만약 큰 대패가 칸막이에서 몇 밀리미터라도 나와 있으면, 선생님은 고함을 지르며 아이들의 따귀를 때렸다. 그해의 거의 대부분이 호두까기 하나를 완성하는 데 바쳐졌다. 남학생들은 압착식에다 이중판으로 된 모델을 만들었고, 여학생들은 버섯 모양의 호두까기를 만들었다. 내 것은 두 가지 색으로 되어 있었고, 진한 밤색으로 칠해진 도토리 모양의 모자가 달려 있었다. 나는 그것을 상자 속에 호두 몇 개와 같이 포장해 아버지에게 주었다. 처음에 그 물건을 보고 아버지는 찬탄의 함성을 질렀다. 이건 자지 아니냐! 그런 다음 그는 그것이 작동하는 것을 보고는 깜짝 놀랐다. 아버지는 연장을 사랑했고, 일꾼을 존경했다. 그는 그 호두까기를 모든 이들에게, 그러니까 미슐린 고모와 그 패거리들에게, 나아가 이따금 한잔하기 위해 우리 집에 들르는 그의 동료들에게 보여주었다. 그는 내가 나사의 골을 어떻게 만들었는지, 암나사 홈을 파는 드릴을 어떻게 사용했는지 알고 싶어 했다. 그는 말하곤 했다. 거기 엘리자베스의 자지 좀 줘. 그러고는 껍질이 있는 모든 것들을 갖고 시범을 보였다. 잘 돌아가고, 부드럽게 깨지고, 홈 하나 없는 알호두가 나오는구나. 그가 그것을 자지라고 부르는 것은 나를 불편하게 만들지 않았다. 오히려 웃음이 나올 지경이었다. 그런 시기가 잠시 이어지다가 이윽고 우리는 그 호두까기를 잊는다. 그것은 주방의 과일 접시 위에 조금 더 머물다가 이윽고 모습을 감추었다. 나는 그게 어딘가 남아 있으리라고는 한 번도 생각해 본적이 없다. 그것이 있었다는 사실조차 잊어버렸다. 이제 그것은 새로 산 후추갈이 옆에 나란히 놓여 있다. 그 물건은 놀랍게도 편안해 보인다. 어째서 어떤 물건들은 사라지고 또 어떤 물건들은 그렇지 않은가? 우리가 어머니의 아파트를 비울 때, 그 구두 상자를 처리한 사람이 동생이었다면 그 애는 망설이지 않고 다른 오래된 물건들과 함께 그것을 버리고 말았을 것이다. 리디는 물건의 운명을 믿었다. 요컨대 그녀의 추에 달린 분홍색 수정이 그녀 앞에 운명적으로 나타났다는 게 그렇게 말도 안 되는 얘기일까?(말이 나온 김에 하는 말인데 나는 식당이나 정육점에 가서, 이 닭들이 파닥파닥 날아다녔나요, 이 돼지들이 진창 속을 첨벙거리며 걸어 다녔나요, 라고 묻는 것과는 거리가 먼 사람이다. 그런데 나는 요즘 정육점에 가는 일이 점점 더 뜸해진다. 마찬가지로 리디가 활동하던 협회의 회보를 받아보게 된 이후 나는 구경거리가 되고 있는 동물을 보는 것을 견디기가 더이상 쉽지 않다.) 장리노, 판사의 호의에도 불구하고 우리는 짤막한 말밖에는 나눌 수 없었다. 그러지 않으려고 노력했음에도 나로서는 그 상황이 지독히 어색했다. 순전한 충동에서 씌어졌다고 할 수 있는 내 편지들 중 어떤 것도 부쳐지지 않았고 어떤 것도 날아가지 못했다. 지금까지 나는 당신에게 쓰는 편지에 어떤 어조가 적절한지 찾아낼 수 없다. 원칙적으로 이 편지 역시 보내지 않을 작정이다. 그래서 현재 우리 두 사람의 불평등한 조건도, 당신 마음의 상태도 걱정하지 않은 채 우리가 지난날 그랬던 것처럼 나 자신의 생각을 자유롭게 털어놓을 수 있는 것이다. 호두까기에 관한 괴상한 이야기도 할 수 있고, 예를 들어 일상으로 복귀한 후(일상으로 복귀하다니!) 처음 얼마간 내가 버림받았다는 느낌과 시간의 한 토막이 마침내 끝나고 닫혔을 때 닥쳐오는 우울과 싸워야 했다는 말도 할 수 있다. 우리 집 위층에는 더이상 마노스크리비 부부가 없다. 6층의 마노스크리비 부부 사건은 일상적인 차원의 일이었다. 세상의 이런저런 뉴스들에 비해 그것이 얼마나 하찮게 보일 수 있는지 나는 안다. 하지만 장리노, 당신과 더불어 보이지 않는 소중한 그 무엇이 사라져버렸다. 우리가 딱히 신경 써서 생각하지 않는, 그냥 너무나도 당연한 삶이.

우리는 경찰차와 죄인 호송차가 오는 것을 보기 위해 발코니에 서 있었다. 사실을 말하자면, 그 건물에 사는 사람 절반이 창가에 서 있었다. 나는 아래를 내려다보고 위를 올려다보았다. 아파리시오 역시 창가에 있었다. 그는 자기 모습이 눈에 띄는 것이 달갑지 않은 듯 즉각 뒤로 물러났다. 현장검증은 밤 11시에 하기로 되어 있었다. 밤 시간이 범행시의 조건에 어울리는 것으로 판단되었다. 우리는 사건이 벌어졌을 때 입고 있던 것과 같은 차림을 하고 있으라는 지시를 받았다. 나는 공연 의상이라도 되는 것처럼 침대 위에 키티 파자마 세트와 연분홍색 반바지를 펼쳐놓았다. 건물 안으로 10여 명의 사람들이 들어왔는데, 그중 한 여자가 어깨끈이 달린 가방을 메고 작은 접이식 탁자를 들고 있었다. 제복을 입은 경찰이 양쪽에서 호위하는 가운데 수갑을 찬 장리노가 죄수 호송차에서 내렸다. 자라 점퍼에 경마장용 모자를 쓴 그의 모습을 위에서 내려다보자 나는 마음이 산란했다. 무슨 어마어마한 실수를 저지른 것 같은 느낌이 들었다. 우리 집 난간에 기대서서 죽음과 우주의 관점에서 사태를 보고 있다는 생각이 문득 들었다. 다시 자기 자신으로 분장한, 수갑을 찬 위험하지 않은 한 남자를 둘러싼 이 요란한 소동이 내 눈에 기괴한 연극처럼 보였다.

예심 판사는 자신이 '파티 종료'라고 이름붙인 시점에서 시작하기를 원했다. 이 첫 장면을 위해 우리가 3개월 전의 그때와 같은 복장을 하는 것은 불필요하다고 그는 판단했다. 서기가 층계참에 접이식 탁자를 펴고 그 위에 작은 노트북을 올려놓고 그 앞에 앉았다. 판사가 번호를 매겼다. 사진 1번. '여경찰이 쿰비네 부인 역할을 한다.' 머리카락이 곱슬곱슬한 자그마한 여자가 지나치게 품이 크고 자락이 늘어진 웃옷을 입고 두 팔을 몸에 붙인 채 자리를 잡았다. 장리노는 짧게 깎은 머리를 하고 연보라색 셔츠 차림으로 박제 인형처럼 승강기 앞에 서 있었다. 그는 더이상 수갑을 차고 있지 않았다. 내 눈에 그는 얼마 전보다 더 젊어 보였다. 평범한 금속 테의 새 안경이 그를 젊어보이게 했다. 층계로 통하는 문이 열려 있었다. 한 무리의 경찰이 층계에 진을 치고 있었다. 나는 검찰의 수사 책임자와 체포 당시 현관에 있던 경찰이 층계참 위에 서 있는 것을 보았다. 판사는 파티가 끝나고 사람들이 어떤 순서로 나갔는지 알고 싶어 했다. 우리 셋 모두 그것을 기억해낼 수 없었다. 가벼운 말씨름 끝에 리디가 먼저 문을 나서고 그 뒤에 엘 우아르디 부부가 나갔다는 설이 그런 대로 인정되었다. 엘 우아르디 부부까지 출두할 필요는 없었다. 판사는 새로 짝지어진 마노스크리비 부부, 피에르와 나를 문 앞에 세워놓고 사진을 찍게 했다. '쾸비에 부인과 마노스크리비 씨, 조즈 부부의 아파트를 나선다. 엘 우아르디 부부와 함께 승강기를 타다.' 판사는 나에게 이런 설명이 중요하다고 설명했다. 소송시 앨범이 배포될 겁니다. 판사의 이해를 돕기 위한 교육적인 도구지요. 나중에 그는 '조즈 씨, 자기 집 침실로 돌아가 잠이 들다.'라고 말하며 사진을 찍게 하면서 나에게 말한다. 당신들이 둘만 있었다는 사실을 판사들이 제대로 아는 게 중요합니다. 이 과정 후 그들은 모두 위층으로 올라갔다. 피에르와 나는 거실로 가서 앉았다. 피에르가 기다리는 동안 뉴스를 좀 보겠느냐고 기묘한 어조로 내게 물었다. 나는 뉴스를 보고 싶은 생각이 전혀 없었다. 그는 체스 판을 붙잡더니 난제 하나를 연구하기 시작했다. 피에르는 이 모든 것을 혐오했다. 특히 이 사건의 각 국면마다 자신이 참여해야 한다는 점을. 우리에게 현장 검증을 위한 소환장이 왔을 때, 그는 자신은 출석하지 않겠다고 맹세하기까지 했다. 긴 의자 위에서 남편 옆에 앉아 아무것도 하지 않은 채 나는 보통 때와는 전혀 다른 아파트 안을 둘러보았다. 쿠션들은 부풀려져 일정한 간격을 두고 놓여 있었다. 아무렇게나 포개놓았던 것이 교과서적으로 조심스럽게 배치되었다. 바닥은 반짝거렸고 아무것도 널브러져 있지 않았다. 어머니라면 모든 것을 매우 공들여 닦았을 것이다. 사법의 권위에 직면해 예의를 갖추는 거라고나 할까. 위층에서 사람들의 목소리와 발소리가 들려왔다. 내가 말했다. 그 사람이 이제 여경찰의 목을 조를까?

"그러지 않기를 바라야지."

나는 머리를 피에르의 다리 위에 올려놓고 길게 누웠다. 그는 아주 불편한 자세로 있게 되었다. 내가 말했다. 그런 다음 그 여자를 여행가방 안에 넣겠지?

"그 전에 우리 집에 올걸."

피에르는 자석 달린 체스 판은 내 가슴 위에, 신문에서 오려낸 체스 기사는 내 얼굴 위에 올려놓았다. 층계참의 장리노는 낯선 사람 같았다. 기계 같은 몸, 공허한 시선. 모든 유대가 무너져버린 것 같았다. 건물 벽과의 유대를 포함해서. 그런 냉담함은 예상치 못한 것이었다. 내 인생 최악의 시절, 사춘기가 오기 직전에 나는 코랑송엉베르코르로 캠프를 갔다. 그 캠프 속에서 나는 늘 뒤처져 있었다. 그곳에서 우리는 비교적 자유롭게 행동할 수 있었는데, 모두들 나보다 더 자유롭고 배짱이 좋은 듯했다. 이윽고 나는 여학생 친구들을 몇몇 만들어 이따금 그들과 어울렸다. 우리는 서로 다른 도시에 살고 있었으므로 다음 계절이 되어서야 만날 수 있었다. 나는 그들과의 만남을 상상하며 미리 즐거워했다. 하지만 다시 만난 친구들은 이전의 그 애들이 아니었다. 결코 결속된 적이 없었던 것처럼 서먹했고 거드름을 피웠다. 그 재회에 큰 기대를 했던 만큼 나는 큰 충격을 받았다. 내가 갑자기 몸을 움직이는 바람에 체스판에서 말들이 흩어졌다. 나는 방으로 가서 옷을 입었다. 키티 티셔츠와 잘 다림질한 격자무늬 파자마를 입고 인조털이 달린 실내화를 신었다. 옆에서 피에르가 무어라 투덜거렸다.

장리노가 경찰들과 함께 우리 집으로 돌아와 벨을 눌렀다. 피에르가 연분홍색 반바지 차림으로 문을 열어주었다. 나는 망측스러운 옷차림으로 나갔다. 우리는 거실로 갔다. 장리노가 모로코식 의자에 앉았다. 그는 그때처럼 핏기 없는 얼굴로 우리를 내려다보는 자세였는데, 이제는 머리모양이 귀여워졌고 입술을 규칙적으로 떨고 있지도 않았다. 깨끗한 거실과 어울리는 모습이랄까. 우리는 코냑 병 뚜껑을 열었다. 빈 잔을 들고 마셨다. 전기스탠드를 껐다. 내가 천장의 전등을 켰다가 끄고 키 큰 전기스탠드를 켰다. 이미 정리되어 있는 물건들을 다시 정리했다. 좋아하는 로벤타 청소기를 가져왔다. 피에르가 그것을 받아들었다. 그는 그것을 가지고 장리노를 공격하러 갔다. 장리노는 순순히 몸을 부딪쳤다. 판사가 질서 있게 진행하려고 애쓰면 애쓸수록 사태는 격앙된 광기를 드러내는 것 같았다. 우리의 작은 행렬은 먹먹한 침묵 속에서 층계로 접어들었다. 피에르가 천천히 앞장서서 걸었는데, 그의 느린 태도는 나의 지나치게 협조적인 열성어린 태도를 은밀히 진정시키기 위한 것이었다. 마노스크리비네 집의 층계참에서 누군가 모퉁이를 도는 우리들의 사진을 찍었다. 문의 봉인이 뜯겨져 있었다. 우리는 아파트 안으로 들어갔다. 어두컴컴한 실내에서 열 명 정도 되는 사람들이 우리를 기다리고 있었다. 우리는 방으로 갔다. 열린 문틈을 통해 빨간 끈이 달린 무도화를 신은 리디의 발이 보였다. 방으로 들어가면서 나는 정말이지 충격을 받았다. 니나 시몬의 포스터 아래 리디가 누워 있었던 것이다. 그녀에겐 더이상 머리카락이 없었고 얼굴은 형태가 없고 잔털이 없었다. 밑단장식이 달린 치마와 '지지 둘' 하이 힐을 신은 무시무시한 마네킹이었다. 판사가 말했다. 큄비네 부인이 틀림없이 죽었다는 것을 어떻게 확인했는지 보여주실 수 있습니까? 피에르가 인형의 맥을 잡았다. 나는 앞서 진술 했듯이 리디의 양다리를 주물렀다. 촉감이 불쾌했다. 차갑고 치밀한 거품 같았다. 나는 마네킹에게 머플러를 씌웠다. 같은 서랍에서 찾아낸 다른 머플러였다. 매듭을 묶자 마네킹의 두 상이 쪼그라들었다. 사진 14번. '마노스크리비 씨가 큄비네 부 인의 입을 잡고 있는 동안 조즈 부인이 머플러를 씌우다.' 장 리노는 잘하겠다는 최소한의 의지도 없이 기계적으로 움직였 다. 그는 인형을 경멸하는 것 같았다. 요강과 주석으로 된 올 빼미·추에 이어 니나 시몬의 포스터와 그녀의 로프드레스까 지 다시 보자 나는 기묘한 기분이 들었다. 그것들은 '과거'였 다. 나는 이제 다시는 그것들을 볼 수 없으리라고 생각했었다. 조즈 씨, 당신이 마노스크리비 씨에게 경찰에 전화를 걸라고 설득했을 때 정확히 어느 장소에 계셨는지 우리에게 분명히 말씀해주실 수 있으신지요? 피에르가 반바지와 모카신을 신 은 채 제자리에서 몸을 돌리며 말했다. 여깁니다. 이 아파트를 나서기 전에 당신이 마지막으로 한 말은 무엇이었습니까?

"이제는 기억나지 않는데요." 피에르가 말했다.

"그럼 당신은요. 당신은 기억하십니까, 마노스크리비 씨?"

"아뇨⋯."

"조즈 부인은요? 당신 남편이 마노스크리비 씨에게 너무 늦기 전에 경찰에 전화하라고 충고했다고 하셨지요."

"예, 그렇습니다."

"당신이 마노스크리비 집을 어떻게 나섰는지 우리에게 보여주실 수 있습니까?"

피에르와 나는 방을 나왔다. 판사가 욕실 앞에서 우리의 걸음을 멈추게 했다. 그렇게 차분하게 이곳을 떠나셨나요? 당신 남편이 당신에게 약간 완력을 써서 이 아파트에서 끌고 나왔다고 하셨는데요.

"예, 사실입니다."

"어떻게 하셨는지 보여주실 수 있습니까?"

우리는 방으로 돌아갔다. 피에르가 강철 같은 손가락으로 내 손목을 잡고 나를 복도 쪽으로 끌어당겼다. 나는 끌려나왔다. 꽃무늬 커튼을 배경으로 노란 벨루어 소파 옆에 서 있는 장리노를 남겨두고.

판사·수사반장·장리노의 변호사, 그리고 검사 모두 현관문 외시경으로 밖을 내다보고 싶어 했다. 각자 모두 엄숙한 태도로 문의 구멍을 통해 승강기의 버튼이 깜박거리는 것이 보인다는 사실을 확인했다. 건물 현관은 우리의 도착에 맞추어 준비되어 있었다. 서기가 접이식 탁자와 컴퓨터를 들고 쓰레기통 쪽 벽에 몸을 붙이고 있었다. 3층 여자는 껌을 씹으며 유리가 끼워진 문 옆에서 기다리고 있었다. 장리노가 승강기 앞에서 기다렸다. 그는 다시 모자와 자라 점퍼·양가죽 장갑 차림이었다. 초록색 외투를 팔에 걸치고 리디의 가방 손잡이를 손으로 어색하게 잡고 있었다. 판사의 요청대로 그는 승강기의 문을 열고는 여행가방을 끌어냈다. 여행가방은 리디가 그 안에 들어 있었을 때보다 부피가 작아 보였다. 마네킹이 훨씬 유연한 것이 분명했다. 혼자서 그것을 가방 속에 넣어야 했던 장리노에게는 잘된 일이었다. 당신이 층계 아래에 이르렀을 때 본 장면이 맞습니까? 판사가 물었다.

"그렇습니다."

"그건 당신의 설명과 다른데요. 자료 D111에서 당신은 쿰비네 부인의 외투가 여행가방 위에 놓여 있었다고 하셨는데요…."

"아, 그래요. 그럴 수도 있어요."

"외투가 어디 있었습니까?"

"여행가방 위에 있었습니다."

"동의하십니까, 마노스크리비 씨?"

"예."

"외투가 여행가방 위에 어떻게 놓여 있었는지 보여주실 수 있습니까?"

장리노는 외투를 여행가방 위에 놓았다. 나는 그렇게 되어 있었다고 확인했다. 판사가 조사 보고서 속에 그 점을 기록하라고 지시하고 사진을 찍게 했다. 마노스크리비 씨, 조즈 부인이 당신을 발견했을 때 그녀가 무어라 말했는지 우리에게 상기시켜 주실 수 있습니까?

"그녀는 나에게 여행가방 안에 든 게 뭐냐고 물었습니다."

"그래서 당신은 뭐라고 대답하셨죠?"

"나는 대답하지 않았습니다. 나는 문 쪽으로 걸어갔습니다."

"조즈 부인이 당신을 어떻게 가로막았는지 우리에게 상기시켜 주실 수 있습니까?"

"그녀는 가방과 외투를 낚아챘습니다."

"조즈 부인, 당신이 가방과 외투를 어떻게 낚아챘는지 우리에게 보여주실 수 있습니까?"

나는 외투를 집어 들고, 그가 줄곧 접힌 팔에 걸치고 있는 외투를 낚아챘다. 마침내 장리노와 나의 시선이 마주쳤다. 나는 내가 그의 눈 속에서 좋아하던 것을 다시 볼 수 있었다. 그 어떤 슬픔도 넘어서는 장난기의 불꽃을. 사진 32번. '마노스크 리비 씨, 엘리자베스 조즈가 자기 손에서 외투와 가방을 낚아채는 것을 바라보다.'

죄수호송차가 출발했을 때, 장리노는 차창에 얼굴을 갖다 대고 있었다. 사람들이 그에게 다시 수갑을 채워놓았다. 그는 나에게 손짓이라도 하려는 것처럼 앞으로 몸을 굽혔다. 나는 실내화를 신은 채 유리가 끼워진 문 앞에 서서 자동차가 맞은편 건물을 돌아갈 때까지 손을 흔들었다. 사람들이 모두 그곳을 뜬 후에도 나는 잠시 밖에 서 있었다. 주차장은 비어 있었다. 되유랄루에트의 아름다운 별밤이었다. 호송차는 주차된 차들 사이에서 유턴을 한 다음 반대 방향으로 달리더니 이윽고 시야에서 사라졌다. 장리노는 여전히 내 쪽으로 얼굴을 향하고 있었지만, 어둠과 거리 때문에 나는 더이상 그의 얼굴을 알아볼 수 없었다. 모자의 검은 형태만이 눈에 띌 뿐. 그를 별나게 보이게 했던 그 유행 지난 모자가 이제는 그를 익명성 속으로 던져 넣는 듯했다. 역사는 우리 머리 위에서 쓰인다. 우리는 일어나는 일을 막을 수 없다. 지금 막 지나간 사람은 장리노 마노스크리비지만 동시에 그 누구라도 될 수 있다. 파르망티에 대로의 집에서 그의 아버지가 시편을 소리 높여 낭독했을 때, 장리노가 느꼈던 어떤 모호한 총체에 대한 소속감이 내 머릿속에 떠올랐다. 나는 하늘을, 거기에 있는 이들을 바라보았다. 그런 다음 혼자서 층계를 올랐다.

자신 안의 풍경과 닮은 풍경에게 손 내밀기

"지금 뭐 하는 거예요, 장리노?"

이 작품은 2016년 프랑스 주요 문학상 중의 하나인 르노도 상을 받았는데, 같은 해 공쿠르상을 받은 작품《달콤한 노래 Chanson Douce》처럼 우발적인 죽음을 둘러싼 이야기를 다루고 있다. 후자의 작품이 "아기가 죽었다"라는 다소 선정적인 문장으로 시작하는 데 반해 이 작품의 저자 야스미나 레자는 다소 뜬금없게도 사진에 관한 고찰로 작품을 시작한다. 실제로 독자가 이 책이 다루는 '사건'이 무엇인지 분명하게 인지할 수 있는 것은 전체 분량의 3분의 1을 넘어선 지점에서다.

그로 미루어 알 수 있듯이 야스미나 레자가 겨냥하는 것은 흔한 감각적 재미가 아니다. 사실 저자 역시 알고 있었을 것이다. 만약 그녀가 "이웃집 남자가 자기 아내를 목 졸라 죽였다"라는 문장을 첫 문장으로 선택했다면 이 작품은 대중적 인기가 훨씬 더 높은 공쿠르상을 수상할 가능성이 더 많아졌으리라는 것을.

1959년, 유대계 러시아인 엔지니어와 헝가리인 바이올리니스트를 부모로 파리에서 태어나 성장한 야스미나 레자는 낭테르에서 연극과 사회학을 공부했다. 희곡 작품 〈아트Art〉는 1995년 파리에서 초연된 이후 몰리에르 최고 작가상·로렌스 올리비에상을 받았고, 15개 국어로 번역되고 35개국에서 공연되어 저자에게 세계적인 명성을 안겨주었다. 작가 자신의 각색으로 로만 폴란스키 감독이 영화로 만든 작품 〈대학살의 신Le Dieu du Carnage〉으로는 세자르 최우수 극본상을 받았다. 이력에서 알 수 있듯이 배우·연출가·영화감독으로도 활동한 야스미나 레자의 문학적 본령은 인물들이 바로 눈앞에서 싸움을 벌이고, 옷을 벗고 사랑을 나누는 듯한 실감나는 현장성을 보여주는 일련의 소설 속에서 확인된다.

1997년 소설로는 처음으로 발표한 작품《함머클라비어》(뮤진트리, 2016)에는 아주 짧은 이야기들이 44편 실려 있는데, 연대순으로도 주제별로도 정돈되지 않은 듯이 보이는, 자전적인 일인칭 시점의 이 이야기들은 무대가 아니라 문장 속에서만 음미할 수 있는 삶의 박편들을 섬세하게 다룬다. 사뮈엘 베케트를 연상시키는 깊이를 숨긴 단순한 문장들로 저자는 아포리즘과 연극적 재미를 선사하는 '레자식' 소설의 문을 연다. 이어 1999년 삶을 바라보는 좀 다른 시선을 모놀로그 형식으로 풀어내는 소설《비탄》(뮤진트리 출간 예정)이 나왔고, 2013년 경쾌하고도 깊이 있게 '지금 여기'를 풀어낸《행복해서 행복한 사람들》(뮤진트리, 2014)이 출간되었다. 보르헤스가 인용한 마태복음 5장의 한 구절에서 제목을 따온 이 작품은 일상의 평범한 사건들 속에서 개인 간의 소통과 공감의 부재, 그로 인한 개인의 소외와 고독을 몸의 원시성과 삶의 무상성을 건드리면서 박진감 있게 풀어놓는다. 현대 결혼제도의 실상과 모순을 파헤치는 데 그치지 않고 인간 본성에 대한 가차 없는 탐색으로만 얻을 수 있는 통찰을 담고 있다. "삶, 특히 커플의 삶에 대한 잉마르 베르히만을 연상시키는 놀라운 소설"(《누벨 옵세르바퇴르》)이라는 찬사를 받았다.

그리고 2016년 이 책《지금 뭐 하는 거예요, 장리노?》를 써 냄으로써 레자는 나탈리 사로트를 지나 플로베르로 거슬러 올라가는 프랑스 정통 소설의 본령에 가닿는다. 이 작품은 실제로 야스미나 레자의 문학세계 속에서 도약의 기점에 놓인 작품이다. 삶의 핍진성과 현장성을 독특하게 담아내는 일련의 작품들을 지나 필멸의 삶 속에서 좌충우돌하는 인물들 간의 연대성에 주목하고 있기 때문이다. 요컨대 이 책은 레자의 문학적 이력 속에서 처음으로 출발하는 연대성의 고리이고, 그것은 "지금 뭐 하는 거예요, 장리노?"라고 묻는 데에서 시작한다. 곤경에 빠진 이웃을 외면하지 않고 그 곤경 속으로 걸어들어간다. 측정불가능한 미세한 상호작용, 모호하고도 간접적인 공감의 조합이 화자로 하여금 이웃집 남자를 도와 그의 아내의 시체를 여행가방에 넣는 어마어마한 공모를 감행하게 하는데, 거기에 개입된 것은 존재만큼이나 가벼운 공감, 인간만큼이나 외롭게 존재하는 풍경과의 접점이다. 화자는 우리를 자신의 상념 속으로 데려가면서 다음과 같은 보석 같은 구절들을 천천히 불러온다.

"우리는 지금 풍경 속 어딘가에 있고, 때가 오면 더이상 거기 없다. 그들은 그 풍경 어딘가에 있었다. 우리는 누가 풍경

밖에 있는지 모른다. 진정으로 살아남는 것은 바로 풍경이다. 자신 안에 풍경을 지니는 방식. 이런 섬광은 붙잡아두어야 한다. 우리는 삶 속에서 그 어떤 것도 계속되기를 바랄 수 없다. 잊지 않으려고 적어둔, 살짝 비스듬하게 쓰인 그 글씨는 어떤 실존의 순간보다 더 절실히 그 존재를 대변한다. 삶을 살아내게 하는 건 아주 평범한 것들이다. 당신을 사랑하는 누군가는 당신에게 존재 증명서를 발부하는 셈이다. 우리가 좋아하는 물건을 곁에 두는 것은 지상의 삶을 견디기 위해서다. 우리로 하여금 상실을 돌아보게 하는, 비가와도 같은 그 모든 세부들. 체념의 말, 둥지에서 떨어지는 새, 지워지는 발자국. 삶의 수많은 저녁들에 바쳐진 그런 순간들. '운명의 창공 속, 이 산책은 어떤 의미가 있을까?' 우리가 딱히 신경 써서 생각하지 않는, 그냥 너무나도 당연한 삶. 그 어떤 슬픔도 넘어서는 장난기의 불꽃. 이제는 존재하지 않는 어떤 것을 기억하기. 어느 날 불길한 갈림길이 나타난다. 한 사람의 삶에서 남는 것. 낯선 슬픔이 목구멍까지 차오른다. 아아, 토요일 밤의 농담 같은 삶에 대해 당신에게 말할 것이 있다."

60대에 들어선 화자의 회상 하나하나가 품고 있는 빛은 은은하고도 중요하다. 기쁨으로 번역을 시작했다가 단상 하나하나를 심각하게 음미하고 있는 나 자신을 발견하게 된 이 매력적인 소설에는 일상적 삶을 심미적 경험으로 만드는 무엇인가가 있다. 화자의 상념을 따라감으로써 독자는 죽음의 어둠에 담담히 맞서는 삶의 내공을 본다. 실제로 저자 자신과 나이가 비슷한 화자의 입을 통해 야스미나 레자는 가장 깊숙이 감추어진 우리의 은밀한 비밀의 일부를 표현해내는 데 성공했다. 가장 공유하기 어려운, 깊숙이 감추어진 존재의 불안을. 화자와 이웃집 남자의 마음속에는 같은 풍경이 자리 잡고 있었다. 부모에 대한 아쉬움, 소속감을 느낄 수 없었던 어린 시절, 실제로 화자와 이웃집 남자는 그런 풍경을 느리게 조금씩 그러나 성의를 갖고 서로 나눈다. 이들은 같은 종류의 슬픔을 공유하고 서로에게서 그것을 감지한다. 여기에는 본질적으로 삶을 유형으로 보는, 문학을 그 출구로 보는 시선(알베르 카뮈)이 자리 잡고 있다. 그 풍경의 만남을 독자는 처음에는 미소지으며, 나중에는 마음졸이며 목격하면서 결국 독자 자신의 풍경 속으로 돌아온다. 로버트 프랭크가 그의 전설적인 사진집 《미국인들》에서 보여주는 50년대의 '미국인들'과 성경 속 시온을 생각하며 우는 바빌론 포로들의 상실감이 맞닿는다.

이 작품의 원래 제목, 그러니까 저자가 택한 제목은 '바빌론Babylone'이었다. 이웃집 남자 장리노의 아버지에게는 저녁마다 성서의 같은 구절을 낭송하는 습관이 있었다. 바빌론 포로들이 강가에서 고향을 생각하며 눈물 흘리는 장면에 관한 구절이다. 장리노는 그 구절을 들으면서 왠지 거대한 인류역사에 참여하고 있는 듯한 느낌이 든다. 요컨대 그의 안에 담긴 풍경이 그로 하여금 자기 자신을 방랑자나 무국적자와 동일시하게 해주는 것이다. 성서가 훌륭한 문학임을 확인시켜주는 대목이다. 기원전 6세기 왕국이 멸망하자 바빌론에 끌려간 유대인 포로들, 아무렇지도 않은 삶에 잠식당하는 로버트 프랭크의 '미국인들', 그리고 같은 풍경을 지닌 현재 파리 외곽의 두 사람, 이들을 잇는 궁극적인 연대감. 저자가 말하고 싶었던 것은 사건 자체가 아니라 사건을 보는 시선이고, 나아가 그 시선을 교류하는 방식에 관한 것이다. 그래서 베이비시터가 아기를 죽인 사건보다 놀라움에서 뒤지지 않는 이 작품을 저자는 담담한 사진 얘기로 시작한 것이다. 그것은 매일같이 뉴스에 나오는 수많은 굵직한 사건들 보다 훨씬 더 중요하다. 그 사건의 저변, 사진의 이면, 풍경의 안쪽에서 벌어지는 일을 보여주기 때문이다. 닮은 것에 끌리는가. 극히 개인적인 취향이지만 나는 공쿠르상을 받은 작품보다는 르노도상을 받은 작품들이 더 좋다. 자신과 많이 닮은 화자를 통해 야스미나 레자는 자신 안의 풍경을 타인과 공유하는 하나의 방식을 제안한다. 그 방식에 주목함으로써 우리는 조금 더 따뜻해진 풍경 안에 있게 될 것이다.

2017년 7월

김남주

지금 뭐 하는 거예요, 장리노?

첫판 1쇄 펴낸날 2017년 8월 3일

지은이 | 야스미나 레자
옮긴이 | 김남주
펴낸이 | 박남희

종이 | 화인페이퍼
인쇄·제본 | 한영문화사

펴낸곳 | (주)뮤진트리
출판등록 | 2007년 11월 28일 제318-2007-000130호
주소 | 서울시 마포구 토정로 135 (상수동) M빌딩
전화 | (02)2676-7117 팩스 | (02)2676-5261
전자우편 | geist6@hanmail.net
홈페이지 | www.mujintree.com

ⓒ 뮤진트리, 2017

ISBN 979-11-6111-005-9 03860

* 책값은 뒤표지에 있습니다.